高 老 头

(法)巴尔扎克 著

许渊冲 译

当代世界出版社

图书在版编目（CIP）数据

高老头/（法）巴尔扎克著；许渊冲译．—北京：当代世界出版社，2016.11
ISBN 978-7-5090-1119-5

Ⅰ.①高… Ⅱ.①巴…②许… Ⅲ.①长篇小说—法国—近代 Ⅳ.①I565.44

中国版本图书馆 CIP 数据核字（2016）第 152357 号

出版发行：	当代世界出版社
地　　址：	北京市复兴路 4 号（100860）
网　　址：	http：//www.worldpress.org.cn
编务电话：	（010）83907332
发行电话：	（010）83908409
	（010）83908455
	（010）83908377
	（010）83908423（邮购）
	（010）83908410（传真）
经　　销：	全国新华书店
印　　刷：	北京欣睿虹彩印刷有限公司
开　　本：	700 毫米×1000 毫米　1/16
印　　张：	15.5
字　　数：	200 千字
版　　次：	2017 年 1 月第 1 版
印　　次：	2017 年 1 月第 1 次
书　　号：	ISBN 978-7-5090-1119-5
定　　价：	21.80 元

如发现印装质量问题，请与承印厂联系调换。
版权所有，翻印必究；未经许可，不得转载！

译者前言

一九四五年英国作家毛姆应《红书》杂志之约,为读者推荐十部世界上最佳的小说。毛姆认为,确定一部小说是否成功,就要看它是否能给读者带来精神上的享受。他以此为标准选出了三部法国小说、四部英国小说、一部美国小说、两部俄国小说。法国小说是巴尔扎克的《高老头》、司汤达的《红与黑》、福楼拜的《包法利夫人》;英国小说是菲尔丁的《汤姆·琼斯》、奥斯汀的《傲慢与偏见》、勃朗特的《呼啸山庄》、狄更斯的《大卫·科波菲尔》;美国小说是麦尔维尔的《白鲸》;俄国小说是托尔斯泰的《战争与和平》、陀思妥耶夫斯基的《卡拉玛佐夫兄弟》。

关于《高老头》的评价,毛姆在他的文学批评典范之作《巨匠与杰作》中说:"巴尔扎克是世界上最伟大的小说家,他有着惊人的天才,丰富的思想,巨大的创造力,对人的知识极为深广渊博,观察力精确细微。《人间喜剧》中创造的人物数量惊人。而在我看来,《高老头》是《人间喜剧》的代表作。"

为什么毛姆说巴尔扎克是世界上最伟大的小说家呢?因为他有惊人的天才,又有渊博的知识。他惊人的天才主要表现在巨大的创造力上,他在小说中创造了成百上千栩栩如生的人物;其次表现为丰富的思想,如《人间喜剧》写出了一个"钱能买到一切"的上流社会。他渊博的知识说明了他观察力的精确细致,这是他的现实主义;他巨大的创造力又说明他有丰富多彩的想象力,这是他的浪漫主义。一般说来,他描写人物是现实主义的,而讲述故事却是浪漫主义的。在小说中他能把现实主义和浪漫主义结合得恰到好处,用现实主义的方法写浪漫主义的故事,写得引入入胜，使平凡的人物做出了不平凡的事情。所以不少人认为他是最好的小说家。下面我们就以《高老头》为例来作说明。

《高老头》的主角高里奥大爷是在一七八九年法国大革命时期发家致富的。他做面粉生意，从外地低价收入，而在巴黎高价卖出，结果发了大财。这说明作者生活经验非常丰富，历史知识广博；甚至对今天的中国社会，也不无借鉴参考的作用。高老头做生意精明，生活上却小事精打细算，大事糊里糊涂。如对两个女儿溺爱无边，为了给女儿买一条金边舞裙，自己抱病卖物换钱，一病不起，结果自己给了女儿生命，女儿却促成了父亲的死亡。这种生死斗争，说明了作者的创造力、想象力很强，同时对中国现实社会的义利之争，也可以起到中西对比的作用。

巴尔扎克在此部书中运用了多种写作手法。如写高老头做面粉生意，是用叙事的方式来描写人物。说他给了女儿生命，而女儿却给他带来死亡，是用他自己说的话，用他自己的语言来写其性格。第三种方法是用物写人，如高老头挂在胸前的纪念品是用他亡妻的头发编成链子挂着的圆盒，里面放着两个女儿幼年时代的卷发。这个纪念品说明了高老头的感情生活。第四种方法是用别人的话来写对人物的看法。如欧金·拉思提雅认为高老头是父爱的象征；男仆说他是个好人，从不害人，又给小费；公寓的寓公却说他的死活无足轻重，把他当做笑料，当做谈话的味精；他的女婿却说他是破坏家庭安宁的罪魁祸首。这些不同的看法写出了人与人之间的关系。

从以上的例子看来，巴尔扎克描写人物主要用了四种方法：叙事，写物，记言，议论。有时四种方法结合运用，使人物的性格更加鲜明突出。如作者叙述高老头的女儿、女婿因为老人的形象有损贵族的体面，因此拒绝让他参加社交活动；而高老头却说：只要女儿玩得快活，自己吃苦也是心甘情愿的。这句话就突出了高老头厚人薄己、忍辱负重的性格。他甚至说："地狱就是看不到女儿的地方。"这更用夸张的手法突出了父爱的伟大。在他病危的时候，他还说只要一见女儿，他就立刻不会觉得痛苦；而当女儿没有来看他时，他又说女儿不来也好，免得看见他的病容会使她们伤心。这又用主观思想和客观现实之间的矛盾、内心思想前后的矛盾斗争，来突出描写人物的性格。但高老头对女婿和对女儿的态度却是截然不同的。当女婿要霸占女儿的财产时，老人说他是"杀人不见血的凶手"，这可以看出他爱之深而恨之切的心理。至于写物与记言的结合，如上面提到的高老头用亡妻的头发编成链子的纪念品，沃克大妈舍不得用它陪葬，因为纪念品是金质的，这就写出了沃克大妈重利轻义的性格；而拉思提雅却一定要把纪念品挂到遗体的胸前，这又写出了大学生重义轻利的品德。由此可以看出巴尔扎克结合事物言谈四个方面来描写人物的创造力。

如果说高老头之死是人间喜剧的一个结局，那么欧金·拉思提雅初入花花世界却是一个喜剧的开始。高老头是父爱的象征，欧金却是向上爬的典型。如何向上爬呢？他有两条道路可走：一是学习法律，走上升官发财之路；二是拉关系，找有钱的情人，走上发家致富之路。第一条依靠的是才，第二条依靠的是情。欧金想双管齐下，沃特能却建议他走第二条路，要他进攻薇多琳小姐；他自己却更爱高老头的小女儿德尔芬，这说明他重情轻财，而沃特能却是重财轻情。沃特能轻的是男女之情，却又看重友情。如他为了帮助欧金赢得薇多琳的财产，唆使薇多琳的哥哥决斗送命，使薇多琳得到了父亲只让哥哥继承的产业。而欧金却想阻止薇多琳的哥哥参加决斗。这个故事又写出了两个不同的人物：沃特能重利、重理、重友情，为达目的不择手段；欧金重义、重情、更重爱情。他不肯见利忘义，但是为了爱情他却可以牺牲利益，甚至为了爱情可以杀人，这就是为情而忘义了。此外，巴尔扎克还作了两个具体的比喻，他把欧金比做火药桶，一触即发，立刻爆炸；又把沃特能比做狮身人面像，无所不知，但是一言不发，莫测高深。从这两个人物的例子，也可以看出巴尔扎克从事物言谈四个方面描写人物的艺术水平。

　　以上谈的是作者创造的人物，至于他丰富的思想，则往往流露在人物的对话中。如巴黎社会的一代佳人玻瑟昂夫人就对欧金谈过她对世界的看法："这个世界值多少钱，你就付出多少。你想出头露面，我可以帮你。你先得了解女人在泥坑里陷得有多深，男人的虚荣心有多重……你的算计越是冷酷无情，你出头的机会就越大。你打击越狠，别人就越怕你。要把男人女人都当牛马，要马每一站路都跑得筋疲力尽，你就可以到达欲望的顶峰。"又如沃特能和欧金谈到出路问题时说："要如何争个你死我活，像瓶子里的几只蜘蛛一样，不是你吃掉我，就是我吃掉你，才能争得一个位子。""腐化堕落还是当令，因为真正的人才太少。因此，腐化成了无所不在的平庸之辈的武器，而你到处都可以感到刀光剑影。"从这些话中可见一斑。

目　　录

一　沃克公寓 …………………………………………（1）

二　贵族之家 …………………………………………（46）

三　花花世界 …………………………………………（77）

四　亡命之徒 …………………………………………（129）

五　高家二女 …………………………………………（176）

六　老人之死 …………………………………………（218）

一　沃克公寓

　　沃克大妈的娘家姓官方。她是一个老大娘了,四十年来,她在巴黎拉丁区之外,靠近红山口的圣贞妮薇芙新街上,开了一家供应普通人膳宿的公寓,名叫沃克之家,接待男女老少,名声不坏,没有什么人说三道四,评长论短。不过三十年来,公寓里也没有住过什么年轻人,只有境遇不好的家庭,提供不了太高的费用,才让子女来住公寓。话又说回来,就在本书戏剧性的事件开始的一八一九年,却有一个可怜的少女住进了沃克之家。在悲情文学盛行的年代,"戏剧"这个词不是让人随意滥用,就是受到粗暴的对待。但在这里,我却不得不借重这个词,不是因为这个故事真正有多少戏剧性,而是因为读完本书之后,城里城外的[①]读者也许会自觉或不自觉地掉下几滴同情的眼泪。不过城外人能不能理解城里的奥秘,那是可以怀疑的。这本书的特点是地方色彩浓厚,所写的见闻,不是亲身经历,到过蒙马特和红山头之间的这块光怪陆离的地方,恐怕很难体会。比如墙上斑斑驳驳的石灰随时都会脱落,掉到地上;阴沟里的污泥浊水已经流成了小河。这个乌七八糟的世界充满了虚假的欢乐、真实的痛苦,而且动荡不安,令人心烦意乱,如果不是发生了什么惊天动地的大事,还不容易引起一时的轰动。然而,坏事也像好事一样,都会积少成多,多到了爆发的地步,就会造成剧烈而重大的苦难。即使自私自利的人,见到这种景象,私心也不得不有所收敛,会产生片刻的同情,就像一口吞下了一个甜水果,反会食而不知其味一样。人类文明的列车不断前进,但是就像印度运载神像的大车,无论碰到什么不信神

---

① 原文是拉丁文。

的人阻碍车轮前进，都会毫不留情地把他的心灵轧得粉碎，并且继续进行自己的光辉旅程。手拿这本小书的读者，会不会坐在安乐椅里自言自语，"这本书也许可以排忧解闷，消磨一段时光"？你们读到高里奥大爷（就是高老头）不便告人的痛苦时，会不会无动于衷，照常津津有味地吃你们的晚餐，反而怪作者无事生非，夸大其词，用文辞来扰乱人心呢？啊！你们要知道：这个戏剧性的事件既不是无中生有，也不是小说家的编排，一切都是真的①，都是真情实感。每个人只要扪心自问，就会发现在自己身上，在心灵深处，都会发掘出这些情感的根源。

这座为普通人提供膳宿的公寓是沃克大妈的产业。公寓在圣贞妮薇芙新街的下段，新街到弓箭街是一个斜坡，坡度很陡，而且高低不平，很少有马车经过这里。这些杂乱无章的小街斜道，在慈悲谷修道院和先贤祠两座大建筑之间，反倒显得悠闲安静。这两座大楼庄严肃穆的圆形屋顶洒下了金黄的光彩，也投下了阴沉的暗影，改变了这里的环境和气氛。这里，路面上的铺石都是干巴巴的，没有污泥浊水，墙脚下长满了小草。最无忧无虑的人到了这里，也会像过路人一样感到忧从中来。车子的叽叽嘎嘎声似乎都是一件大事。房屋看起来阴沉沉的，高耸的围墙使人觉得像是监狱。一个走错了路的巴黎人到了这里，只看到普通人寄宿的公寓和办事处，只看到穷困潦倒、奄奄待毙的老头子，想寻开心却不得不拼命干活的年轻人。巴黎没有一个街区比这里更叫人恶心，甚至可以说，简直令人难以置信。而圣贞妮薇芙新街作为这幅苦难图的框架，真是再合适也没有了。为了使读者有个深刻的印象，不管用多么灰暗的色调，多么严酷的字眼，都不会是太过分的；就像参观古罗马的地下墓穴一样，一步一步走下墓道，越走光线越暗淡，导游的口气越说越枯燥。这个比喻真是再恰当不过了。其实谁能说得出：枯萎的心灵和空虚的脑袋，到底哪一样看起来更可怕呢？

---

① 原文是英文。

沃克公寓

公寓的正面朝着一个小花园，侧面靠着圣贞妮薇芙新街，形成一个直角，在公寓和小花园之间，沿着房子的正面有一条两米宽、连环形的砾石地，前面又有一条铺沙小路，路旁有天竺葵、夹竹桃、石榴花，都种在蓝白两色的陶器盆里。顺着小路就会走到一扇大门前，门上挂了一个招牌，上面写着"沃克之家"，下面还有"供应膳宿，欢迎男女客人光临"的字样。在白天，进门要先按栅栏上装的门铃，铃声不大好听；从栅栏向外看，可以看到铺沙路的尽头，对面墙上画了一个绿色大理石的神龛。看得出来是当地街区画家的艺术品。在神龛凹进去的地方，有一座爱神的雕像，一看雕像上五颜六色的油彩，象征画派的爱好者就可以看出巴黎的风流病了，而这种病不消走几步路就可以找到医治的地方。神像底座上刻的字已经看不清楚，但是总会使人猜想，是不是一七七七年伏尔泰荣归巴黎时，群众的热情高涨，为他的丰功伟绩立下了这座纪念碑呢？碑上刻的字是：

> 不管你是谁，爱神都是你的老师，
> 现在是，过去是，将来应该还是。

天快黑了。栅栏门换上了门板，栅栏后面的公寓，正面对着小花园，正面有多长，小花园就有多宽。花园两边都是墙，一边是沿街的墙，另一边是左邻右舍的分界墙。分界墙上爬满了一大片常春藤，仿佛从上到下都包装起来了，在巴黎特别吸引过路人，成了如画的景色。靠墙种了一排果树，墙上挂满了葡萄藤，收成和成色使沃克大妈忧心忡忡，和房客谈起来却又兴致勃勃。沿着每一堵墙都有一条狭窄的小道，通往一片菩提树的浓荫。沃克大妈是在宫方家出生的，总把"菩提"说成"不提"，虽然房客多次纠正，也不起什么作用。在这两条平行的小路中间有一大块方地，上面种着长生花，旁边是剪成圆锥形的果树，再靠边种的是酸菜、莴苣或香芹。在菩提树荫下，有一张漆成绿色的圆桌，周围还有几把椅子。在炎热的夏天，连鸡蛋都会给阳光烤熟，但是有钱人还要坐在树荫下喝咖啡。正屋是底层，三层楼房，再加一层阁楼。墙是粗砂石砌成的，粉刷成了暗黄色，巴黎所有的房屋几乎都是这样，显得陈旧古老，看起来叫人不舒服。每层楼都开了五扇窗子，窗上装的是小玻璃，配上遮光的窗帘，但是帘子挂得高低不齐，叫人看着不顺眼。房屋侧面也开了两扇窗子，底层那两扇还围了铁栅栏，作为装饰。正屋后面有一个二十尺宽的院子，在那里养猪、养鸡、养兔，倒也互不侵犯，各得其所。院子里首是一个堆木柴的棚子，棚子和厨房窗子之间挂了个碗橱，洗碗水就滴到下面的污水沟里流出去。这个院子有扇小门通到圣贞妮薇芙新街。厨娘打扫院子的时候，用大量的水把污泥脏物冲刷出去，怕会发生瘟疫。

房子似乎本来就是为开公寓而盖的，底层第一间房子由靠街的两个窗子照亮，由一个落地窗门进出。这间房子就是客厅，隔壁是间餐厅，隔开餐厅和厨房的是楼梯间。楼梯的踏板每一级都是木板嵌上擦亮的彩色方砖。客厅的陈设叫人看了难受：几张沙发，几把椅子，都是陈旧不堪的，有些沙发罩布磨得漏底，有些却又磨得发亮。客厅中间是一张圣安妮时代的圆桌，桌面是云花石的，上面放了个白瓷茶具柜，柜子上的金色花纹已经大半磨损掉了，今天这种柜子还可以随处看到。房子的地板相当糟，护壁板也只有半个人高，隔墙板上糊了上光的漆纸，纸上画着《特勒马克》①的故事，英雄人物穿着华丽的彩服。在两扇铁栅窗之间的壁板上，房客们看到的是款待尤里西斯之子（就是特勒马克）的盛宴。四十年来，这张画引起了房客的说笑，他们自以为高人一等，而现实的地位却低人一头。看到画上丰盛的酒席，而自己却只能不饿肚子，奈何！壁炉是石块砌成的，炉床干干净净，说明没有重大的事情是不会生火的。

---

① 尤里西斯远征特洛亚，十年未归，他的儿子特勒马克万里寻父。

壁炉架上摆了两个花瓶，瓶里插满了纸花，外面盖了个玻璃罩，但却掩盖不了纸花放得太久的陈旧颜色。花瓶中间摆了一架灰蓝色云石的座钟，叫人看不上眼。这第一间房子发出一股说不出的怪味，也许可以叫做公寓味，闻起来像是封闭多年，潮湿腐朽，变酸变烂，使人感到寒冷，臭气触鼻，连衣服也挡不住气味的侵蚀；闻起来有残羹剩菜的味道，或下人的房间、低级的办事处、贫民救济所的汗味。如果要描写这种怪味，那得发明一个方法来计算、估计这些老老少少的房客叫人作呕的品质，和污染空气的独特气息，才能说得清楚。其实，这种吓人的味道，如果比起隔壁的餐厅来，你会觉得这个客厅蛮不错了，气味也不那么难闻，甚至不比夫人们的小客厅相差太远呢。餐厅全装上了护壁板，原来的油漆颜色现在看不清了，露出了木板的本色，上面留下了一层一层油污的痕迹，画出了无以名之的奇形怪状。靠墙摆了几个碗橱，手一碰就会感到黏糊糊的，里面放了几个发暗光的长颈大肚玻璃瓶，几块带有波纹织锦的圆垫子，几沓杜奈出产的蓝边厚瓷盘。在一个角落里放了一个分格的小柜子，每一格都标了号码，让用膳的房客放他们的餐巾，那不是油渍斑斑，就是酒味扑鼻；还有一些老家具稳如大山，安然不动，虽然放在哪里也不合适，但是却不能处理掉，就像医院里无可救药的病人一样，公寓对这些老古董也下不了狠心。例如带顶棚的晴雨表，每逢下雨，顶棚就会张开伸出去；还有叫人看了倒胃口的木刻版画，偏偏还要配上一个黑漆描金的木框；又如镶嵌了铜鳞的挂钟，一个绿色的火炉，几盏油和灰尘混成一片的油灯，一张铺上漆布的长桌，布上的油渍厚得足够让一个爱开玩笑的食客用手指在上面留名纪念；还有几把缺胳膊断腿的旧椅子，几块放在门口擦鞋泥用的草垫子已经藕断丝连，踩不断却又踏还乱了；还有几个差劲的小脚炉，洞眼有的圆有的扁，结合的地方也已经松动，连嵌接的小木头都烤焦了。怎么办呢？要说出这些家具多么陈旧、腐朽，怎么裂开、摇晃，如何虫蛀、残缺不全、阴阳怪气、毫无用处、一动就要散架，那需要太多的文字，未免拖拖拉拉，会使读者觉得没有兴趣。性急的人更受不了。只简单补充一句：红色的方砖地给鞋底磨得高低不平，或者上色不匀，显得有厚有薄。总而言之，房子笼罩在穷苦的气氛中，没有一点诗意；而节衣缩食、饱受折磨的贫困却都集中在这里。虽然还不是一塌糊涂，也已经是遍体鳞伤；虽然还没有千疮百孔，衣衫褴褛，但是迟早要腐烂崩溃，变成一摊烂泥的。

这间餐厅的黄金时间是早晨七点钟前后，沃克大妈的猫比女主人还早，占先跳到食品柜上，闻了闻盖着碟子的几大碗牛奶，发出了呼噜呼噜的声音，这是它早晨的例行公事。然后女主人出场了。她戴着罗纱网眼便帽，露出了一圈没有梳理好的假发，脚上穿的是一双皱得像鬼脸似的拖鞋。她的脸有点显老，也有点显胖，脸中央突出一个鹰钩鼻；她的双手滚圆，身体丰满得像一个踏实的教徒，胸脯鼓得太显眼，并且摇摇晃晃，和餐厅的气味倒很相投。餐厅闻起来有股霉味，暗示投机倒把的不法作风；而沃克大妈呼吸着这暖洋洋的臭气，一点也不觉得倒胃，反而感到得其所哉。她的脸孔叫人觉得新鲜，仿佛见到秋天的第一次霜冻。她的眼角皱皱折折，表情变化很快，刚刚还是想讨人欢喜，满脸笑容的舞女，忽然一下翻脸不认人，瞪眼竖眉，成了逼人还账的讨债人。总而言之，她这个人就是公寓的化身，公寓也是她放大的形象。监狱不能没有警卫，这二者是缺一不可的。这个苍白肥胖的女人就是公寓生活的产物，正像伤寒病是医院的漏网之鱼一样。她外面穿的羊毛围捎，遮住了用旧裙子改成的内裙，但线缝开裂的内裙露出了棉絮。这就概括了客厅、餐厅、小花园的形象，叫人猜得到厨房的膳食是什么样。等到女主人一出现，场面才齐全了。沃克大妈有五十岁上下，像所有年过半百的女人一样，是经历过一番苦难的。她的眼睛像模糊的玻璃，神气像个公正无私的中间人，其实却在欺诈勒索，要求对方付出最高的代价。另一方面，为了改变自己的命运，她也不惜牺牲任何无辜的人，只要有利可图就行。

话虽如此，公寓的房客却只要一听见她像他们一样咳嗽或者诉苦哭穷，就认为她是个"好心的女人"，相信她和他们一样没有钱。至于沃克先生呢？她绝口不提这个过世的丈夫。他是如何失去他的财产的？她只解释说：在他倒霉的时候，他对她不好，只给她留下了流泪的眼睛、这幢过日子的房屋，还有不同情任何苦难的特权，因为她认为自己吃苦受难已经无可复加了。胖胖的厨娘希尔微一听到老板娘三步并作两步走的脚步声，就赶快为寄宿又包膳的房客做好午餐。

一般说来，包膳而不寄宿的房客只吃晚餐，每个月只花三十法郎。在本书故事开始的时候，在公寓里寄宿的房客只有七位。一楼有全公寓最好的两套房间。沃克大妈住了比较小的那一套，另外一套租给谷杜尔太太，她是法兰西共和国一个军需官的寡妇，带了一个养女，名叫薇多琳·达伊夫，这两个女房客每年交一千八百法郎膳宿费。二楼的两套房间，一套住的是一个叫布瓦雷的老人，另外一套的房客大约有四十岁，戴了黑色假发，鬓角也染黑了，名字叫沃特能。三楼有四个房间，两间已经租出，一间租给一个叫做米歇娜的老姑娘，还有一间住的是原来做面粉生意的高里奥大爷，大家都叫他高老头。另外两间打算租给来来往往的过客，或者家境不好的穷学生。他们像高老头和米歇娜老姑娘一样，每月只付得起四十五法郎的膳宿费，但沃克大妈不太欢迎这种客人，除非找不到更合适的，才不得已而求其次，因为这种客人吃面包吃得太多。目前，两间房子只有一间住了一个从安古莱乡下到巴黎来学法律的年轻人，他的家庭人口多，经济困难，每年节吃省用，才能给他凑上一千二百法郎做生活费。这个年轻人自称是欧金·德·拉思提雅，是一个苦难磨炼出来的青年，从小就知道父母对他的期望，要为自己准备一个美好的前途，早就计算过学习能起的作用，提前适应未来的社会活动，以便抢先占个便宜。如果没有他好奇的观察力，如果不是他善于在巴黎的沙龙里表现得出色，我们这个故事也就不会像现在这样富有现实意义了。

而这种现实主义的色彩，不能不归功于他的聪明才智，归功于他深入了解神秘事件的精神。因为这种神秘性是事件的制造者和受害者都千方百计不愿泄漏天机，公之于众的。

三楼之上是一间晾衣服的顶楼，还有两间阁楼，一间住了干粗活的佣人克里斯托夫，另一间住的是胖厨娘希尔微。除了这七个包膳宿的房客之外，沃克大妈不管年成好坏，平均总有七八个学法律或者学医的大学生，还有两三个住在附近街区的常客，到公寓来包晚餐。因此，餐厅常有十八个人入座，实际上可以容得下二十个人；不过中午来的只有七个房客，他们聚在一起，看起来倒有一点家庭风味。每个房客下楼都穿拖鞋。他们毫不客气，推心置腹地对头天晚上的客人评头论足，或者对昨天发生的事情说长道短。这七个房客都是沃克大妈惯坏了的孩子，她根据他们交的膳宿费多少，像天文学家一样精细地盘算如何区别对待他们，分毫不差。这些房客虽然来自四面八方，心里的算计却又大同小异。二楼的两个房客每月只付七十二个法郎，这样便宜的膳宿费，只有在圣玛塞尔郊区的修道院和救济所之间的地区才找得到。但这也说明了：这些房客（只有谷杜尔太太是个例外）都或多或少处在苦难的压迫之下。因此，公寓内部叫人看了难受，房客的外表也是一样陈旧破烂。男人穿的外衣颜色说不清是黑是蓝，鞋子是高级社区扔到街角都没人捡的，内衣穿破了也不补，衣服都只剩下了最后一口气，穿不了几天了。女人的穿着早已过时，染过色又掉色，只好再染；裙子的花边都已破旧，重新缝补过；手套磨得发亮，白色的皱领一直是枯黄的；头巾也磨得露丝线了。如果说她们衣着不太雅观，身体倒是个个结实，经历过人生的狂风暴雨，脸部冷漠无情，或者情感已经凝固成型，就像不再流通的硬币那样磨得面目模糊了。干瘪的嘴唇却武装着贪婪而锋利的牙齿。这些房客可以使人猜到他们已经或者正在上演的好戏，不是在舞台的灯光下或布号前，而是生动无声的表演，似乎冷酷无情，却能打动人心，使人热血沸腾的连续不断的戏剧。

　　老姑娘米歇娜在她疲劳无神的眼睛上方，戴了一顶油迹斑斑的绿绸遮阳帽，帽檐用一圈黄铜丝连起，慈悲的天使见了也要大吃一惊，居然有这么异想天开的妙手。她的大围巾镶边的一缕缕流苏，似乎在流眼泪，披在她的肩头，仿佛要掩盖一副皮包骨头的骷髅。是什么苦难剥夺了这个可怜人的女性外形？她可能漂亮过，身材也不坏，是不是生活放荡无度，伤心无限，或者是贪得无厌，欢爱过分？她是不是做过脂粉生意、风流勾当？是不是年轻时得意忘形、纵情欢乐，老来得到报应，连过路人都避之唯恐不及呢？她凄惨的眼神叫人发冷，萎缩的身体叫人害怕。她说话的声音尖得刺耳，像寒冬来临之前，藏身在枯枝残叶之间的秋蝉哀鸣。她说自己照料过一个患膀胱炎的老人——老人的子女认为没有什么好处可捞了，就撇下了老人不管。不料老人却遗留了一千法郎，给米歇娜做终身年金，于是财产继承人又定时来争遗产了，争不到就对她进行诬蔑。虽然她脸上还看得出情欲蹂躏过的痕迹，但白皙而细腻的皮肤却使人猜想得到：她的身体还多少保留了几分当年的姿色。

　　布瓦雷简直就是一架机器。看见他灰色的影子沿着植物园的一条小路走来，头上戴着一顶旧得像瘫痪了的鸭舌帽，手里几乎拿不住手杖，手杖的象牙球柄已经发出暗黄色。他外衣的下摆也起了皱，几乎遮不住贴身不紧的裤子。穿着蓝袜子的双腿走路不稳，仿佛喝醉了酒似的。他的白背心脏了也没有洗，卷缩的粗纱颈饰和绑在他鸡脖子上的领带不太搭配。看见一个这样的人，不免要引起怀疑：这个幽灵和那些在意大利林荫道上游来荡去，大胆放肆的诺亚子孙是不是同种同族？什么工作使他退化到了这个地步？什么情欲使他的脸变形了？画成漫画还像是个人吗？他干过什么事？也许在司法部当过差，经办过执行死刑任务的报销，如对弑父的逆子行刑时所用的蒙头黑布，行刑后用糠垫底的篓子，刑架上挂铡刀的绳子等的账单。也许他在屠宰场门口收过税，在卫生局当过检察员。总而言之，假如社会是个大磨坊，他就是一匹驴子，他为别人卖力，却不知道是在为谁帮忙；社会上发生了多少不幸的或者肮脏的事情，他就是用来转动社会这部大机器上的一个小螺丝钉。俗话说得好："总得要有人来做他所做的事情呀！"巴黎的上等人是不把这些身心都受到煎熬、脸色苍白的苦命人看在眼里的。因为巴黎是一片汪洋大海，无论你们把什么探测器沉到海心去，也测不出海到底有多深。你们可以走遍海上，写尽墨水，想要说个清楚明白——但是无论你们走了千里万里，写了千言万语，无论你们这些海洋探险家人数多少，兴趣多大，总会发现这片海洋还有新的处女地，有没人知道的龙潭虎穴、奇花异草、奇珍异宝、奇禽怪兽。总有一些你们文学探海家闻所未闻，或者难免遗漏的东西。沃克公寓就是一个这样千奇百怪的地方。

　　有两个人和这一伙房客食客形成了鲜明的对比。一个是薇多琳·达伊夫小姐，她的皮肤苍白，有点像是患了贫血症，但是她也摆脱不了大伙所共有的苦相。因为公寓的基调就是闷闷不乐、局促不安，还有穷苦潦倒的神气。不过她到底年纪不大，行动灵活，声音清脆。这个不幸的年轻人像一株枝叶枯黄的小树，是新近才移植到这水土不宜的地方来的。她的脸色黄里有点泛红，卷发也是淡黄，身材纤瘦，显示出近代诗人在中世纪的小雕像上看到的风韵，但她灰色带黑的眼睛流露出基督徒的温柔和听天由命的顺从。她的衣着简单朴素，价廉物美，没有埋没她年轻的体态。对比之下，她简直可以算是漂亮了。她一高兴，看起来叫人入迷，因为心情愉快使女人可以入诗，正如淡妆浓抹可以使她入画一样。如果舞会的欢乐可以使苍白的脸孔泛出玫瑰的光彩，如果温柔高雅的生活能够使微微下陷的脸颊丰满而且红润，如果爱情能使忧郁的眼睛重新光彩照人，那么，薇多琳简直可以和最漂亮的女郎比个高下了。她缺少的只是再创女性辉煌的衣饰和情人的书信。她的故事可以写成一本书。她的父亲认为自己有理由不认这个女儿，拒绝把她留在身边，只是一年给她六百法郎，这样才能不合情理地把他的全部财产交给他的儿子继承。谷杜尔太太是薇多琳母亲的远房亲戚，她让母女二人住在她家，母亲一死，她又把孤女当做自己的女儿抚养。不幸的是，这个共和国军需官的寡妇也只依靠她丈夫的遗产和抚恤金为生，有朝一日，她也会丢下这个一无经验，二无钱财的孤女在世上漂泊无依的。这个好心的谷杜尔太太每个星期天都带薇多琳去望弥撒，每半个月去做一次忏悔，好把她培养成一个虔诚的信女。谷杜尔太太做得对。有了虔诚的宗教信仰，也许是这个弃女的一条生路。女儿对父亲还不肯死心，每年回家一次，想转达母亲临终时宽恕父亲的遗言，但是每次都是家门紧闭、碰壁而归。哥哥是唯一可以调解父女关系的亲人，但他四年之内没有来看过她一次，没有提供任何帮助。她只有祈求上帝睁开父亲的眼睛，感化哥哥的硬心肠，自己却毫无怨言地为他们祈祷。谷杜尔太太和沃克大妈在词典里都找不到够狠毒的字眼，来咒骂这种不近人情的行为。在她们责骂这个狠心的百万富翁时，薇多琳却还在用温和的语言，想劝父亲回心转意；就像受了伤的野鸽子，呻吟时还是脉脉含情的。

另外一个年轻人是欧金·德·拉思提雅，他有一张南方人的脸，皮肤白，头发黑，眼睛蓝，他的风度、姿态、一举一动，都说明他是个大家子弟，早期的传统教育使他养成了良好的生活习惯。如果说他穿衣服并不讲究，平常日子也只穿去年穿过的旧衣服，然而，有时只消稍微修饰一下，走出门去，就显得不同凡俗。平常他只穿一件旧外衣和不讲究的背心，黑领带也起了皱，马马虎虎系在领子上，跟普通大学生一个样，裤子也和上衣差不多，而鞋子还是换过鞋底的。

在这两个年轻人和其他房客之间，沃特能是个中间人物。他已经四十岁了，鬓角发白，已经染黑，一般人看见他会说："这家伙不简单！"他肩膀宽，胸脯挺，肌肉发达，手掌也厚，五个指头差不多一样齐，关节上长了褐色浓毛。他的脸还不老就起了皱纹，是不是磨炼得老成了？

看他灵活的样子，随和的态度，并不显得生硬冷漠。他说话是偏低的男高音，这和他快活的性格倒很协调，不讨人厌。他喜欢帮人忙，老是笑嘻嘻的，有人的锁坏了，他马上拆下来，随便摆弄摆弄，擦擦油，锉一锉，再装还原，还一边说："这一套，我还行。"他似乎什么都懂：坐过船，漂过海，跑过国内国外，做过生意，见过人物，了解大事，懂得法律，甚至旅馆监狱也无所不知。如果有人牢骚太多，他会马上提出：要不要他帮忙？他好几次借钱给沃克大妈和其他房客，但是借钱的人宁死也不敢不还他的债，因为他虽然看起来是个老好人，但是眼光深沉，给人的印象是城府很深，有点叫人害怕。看他吐口水的神气，就可以猜到他心里作出了什么决定，并且是不会受外界影响而改变的，为了走出难以捉摸的困境，他甚至犯罪也不会在乎。像个严厉的法官，他的眼睛似乎可以看清任何问题，看穿任何人的内心，看透各种感情。他的生活习惯是吃过午餐出门，再回来吃晚餐，整个晚上都在外面，要等半夜才回来。沃克大妈给了他一把什么门都能开的钥匙，这是他的特权，回来时可以不必惊动别人。他对这个寡妇也特别好，搂着她的腰叫她妈妈，可惜大妈并不领情，以为这不算一回事，不知道只有沃特能的胳膊长，才能抱得拢她的粗腰。他还有个特点，每个月很大方地多花十五个法郎，喝一杯餐后的掺酒咖啡。一般人即使不像年轻人那么肤浅，也都卷进了巴黎生活的旋涡。老年人又对生活中没有直接关系的事漠不关心，所以没有人会对沃特能有什么值得怀疑的印象。他知道或者猜得到周围的人在干什么，但却没有人能深入了解他的思想，也不知道他干什么行当。虽然他表面上一团和气，经常对人一番好意，他快快活活的样子，在他周围筑起了一道长城，但还是不免流露出令人不寒而栗的内心。他时常说出拉丁诗人似的俏皮话，嘲笑法律，鞭挞上流社会，指责他们矛盾百出，这就可以看出他对社会现状的不满，心灵深处埋藏着不可告人的秘密。

达伊夫小姐也许连自己都不知道,她不由自主的眼光,暗中涌起的念头,都给这个精力旺盛的中年人和那个年轻漂亮的大学生吸引去了;但他们两个谁也没有想到她,尽管有朝一日,时来运转,她也可能嫁入一个富贵人家。再说,这些房客中也没有人乐意下工夫去查明哪个人的痛苦是真,哪个人的不幸是假。他们互不关心,因为处境不同,得多留个心眼,以免吃亏上当。他们也有自知之明,对别人的苦难,自己无能为力,对自己的不幸,自怨自艾太多,一杯苦艾酒已经不能和人分享了。就像一对老夫老妻,他们之间已经没有什么话没谈过,只有机械地生活,而机械的齿轮没有上油,所以就互相摩擦了。他们如果在路上迎面碰到一个瞎子,也会旁若无人似的一直向前走下去;如果听到一个受苦人讲他的苦难,他们会无动于衷,甚至认为死亡是解决苦难问题的好方法。因为他们已经尝遍忧患,对受苦人变得麻木不仁了。这些不幸人当中,最幸运的要算沃克大妈,她居高临下地管理着这座自由自在的贫民救济所。对她而言,这个又冷又静,又枯燥又潮湿的小园子,显得像个辽阔的大草原,是个笑容可掬的小树林。只有对她而言,这所昏黄沉闷,闻得出账房铜臭味的公寓,才是个开心的场所。这些牢房毕竟是她的财产。她喂养了这些终身监禁的囚徒,才能行使受到尊重的特权。这些可怜人只要付出微小的代价,就可以吃上充足而卫生的膳食,住上虽不高雅却也干净的房间。在全巴黎,哪里找得到这样便宜的地方?吃亏的人也只好忍气吞声,不好鸣冤叫屈了。

一伙这样的人应该包括,实际上也包括了一个小型社会的各色人等。在这十八个食客中,像在学校里,像在社会上一样,总有个把受人欺负,给人瞧不起,被人当成笑料的可怜人。欧金·德·拉思提雅在这里住到了第二个年头,看来还注定了要再住两年时,他看出这里惹人注目的那个可怜的受气人,就是原来做面粉生意的高里奥老头。如果画家要画人像,大约也会像历史学家一样,把聚光灯照在他头上。瞧不起人加上几分敌意，迫害弱者又掺杂着几分同情，把别人的苦难不当一回事，难道就是这种心理使大家都来打击这个年纪最老的房客？即使高老头做事有点可笑，做人有点古怪，难道比犯罪还更不可原谅吗？这些问题和社会上许多不公正的现象都紧密相关。难道人的天性就是要使忍辱负重的人承担一切，不管他是真正谦虚，或是软弱可欺，或只是不斤斤计较而已？我们大家不都是喜欢贬低别人或者别人所做的事，来抬高自己或者自己的力量吗？就连生命幼稚的顽童不也会在天寒地冻的时候去按响别人的门铃，或者爬上新建立的纪念碑，在上面刻下自己的名字吗？

高里奥大爷是个六十九岁的老头，一八一三年不做生意了，住到沃克大妈的公寓里来。他先住的是谷杜尔太太那一套，每年付一千二百法郎的膳宿费。那时，多付或者少付五个金币，对他来说，是微不足道的小事。据说沃克大妈预收了他一笔赔偿费，就把那一套三间房修整一新，其实不过是增加了一些便宜家具、黄布窗帘、绒面木架沙发、几张胶画，还有连乡下小酒店都不用的糊墙纸而已。那时，大家对高大爷还有几分敬意，对他的称呼是高先生。也许他花起钱来不太在乎，大家以为他是个不会管理钱财、老实可欺的房客。他初来的时候衣装一应齐全，是一个从生意场上退下来好好过日子的大商人。沃克大妈很喜欢他那十八件精工细作的半荷兰式的衬衣，装饰颈部的花边用两根别针扣住，别针之间有一根细小的金链子，每根别针上又有一个大钻石，这就特别引人注目了。他平常穿一套浅蓝色的衣服，一件弯弓似的蓝白两色背心，鼓起一个梨形的大肚子，肚子一鼓一缩，垂在肚子上的粗金链子就一起一落。他的鼻烟盒也是金的，里面还装了一圈头发做纪念品，是不是泄漏了他走桃花运的秘密？当房东大妈说起他是好色之徒的时候，他的嘴角上会露出愉快的笑容，仿佛抓到了他心头的痒处。他的柜子里装满了大大小小的银器，大妈好意帮他整理时都看花了眼，什么长柄木勺，调羹小勺，杯盘碗盏，油瓶汤罐，各种盘碟，镀金餐具，还有些不太好看，却又舍不得丢掉的东西。这些礼物使他回想起家庭生活中的往事。

"这一件,"他拿起一个盘子和一个上面有两只斑鸠互相亲热的小碗盖,对沃克大妈说,"是我妻子在结婚一周年的时候,送给我的第一件纪念品。可怜的好人!她把结婚前省下来的钱都用在这上头了。你看见没有,大妈,即使把这些东西埋到土里去,我也要用手指头把它们挖出来,怎么舍得和它们分手呢?谢谢上帝!我这辈子每天早上都可以用这个小碗喝咖啡了。还有什么可以抱怨的呢?我托盘里的面包可以吃好久哩!"

最后,沃克大妈的眼睛像喜鹊一样尖,一眼看见了一沓公债券,大致估计一下,加起来恐怕可以给这个了不得的高大爷每年带来八千到一万法郎的收入。从那天起,官方家的沃克大妈就打主意了。她那一年已经四十八岁,但是只肯承认刚三十九岁。在她看来,高里奥的眼皮虽然向外翻转,并且有点浮肿,所以不得不时常擦擦揉揉,但她却觉得并不难看,反而讨她喜欢。再说,他的腿部肉多,腿肚鼓起,鼻子方方正正,说明他具备了沃克寡妇所看重的那些道德品质。他脸如满月,老实天真得几乎到了憨厚的地步,也证明了她的观点。他应该身体结实得像一头牛,而又能把全副精力花费在家庭感情上。他的头发梳得像鸽子翅膀,每天早上,综合工艺大学的理发师来给他的头发扑粉,发梢在他前额下部画出了五个尖角,配他的脸倒很合适。他虽然有点土里土气,但用四根别针把衣服拉得笔挺;吸起鼻烟来,烟壶总是装得满满的,吸烟的神气似乎是有永远用不完的烟丝。自从高先生住进了公寓,沃克大妈晚上就睡不着觉,心中欲火燃烧,就像火上烧烤的鹌鹑,已经想到离开死去的沃克,卖掉公寓,挽着这个小财主的胳膊,出入本地区的体面场合,做一个阔太太了。她可以为穷人募捐,星期天去郊区游玩。高兴就上戏院,坐包厢,不用等到七月放假没人看戏的时候,才有房客送几张作者赠送的戏票来;她梦想着巴黎小市民的黄金乐园。她还没告诉人她已经一个苏一个苏地累积了四万法郎呢。所以,谈起财产来,她还是个上选的对象。

"在其他方面,我哪一点配不上这个老家伙呢?"她在床上翻来覆去自言自语。似乎是为了证明她有迷人的力量,每天早上都让胖厨娘希尔微在床褥上看到她销魂陷阱的痕迹。

从这天起,大约有三个月的时间,沃克家的寡妇就利用高里奥先生的理发师,花一点钱来打扮自己,借口是需要维持公寓的体面,以为到公寓来的都是有面子的人,自己也不能相差太远。她想方设法来改变她的房客和食客,宣布从今以后只接待在各方面都出色的人物。如果来了一个新客人,她就会对他吹嘘说:巴黎最有名望最受敬重的大商家高里奥先生就住在本公寓里。她还散发传单,上面用大字写着:"沃克之家。"她说:这是拉丁区历史悠久、名声最好的一座上等公寓。这里可以看到远郊的优美风景(其实是要上三楼才能远眺),还有美丽的小花园,园外有椴树林荫大道。她还说这里空气新鲜,环境幽静。这张传单引来了安伯梅尼伯爵夫人,她三十五岁,自称丈夫是在战场上阵亡的将军,她正在等待陆军部结算抚恤金。沃克大妈为她的膳食操了一番心,厅子里几乎生了六个月的火,传单上说的话都兑了现,甚至她还"倒贴了一点钱"。因此伯爵夫人对沃克大妈的称呼是"亲爱的朋友",答应给她介绍两个朋友住到公寓里来:一个是沃梅兰男爵夫人,另一个是上校皮夸索伯爵的遗孀。她们两人住在玛莱区的高级公寓,房租比沃克之家贵得多,不过她们的租期快满了,只等陆军部办完手续,她们就可以好好过日子了。

"不过,"伯爵夫人说,"手续老是办不完哩。"

这两个寡妇吃了晚餐后一同上楼,到沃克大妈房里闲谈,喝黑茶藨子酒,吃老板娘自备的点心。安伯梅尼夫人特别同意房东大妈对高里奥非常高明的看法,说是从第一天起,她就猜到了大妈的心思,高先生的确是一个无可挑剔的好人。

"啊！亲爱的夫人，他真是像眼珠一样圆满哩！"沃克家的寡妇说，"人不显老，还会讨人欢喜。"

伯爵夫人大方地提醒她：为了达到目的，是不是打扮一下更好。

"这也好像是在打仗。"她还加了一句。

两个寡妇三番两次计算之后，一同到王宫市场的木廊商店去买了一顶有羽毛装饰的帽子和一顶便帽。伯爵夫人又带她的朋友去小珍娜蒂商店选了一件连衣裙和一条围巾。武装齐备之后，沃克家的寡妇披挂上阵了，看起来简直像时髦的牛肉餐厅的招牌。话虽如此，她还是觉得自己今非昔比，而这得归功于伯爵夫人；虽然沃克大妈并不怎么"慷慨大方"，还是花二十法郎买了一顶帽子，硬要送给伯爵夫人。其实，她是打算拜托夫人帮个忙，去探听高里奥的口气，并且顺便在他面前给自己说几句好话。安伯梅尼夫人很乐意帮这个忙，缠着老面粉商人谈了一次话；不料她发现他一本正经，对于她的甜言蜜语无动于衷，原来她还打算把他勾引过来为自己所用呢！她恼火了，怒气冲冲地跑了出来，骂他不识好歹。

"我的天仙，"她对她亲密的朋友说，"你不要对这个老家伙打什么主意了！他对谁也信不过，真是可笑！还贪小便宜，是个小气鬼，傻瓜，简直讨厌透了！"

高里奥先生和伯爵夫人之间发生的事，惹得伯爵夫人生了气，不愿和他同住一个公寓，第二天她就走了。忘了付六个月的膳食费，而她留下来的旧衣烂衫还值不了五个法郎。无论沃克大妈怎样想方设法，要打听伯爵夫人的下落，在整个巴黎都杳无音信。她还时常谈起这桩感到遗憾的事，怪自己太容易相信别人，其实她机警得像一只母猫；不过很多人都是这样，只提防自己身边的人，碰到一个陌生人反倒放松警惕。人情这回事说来也怪，但事实却是如此，如要寻根问底，根源还在人心里。也许有些人生活在一处，说话总是老一套，没有什么新鲜，精神的空虚已经暴露无遗，既怕受到应该受到的批评，却又无法克服想要听到好话的欲望，尤其爱听人家吹捧自己所缺少的优点，于是希望得到意外的收获，即使会冒大失所望的危险，也要争取陌生人的尊重和好感。最后，还有些人生来唯利是图，认为对亲戚朋友好是尽本分，得不到什么好处；而对陌生人好，却可以得到自尊心的满足，所以不喜欢感情圈子内的人，反而对感情圈子外的人更好。沃克大妈这两种毛病都有，主要是太吝啬，虚伪，讨厌。

"假如我在那里，"沃特能后来对她说，"这种倒霉事一定不会落到你头上！我会毫不客气地揭穿她的骗局。我一眼就能看穿她的鬼把戏。"

沃克大妈像所有眼光狭窄的平常人一样，她不习惯在事情本身之外寻根问底，查个水落石出。她喜欢把自己的错误推到别人头上。在这次上当受骗之后，她却认为老实的面粉商人要为她的损失负主要责任。从那时起，她说：她不再醉心于这个老家伙了。在她认识到一切装模作样、花钱收买都不起作用的时候，她马上就猜到了不起作用的原因。她发现这个房客，用她自己的话来说："有他的一套。"最后，她对他的一片痴心已经证明是建立在妄想的基础上的，从这个家伙身上，她是再也捞不到什么好处的。伯爵夫人不是劝她不要打他的主意吗？看来夫人倒是有知人之明。于是爱恨交加，恨当然比爱走得更远。她的恨倒不是因为没有得到爱情，而是因为希望成了失望。一个人攀登感情高峰的时候，半路可以休息一下，但是从怨恨的陡坡上掉下来，那就一发而不可收拾了。不过高里奥先生是她的房客，寡妇不得不压制自己一下，不让受到伤害的自尊心爆发成一股怒火，而要把灰心丧气的长吁短叹都埋在心里，把报复的念头也吞到肚子里去，就像一个修道院的修道士受了院长的气，无可奈何，只好忍气吞声算了。小人物要发泄感情，无论是喜怒哀乐，总是不断表现在一些无关紧要的细枝末节上。寡妇也有女人出气的一套办法，她不露声色，想出一套鬼主意来损害别人。本来是为了讨客人好而在用膳时添加了一些小菜，现在，她要开始削减菜单了。

"不要做醋腌小黄瓜，也不要油浸凤尾鱼了！这都是些骗钱的小玩意。"她回到厨房的那天早上，就这样吩咐厨娘希尔微。

不料高里奥先生是个节吃省用的人，精打细算，年深月久，已经养成了习惯。一碗浓汤，一盘熟肉，一盘蔬菜，过去是，将来也永远是他特别喜欢的晚餐。因此，沃克大妈很难在膳食上折磨这位房客，随便做什么菜也倒不了他的胃口。碰到一个这样缺少毛病的客人，她也无可奈何，只好不把他放在眼里，并且同别的房客说三道四，别人也乐得随声附和，和她一个鼻孔出气。快到第一年年底的时候，寡妇对高里奥的怀疑又到了一个新地步，她想，一个每年收入七八千法郎的商人，有这么多金银珠宝，要供养个把情妇也是绰绰有余，怎么会住到她这里来，而付出的膳宿费比起他的财产来，简直是微不足道？在这第一个年头的大部分时间里，高里奥经常是每星期在外面吃一两次晚餐。后来，不晓得怎么搞的，改成一个月只进城吃两次了。高里奥先生在外面用餐的习惯很符合沃克大妈的利益。因此他以后越来越按时在公寓用餐，不能不引起沃克大妈的不满。这些小人国的人物最令人讨厌的习惯，就是以为别人和他们一样小气。不幸的是，到了第二年年底，高里奥先生证实了关于他的流言飞语，他居然要求沃克大妈让他搬到二楼去，可以把膳宿费减少到九百法郎。他要节省开支，甚至整个冬天都不生火。沃克大妈要他预付膳宿费，他倒爽快地答应了。从此以后，沃克大妈就叫他高老头。至于他的经济情况为什么会下落到这个地步，那就只好任人猜想了。要想猜破也不容易，简直有点像是探险。正如那个假伯爵夫人说过的，高里奥大爷是个不太说话、假装正派的人。根据那些头脑空洞，无话可说又要随便说话的人自以为是的逻辑，闭口不谈私事的人一定没干好事。这个与众不同的商人居然沉默寡言，一定是个骗子；这个对女人殷勤的老头，一定是一个好色鬼。沃特能就在这个时候住进了公寓，根据他的看法，高里奥大爷有时去证券交易所做公债买卖，蚀本之后，用一个金融界相当流行的字眼来说，他就做起"投机生意"来了。有时他又是个赌徒，每天晚上要去赌场碰碰运气，赢他十来个法郎。有人说他是警察局雇用的暗探，但沃特能认为他做暗探不够机敏。有时还有人说高里奥是个守财奴，放高利贷，出借小额贷款，又有人说他做奖券生意。总之，说法五花八门，一句话，他几乎成了罪恶之源，无耻之尤，无能之辈，简直是神秘莫测了。不过，无论把他的行为说得多么坏，罪恶说得多么大，名誉说得如何扫地，他还没有令人讨厌得到了扫地出门的地步，并且还是照付他的膳宿费。再说，他有人所不及的用处，谁都可以对他发脾气，发泄自己的好脾气或坏脾气，谁都可以和他开玩笑或者说冲撞的话。虽然众说纷纭，但是比较可靠而且大家都能接受的看法，还是沃克大妈说的：这个老头子保养得那么好，身体这样结实，眼睛看得清楚；和他在一起可以寻开心，其实是个放荡不羁的人，只是趣味与众不同而已。下面沃克家的寡妇举了一个事实为例，说明她并不是无中生有，诬蔑诽谤。在那个带来晦气的伯爵夫人不费分文地白吃白住了六个月，却又溜之大吉之后，有一天早上，大妈还没起床，忽然听见楼梯上有绸子长裙窸窸窣窣的响声，还有小巧玲珑的少女轻快敏捷的脚步声，一阵风似的飘进了高里奥未卜先知就半开半关的房门。胖厨娘希尔微马上来告诉老板娘：一个漂亮得不太正经而又打扮得有如天仙的女人，穿了一双没有污泥沾染的斜纹薄呢半筒靴，从街上一溜烟似的走进了厨房，向她打听高里奥先生住的是哪套房间。沃克大妈和厨娘赶快去门外偷听，只听到几句温存体贴的言语，他们的谈话就结束了。高里奥先生送客的时候，胖厨娘希尔微立刻拿上菜篮子，假装要上市场去买菜，其实是要跟踪这一对情人。

"大妈，"她回来时对老板娘说，"高里奥先生一定是阔气得不得了，才会走到这一步的。你想想看，在断头街转弯的地方，有一部漂亮的马车在等他们，我还看见女客上车呢。"

吃晚餐的时候，沃克大妈特意去把窗帘拉上，免得阳光刺了高里奥的眼睛。

"高里奥先生，光艳照人的东西都喜欢你，连阳光都追上你了。"她暗示早上的女客人，"哎哟！你的口味真高，她的确很漂亮！"

"那是我的女儿。"他说话时露出了一股得意的神气，房客们都以为看出了老头子的自负，还加上爱面子。

这事过了一个月后，高里奥先生又会了一次客。他的女儿上次来穿的是晨装，这次来是在晚餐后，穿的是去社交场合的衣服。房客们正在客厅里闲谈，看见这个金发女郎身材苗条，风度高雅。她太出色了，怎么可能是高老头的女儿呢？

"来了两个！"胖厨娘说。她没有认出客人就是上次来的那一位。

几天之后，又来了另外一个女儿，身材高大，体态匀称，皮肤深色，头发漆黑，眼睛灵活，她要见高里奥先生。

"来了三个！"希尔微说。

第二个女儿第一次也是上午来看父亲的，过了几天，又在晚上穿了舞装，坐着马车来了。

"来了四个！"沃克大妈和胖厨娘希尔微一起说。她们在这个高大女郎的身上，一点也看不出：她就是上次来时没有打扮的那个女客。

那时高里奥还付一千二百法郎的膳宿费。沃克大妈觉得一个有钱人养上四五个情妇也不值得大惊小怪，甚至认为他把情妇说成是女儿，说法也很高明。他把她们叫到沃克公寓里来，她也不说他不循规蹈矩。只是这些漂亮的情妇说明了，她的房客从前为什么不把她放在眼里的缘故，因此，第二年年初，她就不客气地说他是一只大公猫（情夫）了。后来，等他的身份降低到只付九百法郎的时候，有一次碰到一个女客下楼，她就毫不客气地质问他是不是把她的公寓当成销魂场所了。高里奥大爷告诉她这个女客是他的大女儿。

"你难道有三十六个女儿吗?"沃克大妈尖酸刻薄地问道。

"我只有两个。"她的房客很客气地回答,就像一个破落户一样只敢逆来顺受。

快到第三年年底时,高里奥大爷还要减少开销,搬上三楼去了,每月只交四十五法郎。他不再吸鼻烟,不再请理发师,头发也不再扑粉了。当高里奥大爷第一次没有扑粉就出现时,房东大妈吃了一惊,甚至叫了起来,因为他的头发灰绿色,肮里肮脏。他的外貌受到内心忧虑的折磨,不知不觉地变得一天比一天难看,不但不能增加用餐人的食欲,反而成了餐桌上倒胃口的阴沉面孔了。那时大家不再怀疑:高里奥大爷是个放荡不羁的老风流,他的眼睛受到春药的恶性影响,若不是医生本领好,恐怕早就保不住了。他的头发颜色令人讨厌,也是生活荒唐,漫无节制,还要吃药继续荒唐下去的结果。高老头的身体和精神状态使这些翻来覆去的闲言碎语越听越像是真的。他的衣服穿旧了,他就买十四个苏一码的白布做衬衫。他的金刚钻石,金鼻烟壶,粗金链子,金银珠宝,都一件一件不见了。他不再穿浅蓝的衣服、舒适的套装,不管冬天还是夏天,都穿栗色粗呢外衣,粗毛背心,灰色斜纹厚布长裤。他变得越来越消瘦了,腿肚子不再鼓起来。满足于过普通人的好日子而胖起来的脸,起了很多皱纹,额头也画上了皱褶,两腮陷了下去。在他住到圣贞妮薇芙新街的第四年,他完全不像从前的模样:六十二岁的面粉商人看起来还不到四十岁,是一个胖大的有钱人,刚干过轻浮的勾当,穿着花哨的服装,连过路人看了也会开心,连笑容也显得年轻。现在却似乎成了个七十岁的痴呆老人,行动踉跄,脸色苍白。灵活的蓝眼睛显出了暗淡的铁灰色,苍白无神,似乎连眼泪的滋润都没有,眼眶却又红得像流血。红眼叫人看了害怕,泪眼却又叫人怜悯。有些学医的年轻大学生看到他嘴唇下垂,颧骨突出,认为他得了痴呆症,使劲推呀摇呀,都得不出什么结果。有

一 沃克公寓

一天晚餐后，沃克大妈冷嘲热讽地对他说："怎么？她们就不再来看你了，你的那些女儿？"说话的口气好像怀疑他不是她们的父亲。高里奥大爷一听就发抖了，仿佛房东大妈用铁针刺了他一下似的。

"她们有时候会来的。"他回答时声音显得很激动。

"哈哈！你有时还会看到她们？"大学生叫了起来，"你真行，高大爷！"

但是高老头没有听懂他的回答引起的开心话，又沉浸到沉思默想中去了。而那些只看表面现象的人以为他是麻木不仁，智力上有缺陷。如果他们真了解他，也许会对他所面临的物质问题和精神问题感一点兴趣，但那的确太难了。虽然很容易就可以知道，高里奥是不是当真做过面粉生意，他的财产到底有多少，但是那些知情的老人几乎都住在公寓里，虽不是足不出户，但是很少走出街区，就像蚝虫不肯离开岩石一样。至于其他人呢，五花八门的巴黎生活使他们一离开圣贞妮薇芙新街，就忘记了他们所取笑过的可怜虫。对于那些眼界狭窄的人，就像对这些无忧无虑的年轻大学生一样，高里奥大爷所受的苦难枯燥无味，是他自己的愚蠢所酿成的苦果，和他们所关心的钱财和前途有什么关系呢？至于他说是他女儿的那些女客，每个人都同意沃克大妈逻辑严明的推论。这些房客晚上没事就养成了说三道四、谈长论短的习惯，他们相信沃克大妈说的：

"假如高老头的女儿像来看他的女客那么有钱，他也不会住到我这个公寓的三楼，每月只付四十五个法郎，连出去都穿得像个穷人了。"

没有什么能够推翻这个结论。因此，到了一八一九年十一月底，也就是本书好戏开场的时候，公寓里的每一个人对可怜的高老头都有了自己固定的看法。有一个博物馆的职员在公寓包伙，他说高老头不但没有女儿，甚至没有老婆。他寻欢作乐的生活使他成了一只到处是家的蜗牛，一种可以归入甲革类的人形软体动物。比起高老头来，住三楼的布瓦雷都成了雄鹰,成了上等人了。因为布瓦雷还会说话,讲道理,回答问题。虽然,说老实话,他并没有说出什么,只是重复别人说的、讲的或回答的,因为他习惯于用不同的字眼来重复别人说过的话。但他到底还是参加了谈话,到底是个活人,懂得道理,而据这个博物馆的职员说,高老头却经常是雷奥秘发明的寒暑表上的零度。

欧金·德·拉思提雅暑假后回来时,精神状态和一般上流社会的年轻人差不多,或者不如说,像那些处境困难却又能拼出一条向上道路的青年一样。他住在巴黎的头一年,法学院一年级学生的必修课程并不太多,他可以自由自在地亲眼目睹巴黎这个花花世界,亲身体会各种乐趣。如果一个大学生想要知道每个剧院上演的节目,研究巴黎这个迷宫的门径道路,学会说话做事的规矩和应用的语言,在首都寻欢作乐的方式方法,搜寻高级和低级的娱乐场所,听听有滋有味的课程,说得出博物馆的珍品宝藏,那他会觉得时间不是太多,而是还不够用。那时,一个大学生以为是了不起的大事,也许不值一提,他所认为的伟大人物不过是法兰西学院的教授,而教授只是用薪水捧得高高在上君临学生的一个讲席。欧金把领带打得突出显眼,来吸引喜剧院三楼女观众的注意。经过这些接二连三的入门教育,他总算摆脱了新手的地位,扩大了生活的眼界,最后认识到人类各个阶层重重叠叠的关系,这些阶层就组成了社会。如果说他开始在光天化日之下,对香榭丽舍林荫大道上的车水马龙看得目瞪口呆,到了最后,他就想乘风破浪了。欧金在文法学院毕业后,回家乡度假时,已经在生活的熔炉中经历了一番锻炼。他幼年时代的幻想,外省人的地方观念,都已消失。他的头脑有了改变,愿望有了提高,使他对父亲、家庭和庄园的处境,都看得更清楚。他的父母、兄弟、姐妹,还有一个靠养老金过日子的姑母,都住在拉思提雅家这块小小的土地上。庄园每年可以收入三千法郎,但这要看葡萄的收成和行情,而不管收成好坏,每年总得凑出一千二百法郎寄给他用,家里对他隐瞒困境。他当年认为如花似玉的姐妹,如今比起他梦想过的巴黎美人来,简直是有天渊之别。这个前途未卜、人口众多的大家庭将来就要压在他的肩上。看到他们对农作物的精打细算,把压榨后的葡萄渣滓酿成饮料等等,这一大堆艰难困苦,在这里提也没有用,但却加倍使他渴望出人头地。像一切志向远大的人,他只想凭自己的真实本领取得成功;但他是南方人的性格,决心很大,执行起来却犹豫了,就像在汪洋大海上漂泊的年轻人,不知道朝哪个方向用力,从哪个角度扬帆一样。如果说他开始想全心全意投入忘我的工作,但不久就受到需要建立社会关系的引诱,忽然打算投身社交世界,想在上流社会赢得几个女保护人。一个满腔热情、才华横溢的青年,加上高雅的谈吐举止,又有一种激动人心、使女性自愿上钩的男性美,还怕找不到倾心的人吗?这些想法曾经涌上他的心头,那是他同两姐妹兴高采烈地在田野散步的时候,她们都说他大大地改变了。他的姑母德·玛西雅夫人从前也曾出入宫廷,认识一些贵族阶层的头面人物。这个雄心勃勃的年轻人灵机一动,记起了姑母对他讲过的令人陶醉的往事,其中是不是有可以利用的社会关系呢?那至少是和在法学院拉过的关系一样重要。他就去问姑母:哪些关系可以恢复?老姑妈把盘根错节的家谱这棵大树的分枝摇撼了一下,认为在这些自私自利的阔亲戚中,要找一个她侄子用得上的人物,可能还是德·玻瑟昂子爵夫人最好通融。她给这位年轻的夫人写了一封老式的介绍信,要欧金交给她,并且对侄子说:如果子爵夫人肯帮忙,她还可以为他联系更多的亲戚。拉思提雅回到巴黎,几天之后,他把姑母的信寄给德·玻瑟昂子爵夫人。子爵夫人的回信来了,是邀他参加第二天舞会的请帖。

　　这就是到了一八一九年十一月底,这座普通公寓的大致情况。几天之后,欧金参加了德·玻瑟昂夫人的舞会,半夜两点左右才回公寓。为了弥补损失的时间,这个干劲十足的大学生在跳舞时便暗下决心,回来还要干他一个通宵达旦。这是他第一次在这个寂静的地区度过的不眠之夜，其实是看到了这个浮华虚荣的世界，不免心醉神迷，感情冲动，自以为是干劲冲天而已。这一天他没有在沃克之家吃晚餐，因此房客们以为他要第二天清晨才会离开舞会回来。因为以前他有时去普拉多舞厅或奥德荣剧院参加节日晚会，总是丝袜上沾满了泥，薄底舞鞋都跳得变形了，才回公寓来的。公寓的仆人克里斯托夫在锁门之前，先要开门望一望街，恰好拉思提雅这时回来，赶快不声不响上楼回房，免得打扰别人。但克里斯托夫跟在后面，却踢踢踏踏地闹得大家不得安歇。欧金脱了舞装，穿上拖鞋，换上了一件旧外衣，点着了煤炭火，准备轻装上阵，为他光辉的前程奏出序曲，而克里斯托夫沉重的脚步却还在用变调伴奏，简直变成喧宾夺主的噪音了。欧金在埋头读法律书之前，沉思默想了好一阵。他刚看出玻瑟昂子爵夫人是一位巴黎的时髦女王，而她的府第却被认为是圣日尔曼区令人心荡神怡的地方。此外，无论是谈家世还是谈财富，她都是贵族社会一个顶尖人物。多亏了玛西雅姑妈的引见，这个穷学生才受到子爵府的接待，他还不知道这种荣幸会给他带来多少好处。能够进入这些金光闪闪的沙龙，就等于领到了一张高等贵族社会的会员证。在这个门禁森严的高级社会一出头露面，就表示你得到了进入任何社交场合的特许证。这个光彩照人的舞会看得欧金眼花缭乱。他和子爵夫人还没说上几句话，就非常高兴地在这一大群舞会上争奇斗艳的天仙一般的巴黎女郎中，一眼看上了一位令年轻人一见倾心的美女。安娜斯达茜·德·雷斯托伯爵夫人身高腰细，是巴黎出名的柳腰美人。你想想看：她的眼睛又大又黑，双手美妙动人，双脚剪裁合体，行动如火附身，是龙格罗侯爵称为"骏马"的那种女人。感觉敏锐使她比起任何人来都毫不逊色，体型丰满浑圆却又没人说她太胖。"良种骏马""天生丽质"这些赞誉之词，已经开始取代"天使"和古代神话以及希腊古诗所用的形容语言，那些语言已经被新潮派的公子哥儿们弃而不用了。但对拉思提雅来说，安娜斯达茜·德·雷斯托夫人就是他的"意中人"。他设法预约了两次和她同舞，在她的小扇子上登记了他的名字，并且有幸在第一次跳四组舞时就对她说：

"夫人，以后在哪里能见到您？"他忽然一下感情冲动，冒出了这么一句。而这正是迎合女人心理的话。

"这个，"她回答说，"布洛涅森林，喜剧院，我家里，都可以的。"

于是这个喜欢冒险的南方青年赶快抓住机会，不管跳四组舞还是三步舞，都和这位令人心醉神迷的伯爵夫人拉上了关系。他一说自己是玻瑟昂夫人的表弟，立刻受到这位贵妇人的邀请，欢迎他光临伯爵府。她临别时对他嫣然一笑，使他觉得如果不去拜访她，未免不近情理。说来也巧，他刚刚认识的一位贵族并不嫌弃他对上流贵族社会的无知，而这在当时一般自命不凡的贵族家庭看来，实在是不可原谅的缺陷。当时在场的贵族人家就有不可一世的摩兰古、龙格罗、玛克沁·德·特拉伊、德·玛瑟、达九达、晶托、万德纳斯等，都是些心比天高、自鸣得意之辈。而和他们一同寻欢作乐的是最风雅的贵妇人，如布朗东勋爵夫人、德·朗杰公爵夫人、德·克加罗艾伯爵夫人、德·塞里济夫人、德·卡里吉亚诺公爵夫人、费罗伯爵夫人、德·朗蒂夫人、德·艾格蒙侯爵夫人、菲美亚尼夫人、德·利托美侯爵夫人、德·斯帕侯爵夫人、德·摩费涅斯公爵夫人，还有格朗略家的人。幸亏这个不识时务的大学生碰到的是德·朗杰公爵夫人的情人德·蒙蒂沃侯爵，他是个有赤子之心的将军，居然告诉了欧金：雷斯托伯爵夫人住在赫德街。年纪轻轻却如饥似渴地想进入上流社会，得到一个美人的欧金，已经看见两家大门为他打开了！他可以左脚走进圣日尔曼区玻瑟昂子爵夫人的府第，右腿又可以出入安丹区雷斯托伯爵夫人的沙龙！他可以把眼光投向一长串巴黎沙龙，自以为是个风度翩翩的美少年，可以在女人心上得到支持，得到保护了！感到自己雄心勃勃，很有把握能像杂技演员一样走钢丝而不会失足，还要找到一个有魔力的女人作为可依靠的平衡木，使他可以四平八稳地走完钢丝。这种思想在他心头波涛起伏，这个女人在他眼前亭亭玉立，自己却坐在炭火炉旁，站在丰富的法典和贫困的生活之间。在这种情况下，谁能不像欧金一样沉思冥想，摸索自己的前进道路，用幻想的成功来装饰自己的前途呢？他飘忽不定的游思浮想，预支了未来的如此葱茏茂密的欢乐，甚至以为自己已经身在雷斯托夫人左右了。忽然听见一声叹息打破了这一片沉寂，使这个年轻人仿佛听到了垂死挣扎的喘息。他轻轻地打开了房门，站在过道上一看，看见高里奥大爷的房门底下漏出了一道光线。欧金怕他的邻人身体不舒服出了事，就把眼睛凑到锁孔上去看看，看到高老头在房里手忙脚乱，仿佛干着什么见不得人的罪恶勾当。他怕这个自称的面粉商人干的事有碍公共治安，就想把事情看个一清二楚。高老头把桌子翻倒，桌面朝地，把一个镀金的银盘和一个精工细作的汤盘，用绞索绑在桌子的一根横杠上，再用尽平生之力，要把这些加温软化了的银器压成银条。

"见鬼！他是个什么人！"拉思提雅看见高老头青筋毕露的胳膊，不声不响地用绞索把镀金的银器捏成银条，就像把面团捏成面条一样，不禁心里琢磨着："他到底是偷东西的人，还是窝藏赃物的同伙？为了怕人发现他见不得人的勾当，就故意装聋卖傻，过着叫花子一般的生活？"欧金猜测时站直了一会儿。

大学生又把眼睛重新贴在锁孔上，看见高老头把绑紧的绞索松开，取出压成一团的银块，放在铺了毯子的桌面上，把银块压成浑圆的银条，他轻而易举地完成了这奇迹般的操作。

"难道他的力气有波斯国王奥古斯都那么大？"欧金看到浑圆的银条快要做好时，心里不禁这样想。

高老头瞧着做好了的银条，样子并不高兴，眼睛反而流出了泪水，然后吹灭了地窖里照老鼠用的蜡烛。他就是在这种暗淡的烛光下把银器压成银条的。最后，欧金听见他上床时还叹了一口气。

"他是不是疯了?"大学生心里想。

"可怜的孩子!"不料高老头却大声说了一句。

拉思提雅一听,觉得话中有话,这事不能声张,以免冤枉好人。他正要回房间。忽然听到一种莫名其妙的声响,仿佛是布鞋上楼的脚步声。欧金倾耳一听,果然听到两个人一呼一吸,但是没听到人开门,也没有人上楼。忽然沃特能的房里露出了微弱的灯光。

"普通人的公寓怎么净出不普通的怪事!"他心里想。

他走下了几步楼梯,却听到了金币的响声。不久,灯光熄灭了。又听到两个人的呼吸,但没听见开门声。两个人越走越远,声音也越来越小了。

"那是谁呀?"沃克大妈打开房间的窗子问道。

"是我回来啦。沃克大妈。"沃特能高声回答。

"这又怪了!克里斯托夫不是锁了门吗?"欧金回房时想道,"怎么要夜里不睡觉,才能发现在身边,在巴黎发生的事情?"

这些小事打断了他对风流韵事的情思,之后他才坐下来要用功了。但是对高老头的推测使他分心,更分心的是雷斯托夫人的丽影时时刻刻出现在他眼前,仿佛在预示光辉的前景似的。结果他捏着拳头就睡着了。年轻人要熬夜很难,十夜总有七夜睁不开眼睛。要过了二十岁才能干个通宵。

第二天早上巴黎浓雾弥漫,笼罩了全城,连最准时的人都迟到了。谈生意的人也失约了。大家都以为是八点钟,不料钟声却当当响了十二下。已经九点半钟,沃克大妈还躺在床上,一动不动。克里斯托夫和胖厨娘希尔微也起晚了,正悄悄地在喝咖啡,咖啡加上一层奶皮。牛奶本来是为房客煮的,希尔微一直放在炉火上,使沃克大妈误以为牛奶是煮沸蒸发了,看不出是厨娘偷偷地掺到自己咖啡里去了。

"希尔微,"克里斯托夫一边说,一边把他的第一块烤面包浸到牛奶里,"沃特能先生真是好,昨夜他又见了两个客人。如果大妈要问起来,你可千万不可以乱说。"

"他是不是给了你什么好处?"

"还不就是给了我一百个苏,那是他每月照例给的小费,意思就是叫我闲话少说。"

"除了他和谷杜尔太太不小气,别的房客都巴不得左手在新年给你的赏钱,右手又收回去呢!"

"再说,他们赏多少呢?"克里斯托夫说,"一小块蹩脚的一百个苏的硬币而已。而两年来,高老头总是自己擦皮鞋。布瓦雷这个小气鬼舍不得用鞋油,他宁肯补袜内(谐音布瓦雷),也不肯补袜外那双破鞋子。至于那个瘦弱的大学生,他只给我四十个苏。四十个苏,还不够买鞋刷!这也怪不得他,他的旧衣服都要卖掉换钱用,有什么办法!"

"算了,"希尔微喝了两小口咖啡说,"我们在街区里还算好的,日子还过得去。不过,克里斯托夫,你刚才说到沃特能那个好人。你听见人家说他什么没有?"

"当然有啰!几天前我在街上碰到一个人,他问我:'你们那里住了一个头发染黑的胖子,是不是?'我说:'不对,老兄,他没有染头发,一个像他这样快活过日子的人,哪有时间去染头发?'后来我告诉了沃特能先生,他对我说:'你说得对,我的好兄弟!你就这样回答吧。没有什么比打听别人的毛病更讨厌的了。说来说去,说得别人都不敢和你结婚了。'"

"哎,市场上还有人问我有没有看见他换衬衫呢,真是笑话!哟!"她忽然打住说,"慈悲谷教堂的钟已经十点差一刻了,怎么还没人起床?"

"啊!不要紧,他们都出去了。谷杜尔太太和她的年轻姑娘八点钟就到圣艾田教堂领圣体去了。高老头挟着一包东西上了街。大学生要十点钟下了课才回来。他们走时我在打扫楼梯。高老头那包东西撞了我一下,硬得像铁呢。这个高老头到底在干什么？大家都把他当陀螺转，不过他人倒是蛮好的，比他们大伙儿都好。他给我的小费不多。有时候要我送东西去那几家太太，她们出手赏钱倒真不少，穿戴也都讲究。"

"嗯，是他说的他女儿家吗？怕有十来家吧！"

"我只去过两家，就是到我们这里来的那两家太太。"

"大妈起来了，她又要闹翻天啦！我得去了。克里斯托夫，你看好牛奶。要小心猫！"

希尔微上楼到了沃克大妈房里。

"怎么，希尔微，已经十点差一刻了。你怎么让我睡得像冬眠一样久！这是从来没有过的事。"

"这都要怪雾，雾大得简直刀枪不入呢！"

"那午餐呢？"

"房客不是给大雾就是给鬼魂迷得晕头转向，天一亮就溜之大吉了！"

"你话说得不对，希尔微，"沃克大妈纠正她说，"应该说天不亮。"

"啊！大妈，你要我怎么说，我就怎么说。你要十点钟开午餐也行。不过米歇娜和布瓦雷两个人在床上还没有翻身呢。只有他们两个还在家，睡得像两块木头。"

"不过，希尔微，你把他们两个放在一起，好像……"

"好像什么？"希尔微露出了傻笑，接着就说，"他们不是一对吗？"

"真奇怪，希尔微，昨天夜里克里斯托夫锁了门，那么沃特能先生是怎么进来的呢？"

"不是那样，大妈，他听到沃特能先生回来才下楼开门的。你以为……"

"把睡衣给我。赶快去准备午餐吧。把剩下的羊肉加上土豆做一道菜。再煮几个小梨，就是卖两个里拉一个的那种。"

沃克大妈下楼的时候，她的猫刚好一脚爪撞翻了盖牛奶的盘子，正在舔牛奶呢。

"咪斯提格里!"她叫了一声。

猫走开了,又溜了回来,在她的腿边磨蹭。

"得了,得了,你又来讨好卖乖了,胆小鬼!"她对猫说,然后又叫,"希尔微,希尔微!"

"来了,大妈,什么事呀?"

"你看,猫吃掉了多少奶?"

"这都要怪克里斯托夫那家伙,我早就叫他摆好餐桌。他到哪里去了?——不要着急,大妈,牛奶可以掺到高老头的咖啡里,我再加点水进去,他就什么都看不出了。再说他也不大在乎,吃什么都没有关系。"

"他到哪里去了?这个老怪物。"沃克大妈一边摆盘子,一边问道。

"谁知道呢?他总是和魔鬼做生意。"

"我睡得太多了。"沃克大妈说。

"说哪里话呢!大妈还鲜艳得像一朵玫瑰花呢……"

这时,沃特能走进了客厅,用他的粗嗓子唱着:

　　全世界我都早已走过,
　　随便哪里都看得见我。

"呵!呵!你早,沃克妈妈。"他一看见房东大妈就叫了起来,并且讨好似的拥抱了她。

"得了,不要装模作样了!"

"怎么不说'轻浮放荡'呀?"他接过话来说,"怎么不说了?说我放荡吧!不说?那好,那就放手让我来帮你摆餐具。你看我多规矩,是不是?"

追求褐头发和金头发的！

追得到就爱，追不到就叹气！

"我刚刚看到一件怪事……说来也巧……"

"什么事呀？"

"高老头八点半钟去了王妃街一家收买金器银器、金线肩章的金银珠宝店。他卖了一套镀金的银餐具，卖的价钱还不少呢！想不到一个外行能搞出这么圆的银条来！"

"真的吗？"

"这还能有假？我刚送一个朋友去坐王家海轮出国，回来时我等着高老头，想看他会闹出什么笑话来。他走上了本地区的格雷街，走进了放高利贷出名的葛布塞家。葛布塞是个自以为了不起的怪人。为了赚钱，不在乎把父亲的骨头做成骨牌去卖，真是个爱财如命的犹太人。你休想赚到他一分钱。他把金币都存在银行里。"

"高老头去葛家干什么？"

"他什么也不干，"沃特能说，"只是把自己干掉。这个蠢家伙为了女人把自己都搞垮了！"

"说到老高，老高就到！"希尔微说。

"克里斯托夫，"高老头招呼用人，"你跟我上楼来！"

克里斯托夫跟着高老头上去，一会儿就下来了。

"你要到哪里去？"沃克大妈问他的用人。

"高大爷要我办事去。"

"办什么事？"沃特能说，他从克里斯托夫手里抢过一封信来，信封上写着：安娜斯达茜·德·雷斯托伯爵夫人亲启。"要你送到哪里去？"他把信还给克里斯托夫时又问。

"赫德街。他要我一定面交伯爵夫人。"

"里面装了什么？"沃特能把信拿起来放在太阳光下，自己从背面看。"是一张钞票？不是，（他把信封拆开一点）是一张付款收据！"他叫了起来。"真有你的！这个老风流，老青年。去你的吧，小滑头！"他一边说，他的大手一边摸摸克里斯托夫的头发，把他的身子像骰子一般转了一圈，"去领你那一大笔赏钱吧！"

餐具摆好了，希尔微在热牛奶，沃特能一面帮沃克大妈点炉子，一面唱着：

全世界我都早已走过，
随便哪里都看得见我。

一切都准备好了，谷杜尔太太同达伊夫小姐也回来了。

"我的好太太，这么一大早到哪里去了？"沃克大妈对谷杜尔太太说。

"我们刚到山前的圣艾田教堂祈祷去了。今天不是该去达伊夫先生家吗？可怜的姑娘，她去见父亲却抖得像一片树叶似的。"谷杜尔太太回答说，她在火炉前坐下，脱了鞋子，放在炉口，鞋子冒起烟来。

"来烤火吧，薇多琳。"沃克大妈说。

"小姐，求上帝让你父亲发善心自然很好。"沃特能把一张椅子移到薇多琳跟前说，"不过这还不够，还得有个朋友去劝劝这个不讲道理的大财主。人家说他有三百万家产，却不给你嫁妆。难道他不晓得：这个年头，漂亮的小姐也得有陪嫁吗？"

"可怜的孩子！"沃克大妈说，"得了，我的小白菜，你狠心的爸爸难道不怕报应吗？"

一听这话，薇多琳的眼睛就流出了眼泪，房东大妈看见谷杜尔太太做手势，也不再说话了。

"只要我们能见一面，只要我能和他谈谈，把他妻子的遗书交给他，那就行了。"军需官的遗孀接着说,"我不敢冒险把信寄去,他认得我的笔迹。"

"呵,清白无辜,不幸受到迫害的女人!"沃特能打断她的话,叫了起来,"你们怎么到了这一步?再过两天,我来管这件事,你们不必担心!"

"呵,先生,"薇多琳热泪盈眶地瞧了瞧沃特能说,"如果你有办法见到我的父亲,请你告诉他:他的亲情,我母亲的名声,对我说来,比世界上什么财富都宝贵得多。如果你能缓和一点他严酷的性格,我会向上帝为你祈祷,我会对你感激不尽……"沃特能却无动于衷。

"全世界我都早已走过……"沃特能又满不在乎地唱了起来。

这时,高里奥、米歇娜老小姐、布瓦雷都下楼来了,也许都闻到了黄油炸面调料的香味,那是希尔微浇在昨天的剩羊肉上面的。一会儿,七个房客都各就各位,互相问好。钟声响了,正好十点。大家听见大学生的脚步声从街上传来。

"好哇,欧金先生,"希尔微说,"难得你今天和大家同吃午餐。"

大学生和房客们打了招呼,就在高大爷旁边坐下来。

"昨天我走了意外的好运。"他一边说一边大吃羊肉,还切了一大块面包。沃克大妈目不转睛地估计那块面包有多大。

"好运?"布瓦雷说。

"嘿,有什么可以大惊小怪的,老家伙?"沃特能对布瓦雷说,"难道他不该走好运吗?"

达伊夫小姐不好意思,偷偷地看了年轻的大学生一眼。

"你走了什么好运呀?"沃克大妈问道。

"昨天我去玻瑟昂子爵夫人家参加舞会,夫人是我的表姐,她的房子非常讲究,房间里挂满了漂亮的丝绸。一句话,好像过一个盛大的节日,使我快活得不亦乐乎,简直像是一代君王……"

"俊英。"沃特能突然插起嘴来。

"先生，"欧金赶快就问，"你说什么？"

"我说'俊英'，因为一代俊英要比一代君王快活得多。"

"说得不错，我也宁愿做一只自由自在的'戴菊莺'，因为……"只会跟着说的布瓦雷把"一代俊英"错听成"戴菊莺"了。

"总而言之，"大学生打断了他的话，接着说，"我和舞会上一个最漂亮的女人跳舞了。那是一位令人倾倒的伯爵夫人，是我从来没见到过的令人心醉的美人。她头上插了桃花，胸侧还有花束装饰，都是香喷喷的鲜花。不过，唉！这要亲眼看见才行，怎么可能描写跳舞跳得焕发出生命之光的女人呢！但是，今天早上快到九点钟的时候，我碰到了这位天仙般的伯爵夫人，她却在格雷街上步行。呵！我的心跳加快了。我猜想……"

"你猜想她要到这里来了。"沃特能意味深长地看了大学生一眼，"她当然是到放高利贷的葛布塞家去了。假如你能摸透巴黎女人的心事，你一定会发现放债人比情人重要得多，你的那位伯爵夫人叫安娜斯达茜·德·雷斯托，住在赫德街，是不是？"

一听见这个名字，大学生立刻瞪着沃特能。高大爷也忽然抬起头来，眼睛发亮，瞧了这两个人一眼，好像很着急的样子。房客们都觉得奇怪。

"克里斯托夫去得太迟了，她已经先去了。"高里奥难过得叫了起来。

"我猜对了。"沃特能俯在沃克大妈耳朵边说。

高里奥呆头呆脑地吃着午餐，自己也不知道吃的是什么。他吃午餐时似乎从来没有这么心不在焉过。

"真见鬼！沃特能先生，她的姓名是谁告诉你的？"欧金问道。

"哈哈！你瞧，"沃特能答道，"连高老头都知道了，我还能不知道？"

"高大爷吗！"大学生叫了起来。

"怎么！"可怜的高老头说，"她昨天真的很漂亮？"

"谁呀？"

"德·雷斯托夫人。"

"你看这个老守财奴，"沃克大妈对沃特能说，"瞧他的眼睛都发亮了！"

"难道他真的供养着她？"米歇娜老小姐低声问大学生。

"嗬！是的，她美得会叫人发疯。"欧金回答高大爷说，看起来高老头恨不得一口把他吞下去。"若不是玻瑟昂夫人在场，我那位天仙般的伯爵夫人就是舞会上的王后了。年轻人的眼睛都盯着她，我是第十二个预约和她跳舞的人。她每次跳舞都有人争着预约，把别的女人都气得要命。如果昨天要选一个最幸福的人，那一定就是她。俗话说得不错：世界上最美的，莫过于扬帆远航的海船、驰骋千里的骏马、翩翩起舞的美人了。"

"昨天高高在上，在一个子爵的舞会上，使大家都眼红。"沃特能说，"今天却低声下气，在一个债主的楼底下，忍受有钱人的白眼：这就是巴黎女人的命运。如果她们的丈夫供不起她们豪华的生活，她们就出卖自己。如果不能出卖肉体，就拿娘家来开膛破肚，不惜倾家荡产，也要出足风头。最后，她们就千方百计，没有什么坏事不做。这谁不知道，谁不知道呀！"

高老头先听了大学生的话，脸上容光焕发，像晴天的太阳，后来再听到沃特能毫不容情的旁观者言，脸色立刻蒙上一层阴云。

"咳，"沃克大妈对大学生说，"你的好运有什么意外呢？你看见她，她有没有和你说话？你有没有问她学不学法律？"

"她没有看见我。"欧金说，"不过早晨九点钟，在格雷街碰到一个巴黎最美的女人，一个清晨两点钟才从舞会回家的女人，这难道还不算意外？只有在巴黎才会有这种事啊！"

"不，比这更意外的事还多着呢！"沃特能叫着说。

达伊夫小姐没怎么听他们的话，只想着自己要去做的事。谷杜尔太太向她示意可以去换套服装了。等到两个女人一走，高大爷也跟着走了。

"嗨，你们看见没有？"沃克大妈对沃特能和其他房客说，"他显然是给这些女人搞垮的。"

"我怎么能相信，"大学生叫着说，"漂亮的雷斯托伯爵夫人是靠高大爷供养的？"

"不过，"沃特能打断他的话说，"我们并不一定要你相信。你还太年轻，不太了解巴黎，你将来总会碰到这种感情用事的人。"

一听见这话，米歇娜老小姐像明白人似的瞧了沃特能一眼，就像战马听见战号一样。

"哈哈！"沃特能停了一下，别有深意地瞧了她一眼说，"难道我们就没有感情用事的时候？"

老小姐低下了头，好像修女看见了裸体雕像。

"你看，"他接着说，"那些痴情的人抓住一个念头就不放。他们只喝一个源头的水，哪怕不是活水也行。为了解渴，他们不惜出卖妻子儿女，甚至把灵魂卖给魔鬼。对于一些人，解渴的泉水就是赌博。证券交易，搜集名画，收集标本，爱好音乐；对于另外一些人，只是用甜言蜜语拉人下水的女骗子。对于这些傻瓜，你把全世界的美女送给他，他都不要，只是死心塌地地要能够满足他痴情的那一个。往往那个女人并不爱他，对他粗暴，要他付出很高的代价，才给他一点残羹剩菜，来满足他的痴情。但是这些可笑的傻瓜永远痴迷得不肯松手，甚至把最后一床被子送进当铺，去换几个钱给她用。高老头就是一个这样着迷的男人。伯爵夫人能榨他的钱，因为他嘴巴紧，手头松，这就是巴黎的花花世界。可怜的高老头只想到她：除了痴情以外，你们看，他简直笨得像头猪。但一谈到他钟情的这个人，他立刻满脸放光，好像钻石一样，他的秘密不难猜破。今天早上我看见他把镀金的银具熔成银条，拿到格雷街葛布塞家去。后来怎么样呢？他回到这里，叫克里斯托夫这个傻小子给雷斯托伯爵夫人送信，信封上的地址我们都看见了，里面是一张借款付清的收据。显然，如果伯爵夫人也到放高利贷的葛老头家去，那一定是有紧急的事。高老头像个风流爷们替她还了债。用不着把这两件事联系起来，就可以看出其中的奥妙。这就证明了，我年轻的大学生，你的伯爵夫人欢笑呀，跳舞呀，装模作样，招展花枝，摇曳长裙的时候，她正穿着夹脚的小鞋苦中作乐，担心的却是拒付的债券，或是情人不替她还债呢！"

"你说得我着急了。明天我去雷斯托夫人府上了解真相。"欧金叫着说。

"对，"布瓦雷附和说，"明天该去雷斯托夫人府上。"

"那你也许会碰上高老头还了风流债在领赏呢！"

"难道，"欧金带着厌恶的神气说，"你们的巴黎是个污泥坑？"

"是个颠倒黑白的污泥坑，"沃特能接着说，"坐车的沾了泥是上等人，走路的沾了泥是下等人。如果你倒霉和污泥坑脱了钩，那法院会把你当成怪物在广场上示众。如果你偷了一百万，上流沙龙会说你功德无量。你们付了三千万给宪兵队和法院，就是为了维持这种秩序……多好！"

"怎么，"沃克大妈忽然叫着说，"高老头把镀金餐具熔掉了？"

"银器盖子上不是有两只斑鸠吗？"欧金问道。

"正是。"

"那么，他的确是舍不得了。他把餐具做成银条时还流眼泪呢！那是我偶然看到的。"欧金说。

"他把金银看得和性命一样重。"沃克家的寡妇说。

"你们看这个老头多么痴情！"沃特能叫着说，"那个女人抓着了他灵魂的痒处。"

大学生上楼回到他的房间。沃特能出去了。不久之后，谷杜尔太太和薇多琳坐上了希尔微叫来的马车。布瓦雷让米歇娜老小姐挽着他的胳膊去植物园散步,消磨这一天最好的两个小时。

"瞧!他们简直像是一对。"胖厨娘希尔微说,"今天是他们头一次一同出去。两个人都硬邦邦的,碰到一起,恐怕要像两块火石打出火花来了。"

"当心米歇娜小姐的围巾,"沃克大妈笑着说,"它会像情网一样围住你。"

下午四点钟,高里奥回来时,在冒烟的灯光下,看见薇多琳两眼通红,沃克大妈正在听谷杜尔太太讲她们上午对达伊夫先生徒劳无功的拜访。

"亲爱的大妈,"谷杜尔太太对沃克大妈说,"你想想看,他甚至不让薇多琳坐下,只是一直站在那里。至于我呢,他对我说话虽然没有生气,但也只是冷冷地说:不必麻烦我到他家里来,至于小姐,他不说是他女儿,只说她越来麻烦他,他越生气(一年一次还嫌麻烦,真不是人!)。薇多琳的母亲结婚时没有陪嫁,所以女儿也不能有嫁妆;说来说去,没有一句好话,说得可怜的姑娘哭成了一个泪人儿。但她还是跪倒在父亲脚下,鼓起勇气来说,她只想为母亲说几句话,只是毫无怨言地执行母亲的遗愿,只求父亲读一读可怜的母亲的遗书。她一面把信交给父亲,一面说着世界上最好听的话。我也不知道她这些话是从哪里学来的,大约是求上帝心诚则灵吧,这个可怜的孩子得到了上帝的启示,说得那样动情合理,连我都听得眼泪滚滚直流了。你猜猜那个老浑蛋怎么样?他一面剪指甲,一面接过这封用血泪写成的遗书,看也不看,就把信扔到壁炉里去,还说:'就这样好。'他本来要扶起跪在地上的女儿,一见她要吻他的手,又把手缩回去了。你看狠不狠心?他傻里傻气的儿子进来了,根本不理他的妹妹。"

"难道他们没有人性?"高大爷说了一句。

"然后，"谷杜尔太太没有注意高老头感慨的话，接着又说，"达伊夫先生说是有要紧的事，只打了一个招呼，说了一声对不起，就同儿子走了。这就是我们拜访的结果。总算父女见了一面。我真不懂，这个父亲为什么不认自己亲生的女儿。两个人看起来就像是两滴一样的水。"

包膳宿的房客和只包膳的食客先后都来了，互相问好，说些等于没说的话，这些空话构成了巴黎社会某些阶层可笑的精神，主要是把人当傻瓜。如果说有什么价值，那是靠与众不同的姿势和内部流行的语言。这种语言还在不断改变，原则不过是开开玩笑，而玩笑开了一个月就不好笑了。于是政治事件，法院案件，街头的歌谣，戏子的笑话，都可以用来维持这种精神游戏，把观念和语言当做羽毛球，用球拍打来打去。如最近发明的透景画（发音是"透景那末"），其实是在全景画或"全景那末"的基础上提高一步。于是有些画室就开玩笑，谈到什么都加上个词尾"那末"。有个在沃克之家包膳的年轻画家就把加词、改词这个风气移植到公寓里来。

"喂，布瓦雷先先，"博物馆的职员说，"你身体'那末'样？"

然后不等他回答，又对谷杜尔太太和薇多琳小姐说：

"两位女士，你们有伤心事。"

"我们是不是要'开餐餐'啦！"贺拉斯·卞雄叫着说，他是学医的大学生，拉思提雅的朋友，"我的胃都要掉到鞋底下'那末'啦！"

"天冷得要结冰那末，"沃特能也跟着这样说，"让开点好不好，高大爷？真要命！你的脚把炉门都封锁了。"

"久闻大名的沃特能先生，"卞雄说，"你为什么要说'结冰那末'？你说错了一个字，应该说'天冷得要结冰那末'！"

"不对，"博物馆的职员说，"根据规则，'结冰那末'说得不错，因为我们可以说：我的脚冷得要结冰那末。"

"哈哈！"

"左道旁门的法学博士拉思提雅侯爵大人来了！"卞雄抱着欧金的脖子，憋得他几乎喘不过气来，"嗨，你们大家，嗨！"

米歇娜小姐轻轻走进来，打个招呼，没有说话，和三个女人坐在一起。

"她总是使我冷得打哆嗦，这只老蝙蝠！"卞雄望着米歇娜老小姐对沃特能低声说，"我学过骨相学，看得出她像犹大一样身上有反骨。"

"先生见过犹大？"沃特能问道。

"谁没有碰到过犹大呢！"卞雄回答说，"我敢打赌，这个脸色苍白的老姑娘就像一条长长的蛀虫，会把一根木柱蛀空。"

"事实就是事实，年轻人。"四十岁的沃特能摸摸颊髯，念出马莱的诗：

> 玫瑰都是玫瑰，不管多么鲜艳，
> 也过不了一天！

"哈哈！来了一盆'那末'好的汤！"布瓦雷看见克里斯托夫小心谨慎地捧着汤盆进来，就眉开眼笑地说。

"对不起，先生，"沃克大妈说，"这只是一盆白菜汤。"

年轻人都大笑起来。

"这一下沉到底了，布瓦雷！"

"再也翻不了身啰！布瓦雷！"

"沃克大妈赢了两分。"沃特能说。

"有没有人注意到今天早上的大雾？"职员问道。

"那是史无前例，疯头癫脑的大雾，"卞雄说，"是一场阴森森，凄惨惨，绿葱葱，气喘喘，高老头式的大雾。"

"高里奥那末雾，"画家说，"因为什么也看不见。"

"嘿！高大人，人家谈到你了。"

高大爷坐在餐桌的下方，靠近去厨房的门，他抬起头来，闻了闻放在餐巾下面的面包，这是以前做生意养成的习惯，老习惯总是很难改掉的。

"怎么啦！"沃克大妈高声叫了起来，声音盖过了调羹、盘盏和谈话的声响，"是不是面包不好？"

"很好，大妈，"他回答说，"这是头等面粉做的面包。"

"你怎么看得出来？"欧金问道。

"看看颜色，闻闻味道。"

"闻你鼻子的味道吗？"沃克大妈说，"你这样节省，我看你只要闻闻厨房的味道就可以吃饱了。"

"那你可以得到发明的奖状了，"博物馆的职员叫着说，"还可以赚不少钱呢！"

"别提了，他这么说，不过是提醒大家他做过面粉生意而已。"画家说。

"你的鼻子难道是香水瓶？"博物馆的职员还要追问。

"什么瓶？"卞雄问道。

"面粉瓶。"

"风向瓶。"

"宝玉瓶。"

"滴水瓶。"

"小酒瓶。"

"乌鸦瓶。"

"象牙瓶。"

"包罗万象那末瓶。"

这八个回答从餐厅的四面传来，快得像连续发射的子弹，听得可怜的高大爷头昏脑涨，目瞪口呆，手脚不知所措，仿佛在听外国人说话，这使大家笑得更厉害了。

"什么瓶呀？"他问坐在旁边的沃特能。

"并手并脚，老兄！"沃特能说时拍了一下高大爷的帽子，把它按下去，遮住了他的眼睛。

可怜的老头给突然而来的打击吓呆了，一动不动地呆了好一阵。克里斯托夫以为他喝完了汤，就把他的汤盘收走了。等到高里奥推高了帽子，拿起调羹来喝汤时，调羹碰到了桌面，又引起了同桌人的大笑。

"先生，"高老头对沃特能说，"你这个玩笑开得不好，如果你下次再这样按我的帽子……"

"那又怎样，老爸？"沃特能打断了他的话。

"那总有一天，你会得到报应的。"

"进地狱吗？"画家说，"还是像坏孩子一样关进暗房子里？"

"好了，小姐，"沃特能对薇多琳说，"你不吃了。你爸还是不肯转意？"

"简直可怕！"谷杜尔太太说。

"总得要他讲道理才好。"沃特能说。

"不过，"坐在卞雄附近的拉思提雅说，"既然小姐不吃，她是不是想绝食来打官司？咳，你们看高大爷多么仔细地瞧薇多琳小姐！"

高老头全神贯注地望着可怜的年轻小姐，连午餐都忘了吃。因为她脸上露出了真正痛苦的表情，富有亲情却得不到父亲谅解的痛苦。

"我的好朋友，"拉思提雅低声说，"我们都误解高大爷了。他既不傻，感觉也不迟钝。应用你的骨相学，告诉我你的看法怎么样？我昨夜看见他把镀金的银盘捏成银条，就像捏蜡做的盘子一样，脸上的表情流露出不同寻常的感情。在我看来，他这一生太神秘了，值得好好研究。真的，卞雄，你不要笑，我说的是实话。"

"这家伙是个医学标本。"卞雄说,"如果他同意,我可以做解剖工作。"

"不。只要摸摸他的头就行了。"

"那好,不过他的傻气会不会传染呢?"

二　贵族之家

第二天，拉思提雅穿得非常入时，在下午三点左右到德·雷斯托夫人家去了，一路上他沉醉在痴心妄想之中。这是年轻人的通病，却使得青春生活美好而感情丰富：他们不考虑前途的障碍和风险，只看到胜利和光明；全凭自己的想象，使生活富有诗意，等到计划落空，他们又灰心丧气，但还生活在漫无节制的欲望之中。如果不是他们无知而又胆小，世界也就不会像今天这样了。欧金走路时十分小心，不让污泥沾上衣服；但他边走边想和雷斯托夫人要讲的话，储备着机智的言辞，想象着如何对答如流，准备着巧妙的字眼，甚至外交辞令，悬想着有利于表白心迹的机会，并且把自己的前途建筑在表白上。就在这时，大学生的鞋子沾上了污泥，不得不去王宫广场擦亮皮鞋，刷净裤腿了。

"如果我有了钱，"他动用剩下的一百个苏的硬币时心里想，"我就可以坐车出来，自由自在地想做什么就做什么了。"

他总算走到了赫德街，要见到德·雷斯托伯爵夫人了。他自以为会有飞黄腾达的一天，所以用冷静的外表掩盖着火热的雄心，不料走进宅院的时候，却受到了仆人冷眼的接待，因为他们没有听到车马的铃声。他走进了院子，看见一辆华丽的双轮轻便马车，一匹盛装的前蹄正在踢蹬的骏马，已经觉得自己低人一等，仆人的冷眼更增加了他的自卑心理，他更感到巴黎生活的骄奢淫逸，生活习惯的腐化堕落。于是自己一个人生起闷气来。他本来以为自己的思想门户大开，精神焕发，现在忽然一下子发现门窗紧闭，自己也变得愚昧无知了。在等待仆人进去通报客人的姓名，等候伯爵夫人接见的时候，欧金一腿弯着，一腿直立在前厅的窗前,肘子靠着窗扇的横杠,眼睛机械地望着院外。他觉得等的时间太长,早就有点不耐烦,但是南方人固执的脾气使他产生了一股牛劲,他还是一直等到底了。

"先生,"侍仆出来对他说,"夫人在内客厅接待客人很忙,她没有给我回音。如果先生愿意去外客厅的话,那里还有人等着呢。"

拉思提雅看见仆人能用片言只语说出主人的问题,批评主人的做法,觉得很不容易,但是自己也要露一手。于是他把侍仆走出去的那扇门打开,当然是想教训这些目中无人的侍仆说:自己是伯爵府的亲戚。不料门一打开,他却糊里糊涂地走进了一间堆杂物的房子,里面有灯盏、烘干浴巾的加热器等,并且是通到一个阴暗的走廊和一座秘密楼梯去的。他听见下人压制不住的笑声,更使自己晕头转向了。

"先生,到客厅请走这边。"仆人对他说,表面上客客气气,骨子里却笑得更加厉害。

欧金赶紧回头,不料脚步太快,几乎撞到浴盆上,幸亏帽子拿在手里,没有掉到浴盆中去。这时长廊尽头的门开了,露出了一盏小灯的微光,拉思提雅同时听到雷斯托夫人和高大爷的声音和亲吻的响声。他回到前厅,跟着侍仆走了出去。走进一个客厅,他一个人靠窗站着,望着窗外的院子。他想看看这位高大爷是不是他认识的高老头,他心跳得很乱,又记起了沃特能令人心惊的话。侍仆在客厅门口等候欧金,但门里忽然走出一个时髦的青年,很不耐烦地说:

"我走了,莫里斯。你去告诉伯爵夫人,说我已经等了一个半钟点了。"

这个自恃很高的年轻人——当然他可以这样——用花腔唱了一首意大利歌曲,向欧金靠着的窗子走来,要看看这个大学生,也瞧瞧外面的院子。

"先生能不能再等一会?夫人的事已经完了。"莫里斯回大厅之后说。

这时，高里奥大爷从小楼梯下来，走到门口，他拿着一把雨伞正要撑开，没有注意大门开了，一个佩戴勋章的青年驾着一辆双轮轻便马车进来。高大爷赶快往后一退，免得被车撞倒。雨伞的闪光绸把马吓了一跳，稍微偏离了方向，冲向了台阶前。年轻人生了气，转过头来瞧了高大爷一眼，又见他要出门，勉强和他打了个招呼，就像不得不应付债主勉强笑了一下，或者与不屑为伍的人打交道而又脸红耳赤一样。高大爷却老实地还了礼。这些小事像闪电一下就过去了。拉思提雅却全神贯注，没有注意旁边有人，忽然听到伯爵夫人的声音。

"啊！玛克沁，你就走啦！"伯爵夫人用七分责备、三分埋怨的口气说。

她没有注意到轻便马车进来了。拉思提雅赶快转过身来。只见伯爵夫人穿着娇艳的开司米纯羊毛晨装，扣着几个玫瑰花结，头发随意梳理得像没有梳理一样，显出巴黎女人的派头。她身上香味扑鼻，当然是刚沐浴过。她的美貌，加上温柔多情，更加显得性感。她的眼睛似乎吸收了朝露的滋润。年轻男子的眼睛什么都看得出，他们的心灵和女性焕发的光辉融合在一起，就像草木吸收空气的滋养。欧金虽然没有接触到人，但已经可以感到她的双手娇润如盛开的鲜花。他透过微微敞开的开司米晨装，可以看到粉红色的胸衣，看到泄露的春光，真是大饱眼福。伯爵夫人的身材几乎不用装饰，随便用什么腰带都掩盖不了她婀娜的腰肢，她的颈脖使男人一见就想抚爱，她的双脚即使穿着拖鞋也很好看。一直等到玛克沁握起她的手来亲吻的时候，欧金才看见了玛克沁，伯爵夫人也才看见了欧金。

"啊！是你呀，拉思提雅先生！很高兴看到你。"她说话的神气使得才子都会拜倒脚下。

玛克沁瞧瞧拉思提雅，又瞧瞧伯爵夫人，不用说话，眼神就表明了希望这个陌生人识相一点。

二 贵族之家

"啊！我亲爱的，把这个不知趣的家伙打发出门吧！"

上面这句话明白表达了目中无人的玛克沁的思想，而安娜斯达茜伯爵夫人望着玛克沁的脸，流露出来的顺从神气，也说明了一个女人无心泄漏的秘密。拉思提雅对这个年轻贵族恨得要命。首先，玛克沁的一头金黄卷发衬托得自己的头发格外难看；其次，玛克沁的鞋子既讲究又干净，而自己虽然小心走路，鞋子上还是沾了一层薄泥；最后，玛克沁穿的外衣非常合身，使他的身材看起来像美人的柳腰，而欧金在下午两点半钟就穿上了黑色晚装。这个从夏朗德来的青年才子感到：又高又瘦的花花公子衣着高人一等，眼睛明亮，脸色苍白，是一个会骗人上当的高手。不等欧金回答，雷斯托夫人一阵风似的卷进了另外一个客厅，衣裙招展，像只蝴蝶，玛克沁也跟着走了。欧金心里生气，但也只好跟在后面。大学生想妨碍这个讨厌的玛克沁，明知这会惹雷斯托夫人不高兴，也要和这个花花公子过不去。忽然他想起在玻瑟昂夫人的舞会上见过玛克沁，猜到了他和雷斯托夫人的关系，但他少年气盛，为了成功，不怕闯祸，心里想道："这是我的对手，我一定要胜过他。"

他真不自量力！他不知道玛克沁·德·特拉伊伯爵善于欲擒先纵，不等对方动手，就先一枪送他归西。欧金是个好射手，但还没有本领开二十二枪就能击中二十靶。年轻的伯爵把身子倒在壁炉旁的一张安乐椅上，拿起火钳来在壁炉里乱搞一阵，搞得乌烟瘴气，使安娜斯达茜美丽的面孔也罩上了一层阴云。年轻的夫人转过身来，冷冷地看了欧金一眼，分明是要说："你怎么还不走？"识趣的人会立刻起身告辞，不等主人下逐客令的。

欧金却赔着笑说：

"夫人，我在你百忙之中前来打扰，因为……"

但是不等他把话说完，客厅的门开了。刚才驾轻便马车来的那位先生忽然走了进来，他没戴帽子，也不招呼伯爵夫人，用有备无患的眼光看了看欧金，就伸出手来对玛克沁说："你早呀！"亲热得像兄弟一般，使欧金觉得大出意外。外地来的年轻人哪里知道三角关系多么微妙。

"德·雷斯托先生。"伯爵夫人向欧金介绍她的丈夫。

欧金深深地弯腰鞠了一躬。

"这一位，"她继续把欧金介绍给雷斯托伯爵说，"是德·拉思提雅先生，玻瑟昂子爵夫人和玛西雅家的亲戚，我是上次在子爵府舞会上认识他的。"

"玻瑟昂子爵夫人和玛西雅家的亲戚"，伯爵夫人特别强调了这两家的关系，显示来她家的客人都是出自名门望族。这话的确起了魔术般的作用，伯爵立刻放下了冷冰冰的架子，招待大学生说：

"很高兴能认识你。"

玛克沁·德·特拉伊伯爵也不安地瞧了欧金一眼，忽然改变了傲慢无礼的态度。贵族门第简直像魔术师手中的魔杖一样法力无边，打开了南方青年头脑中的门窗，恢复了他的聪明才智。原来对他是一塌糊涂的上流社会，现在，在这一线光明的照耀下，他也看得更清楚了。沃克公寓、高老头那时已经远离他的思想了。

"我本来不知道玛西雅家还有没有后人呢。"雷斯托伯爵对欧金说。

"不错，先生，"欧金答道，"先祖德·拉思提雅爵士和玛西雅家族最后一位继承人结了婚，他们只有一个女儿，嫁给德·克拉林波元帅，就是德·玻瑟昂夫人的外祖父。我们家是幼子一房，尤其是我的伯祖父海军少将，因为尽忠于国王，到了革命政府时期，一切都损失了。甚至在清算东印度公司的时候，连我们的债券都不承认，所以我们就家道中落了。"

"你的伯祖父是不是一七八九年以前'复仇'号军舰的舰长？"

"正是。"

"那么，他会认识我的祖父，他那时是'沃威克'号军舰的舰长。"

玛克沁微微耸了耸肩膀,瞧了瞧雷斯托夫人,神气似乎是说:"要是他们这样大谈海军,那我们可要遭殃了。"安娜斯达茜懂得特拉伊先生这眼神的意思,她拿出令人钦佩的本领来,微微一笑地说:

"来,玛克沁,我有话要问你。——两位先生,我们要失陪了,你们尽管过洋漂海,谈你们的军舰去吧!"

她站起来,向玛克沁做了一个半讨好半背叛的手势,就同他到客厅去了。这合情不合法的一对刚走到门口,伯爵忽然打断了欧金的话头。

"安娜斯达茜!等一下,亲爱的,"他很不高兴地叫起来,"你知道……"

"我马上就回来,就回来,"她打断他的话说,"我不消多长时间就可以说完我要玛克沁做的事。"

她的确很快就回来了。所有的女人都不能不顾全丈夫的面子。这样才能随心所欲地做自己想做的事,她们知道做事做到什么程度,才不会失去丈夫的信任,才不会在生活小事上冒犯丈夫。伯爵夫人一听伯爵说话的声音腔调,就知道在内客厅待久了是如何不安全。而这次伯爵意外的不高兴显然是欧金在场造成的。因此,伯爵夫人对大学生流露出恼火的神气,并且对玛克沁做了个无可奈何的手势,于是玛克沁含讥带讽地对伯爵夫妇,并且对欧金说:

"听我说,你们忙正经事,我不打扰了。再见。"

他就走了。

"不要走,玛克沁!"伯爵叫道。

"来吃晚餐吧。"伯爵夫人说,她又一次丢下了欧金和伯爵,跟着玛克沁去了外客厅,两个人在那里待了相当长的时间,他们相信雷斯托先生会把欧金打发走的。

拉思提雅听见他们笑一阵,说一阵,静一阵。但是这个不怀好意的大学生故意在雷斯托先生面前卖弄小聪明,说些好听的话,引诱他说长道短，目的是想再见伯爵夫人一面，并且打听她和高老头的关系。这个女人显然钟情于玛克沁，却又能代丈夫做主，还和老面粉商有秘密联系。在他看来，这简直是个难解之谜，他想摸清底细，以便掌握这个声势显赫的巴黎女人。

"安娜斯达茜！"伯爵再一次叫他的夫人。

"得了，可怜的玛克沁，"她对年轻人说，"只好忍耐一点。今晚再见。"

"我希望，娜茜，"他对着她的耳朵说，"你把这小伙子打发走吧。只要你的晨装袒露一点，他的眼睛就会红得像炭火。他会向你表白爱情，给你惹麻烦的，那你就逼得我非干掉他不可了。"

"你真傻了，玛克沁？"她说，"这些年轻的大学生不正是最好的保护伞吗？我当然会让他搞得雷斯托头痛的。"

玛克沁哈哈大笑，走了出去。伯爵夫人跟着走到窗口，看他上车。他的马踢蹬起来，他扬起鞭子，一直等到大门关上她才回来。

"你知道吗？"她回来后，伯爵高声对她说，"亲爱的，这位先生家里的庄园离维托伊不远，就在夏朗德河边。我的祖父还认得他的伯祖父呢。"

"那太好了，都是知根知底的熟人。"伯爵夫人漫不经心地答道。

"恐怕你会感到意外。"欧金压低了声音说。

"怎么？"她一听兴头又来了。

"我刚看见，"大学生接着说，"一位先生从府上出去，没想到他却是和我同住一个公寓的邻居高里奥老头。"

一听见"老头"这个加了工的字眼，正在拨火的伯爵把火钳丢在火上，仿佛烫了手似的。

"先生，你应该说是高里奥先生。"他高声说。

伯爵夫人看见丈夫不耐烦的神气，开始脸色发白，后来又发红了，显然感到尴尬。回答时她想装得自然，做出并不在乎的神气。

"不可能认识一个更敬爱的……"

她没有说下去，望望钢琴，仿佛心里奏起了狂想曲，再问欧金：

"你喜欢音乐吗，先生？"

"很喜欢。"欧金回答时脸红了，心烦意乱，仿佛刚犯了一个大错误。

"你唱歌吗？"她高声说，同时走向钢琴，用手指扫过键盘，从最低音扫到最高音，呼啦一响。

"不会，夫人。"

雷斯托伯爵在房间里走了几个来回。

"可惜，这就减少了成功的机会。"接着，伯爵夫人就唱了起来，"卡啰，卡啊啰，卡啊啰，侬独比大来。"

欧金提到高里奥大爷的时候又挥舞了一下魔杖，但和提到玻瑟昂夫人时的效果恰恰相反。他发现自己有幸走进了一家古玩店，但不小心撞倒了一个雕像陈列架，打碎了三四个修补得不牢靠的头像，他真恨不得能跳下深渊。雷斯托夫人的脸没有表情，冷冰冰的，眼睛显得漠不关心，有意避开大学生请求原谅的眼神。

"夫人，"他说，"你和德·雷斯托伯爵先生事忙，请接受我的敬意，允许我告辞……"

"只要你愿意来，"伯爵夫人赶快用一个手势打断了欧金的话，"雷斯托伯爵和我都是非常欢迎的。"

欧金对伯爵夫妇深深鞠躬告辞，虽然再三请求留步，伯爵还是一直把他送到外厅。

"以后这位先生再来，"伯爵交代莫里斯说，"就说夫人和我都不在家。"

欧金走下台阶，看见天下雨了。

"唉！"他心里想，"我来干了一件莫名其妙的傻事，还弄脏了我的衣服帽子，真不如留在书房里钻研我的法律，老老实实做个过得去的法官呢。要想进入这个花花世界，至少得有轻便马车，打蜡的皮鞋，必不可少的装备，黄金的链子，一早要戴六法郎一副的麂皮手套，晚上又要换黄手套，这是何苦？还有高老头这个老家伙，提他干什么呢？"

他走到大门口，一个马车夫赶着一辆出租马车走过。他刚送一对新婚夫妇回家，正想找点外快，看见欧金没有带伞，穿着黑衣服，白背心，上蜡的皮鞋，戴着黄手套，就对他做了个手势。欧金正在暗暗生气，仿佛要被推下深渊，才能找到幸运的出口。他就对马车夫点点头，上了马车，看见车上散落的橘花和扎花的铜丝，可见新人才下马车不久。

"先生要到哪里去？"车夫脱下了婚礼戴的白手套问道。

"天啦，"欧金心里想，"既然进了门，总要有所得吧！"——"去玻瑟昂府！"他高声说了一句。

"哪个玻瑟昂府呀？"车夫又问。

问题似乎莫测高深，又把欧金搞糊涂了。这个没有见过世面的大学生不知道有两个玻瑟昂府，也不知道还有多少忘记了他家的富贵亲戚。

"玻瑟昂子爵府，在……"

"葛讷尔街，"马夫摇了摇头说，"你知道，还有玻瑟昂伯爵府和侯爵府，在圣多明尼克街。"他一面说，一面收拾马车的踏脚板。

"我知道。"欧金用生硬的口气回答。"今天谁也不把我当回事！"他把帽子丢在前座的垫子上，自思自想。"本来想要投机沾光，结果反倒赔了本钱。不过，不要紧，我还可以去拜访我所谓的表姐，她可是个十足的贵族。高老头至少花了我十个法郎，这个老家伙！没关系，我要把今天意外的事都告诉玻瑟昂夫人，也许可以博她一笑。她当然知道这个没尾巴的老狐狸和那个漂亮女人神出鬼没的罪恶联系。为什么不去讨好我的表姐，却要自找没趣，去碰一个风骚女人的钉子呢？那未免太划不来了。如果美丽的子爵夫人名声如此显赫，那她本人的力量不是不言而喻的吗?还是先走高级路线吧!如果想进天堂,最好先见上帝!"

上面的话概括了他波涛起伏的思潮。他恢复了一点镇静,看到天在下雨,也不影响他平稳的心情。他心里想,即使要花掉他剩下的两个一百苏的硬币,也得用来保住他的衣装鞋帽。忽然听到车夫喊道"请开大门!"心中有点暗喜。一个穿金边红制服的门卫叽叽嘎嘎地打开了子爵府的大门。拉思提雅带着隐约的满足感看见马车走进门洞,绕着院子走到顶棚下的台阶前。穿着红边蓝色外套的车夫放下踏脚板。欧金走下马车时,听见柱廊下发出了压制不住的笑声。三四个穿制服的仆人已经拿这辆平民结婚用的马车开玩笑了。他们的笑声顿时使大学生眼明心亮,因为就在这时,他看见院子里有一辆巴黎最高级的双座小轿车,套着两匹生气勃勃的耳边插了玫瑰花的快马。马正在咬嚼子。一个头发扑粉,打着高级领带的仆人拉住缰绳,仿佛一松手马就会飞奔似的。在安丹大道的伯爵府,雷斯托夫人的院子里有一辆二十六岁的青年驾驭的轻便马车。到了圣日尔曼郊区,展示的更是贵族的豪华,三万法郎还不够开销的气派。

"这是哪个情人的马车呢?"欧金心里想,虽然晚了一点,但他总算明白了在巴黎很难找到无主的名花,即使流血流汗也征服不了花花世界的一个风流女王。"天啦!我的表姐当然也有她的玛克沁了。"

他走上台阶,仿佛心如死灰。他一来到,玻璃门就打开了,他发现仆人规矩得像皮鞭下的驴子。他上次参加的舞会是在玻瑟昂子爵府楼下的大厅里举行的。在得到请帖和参加舞会之间,他没有时间拜访他的表姐,因此,他还没有进过玻瑟昂夫人的内厅,这是他头一回看到她高雅风度的表现,她超群出众的心灵和生活习惯。有雷斯托夫人的沙龙作比较,就更容易看出子爵府的独出心裁了。四点半钟,子爵夫人才接待客人。如果他早来五分钟,她就不能接待她的表弟了。欧金一点也不懂巴黎的种种规矩,跟着仆人走上了金色栏杆的大楼梯,踏着两旁摆满了白色鲜花的红地毯，他一点也不知道玻瑟昂夫人的风流故事。其实，她变化多端的艳史早已口耳相传，巴黎的沙龙几乎是无所不知的了。

三年来，子爵夫人和一个最有名又最有钱的葡萄牙美男子交往亲密，那就是达九达·品托侯爵。他们的交情并不复杂，双方互相有吸引力，并不容许第三者插足。因此，玻瑟昂子爵以身示范，不管心里愿意不愿意，表面上非常尊重这种既不高攀又不低就的关系。在他们交往的初期，下午两点钟拜访子爵夫人的来客，总会看到达九达·品托侯爵在座。玻瑟昂夫人不能闭门谢客，因为那不符合时代风气，但她那时接待客人如此冷淡，老是心不在焉地注视着墙上的装饰品，使客人都不敢打搅她了。巴黎人都知道，从两点到四点来拜访玻瑟昂夫人是不合适的。在那两个钟头，她就可以自由自在了。她可以在玻瑟昂先生和达九达·品托先生的陪同下去喜剧院或歌剧院，而玻瑟昂子爵非常识趣，总是把夫人和葡萄牙贵族安排之后，就借故离开了他们。但是达九达先生要结婚了，对方是罗歇菲小姐。在整个上流社会里，只有一个人还不知道这桩喜事，那就是玻瑟昂夫人。有几个朋友向她透露了这个消息，她却只是一笑置之，以为她们是妒忌她，要扰乱她的幸福。但是结婚通告就要公布了。这个葡萄牙美男子虽然想把婚事告诉子爵夫人，但是这种负心的事开不了口。为什么呢？这等于向一个女人下最后通牒，还有什么比这更困难的呢？有些人可以在决斗场上从容对待情敌的刀剑，但很难对付一个唱了两小时哀歌，哭得死去活来的女人。正在这个时候，达九达·品托侯爵坐立不安，想要不告而别，然后写信把这个分手的决定告诉玻瑟昂夫人，他认为情场杀人的消息用语言不如用文字来传递更加婉转合适。恰巧子爵夫人的侍仆通报欧金·德·拉思提雅先生来到，达九达·品托侯爵就像天上掉下了救命稻草一样高兴得颤抖了。要晓得：一个在爱恋中的女人并不会多费心机去改变寻欢作乐的方式方法，但对方的心情哪怕只有一小点微妙的变化，她却能立刻感到。尤其是对方打算离开她的时候，她甚至可以猜到一个手势的含义，比荷马史诗中的战马闻到远方爱情气味的嗅觉还更灵敏。这样，我们可以想象得出，玻瑟昂夫人忽然发觉对方这个不由自主的颤抖，无论多么轻微，但更出自本心，也就更加令人不寒而栗了。欧金不知道在巴黎无论拜访什么人，都要先到对方的亲友中去打听对方夫妇子女的历史和现实的情况，免得陷入错误的泥坑。正如波兰形象化的俗话所说："用五头牛来拉车吧！"用五头牛也拉不出你陷入说错话的泥坑啊。说错话引起的倒霉事在法语中不如在波兰语中表达得好，大约是因为坏话说得太多，大家都见怪不怪，其怪自败了。欧金在雷斯托夫人家说了错话之后，夫人没有给他时间"用五头牛来拉车"，把他拉出错误的泥坑，但他一个人又到玻瑟昂夫人家去，陷入另外一个泥坑了。不过，他说的话如果使雷斯托夫人和特拉伊先生非常窘迫的话，却把达九达先生从泥坑中拉了出来。

"再见。"葡萄牙人一见欧金进门，赶快抓住时机说了一声，就走到门口，要离开这个精致绝伦的小客厅。那里的陈设不是灰白，就是粉红的，既富丽堂皇，又高雅别致。

"那么，晚上再见，"玻瑟昂夫人转过头来，看了侯爵一眼，又说，"不是同去喜剧院吗？"

"我恐怕不能去了。"他握住门把手说。

玻瑟昂夫人站了起来，叫他不要就走，一点也没有注意到欧金站在那里，手足无措。灿烂辉煌的排场使他目瞪口呆，以为《天方夜谭》中的世界成了现实。在这个女人面前，他不知道如何是好，而这个女人却根本没有注意到他的存在。子爵夫人用右手的食指做了个巧妙的手势，指着她面前的空位。这个热情洋溢的手势释放出来的能量使人不得不俯首听命，侯爵只好离开门上的把手。欧金看到，简直羡慕得要拜倒在地。

"瞧！"欧金心想，"这就是坐轿车的人！一定要有高头大马，仆从如云，黄金如流，才能得到巴黎女人的青睐吗？"

豪华的魔鬼在咬他的心，发财的狂热在烧他的身，黄金梦使他饥渴交加，口干舌燥。他一个季度只有一百三十法郎可用。他的父母、兄弟、姐妹、姑母，加起来每个月才用二百法郎。简单比较一下他目前的处境和未来的目标，就足够使他心慌意乱了。

"为什么？"子爵夫人笑着问葡萄牙人，"不能去喜剧院吗？"

"有事！今天要去英国大使馆晚餐。"

"你可以不去嘛。"

一个人要欺骗，就不得不接二连三地说谎。于是达九达先生笑着说：

"你一定要我不去吗？"

"当然啰。"

"这就是我要听你说的话。"他回答时假装多情地看了她一眼，换了别的女人，那一定要上当的。

他举起了子爵夫人的手，吻了一下，然后就走了。

欧金用手掠了一下头发，正要弯腰行礼，以为玻瑟昂夫人会想到他了。不料她忽然冲上走廊，跑到窗前，看着达九达先生上车。她仔细听，听到那个穿猎装的跟班对马车夫说：

"去罗歇菲先生家。"

这一句话和达九达先生上车的神气，对子爵夫人来说，简直是雷鸣电击，她转过身来，不祥的预感折磨着她的心。这就是上流社会最大的灾难了。子爵夫人回到寝室，坐到桌前，拿出一张好信纸来。

"如果，"她写道，"你在罗歇菲家而不是在英国大使馆晚餐，那你就得向我解释清楚，我等着你。"

她写信时手在发抖，有几个字没有写好，改正之后她签了名："克拉尔·德·布戈涅"的缩写，然后拉铃。

"雅克，"她对立刻进来的侍仆说，"七点半钟到罗歇菲先生家去，找达九达侯爵，如果他在，就把信给他，不必等回音。如果不在，就原信带回。"

"子爵夫人，客厅里还有客人呢。"

"啊！我倒忘了。"她说着，推开了门。

欧金开始感到不太自在，他到底见了子爵夫人。她说话时，激动的情绪还没有消除，又影响了他的心情。

"对不起，先生，我有一封信要写，让你久等了。现在，我有时间了。"

她说话有点乱，其实她心里想的是："啊！他要和罗歇菲小姐结婚了！但是他有这种自由吗？今天晚上，婚姻就得取消。否则，我……不过，到明天就没有问题了。"

"表姐……"欧金正要回话。

"嗯？"子爵夫人瞧了他一眼，仿佛是提醒他说话要有分寸。

欧金懂得这个眼神的含义。三个小时以来，他增加了不少见识，现在又要受考验了。

"夫人……"他红了脸，又想要说。

但是考虑了一下，才接着说：

"请原谅我的冒昧，我仰仗着大力庇护，所以只要沾亲带故，总是不肯坐失良机。"

玻瑟昂夫人苦笑了一声，她已经感到坏事正在污染她周围的气氛。

"如果你了解我家的处境，"欧金接着说，"你就会像做好事的仙女一样，帮我们解决困难了。"

"那好，表弟，"她笑着说，"你要我帮什么？"

"我也说不清楚，我们的亲戚关系笼罩在时间的暗影里，现在能够云开见天，对我来说，已经是一件大好事了。我一见你就目瞪口呆，不知说什么好。你是我在巴黎的唯一亲人……啊！我没有什么事能不麻烦你费心的，我就是一个拜倒在你裙下的孤儿，我没有什么不愿意为你做的，甚至牺牲生命。"

"我要你去杀一个人，你也会去?"

"不要说是一个，就是两个也行。"欧金答道。

"真孩子气！真的，你还是个孩子，"她说时抑制住了眼泪，"你会像个孩子真心实意地爱！"

"呵！"他点点头说。

子爵夫人为大学生"天不怕地不怕"的回答打动了。南方人已经开始会用心计。在雷斯托夫人的蓝色客厅和玻瑟昂夫人的粉红客厅之间，他等于学了三年的"巴黎法"。虽然没人说这是法律，但实际上它构成了最高的社会法典，如果真能学到"得心应手"的地步，那就会无往而不利的。

"哦！我想起来了，"欧金说，"我在你家的舞会上见到了雷斯托夫人，并且在今天早上去拜访了她。"

"那你一定打扰她了。"玻瑟昂夫人微笑着说。

"哎！是的，我真是无知，如果没有你的帮助，我恐怕讨不了任何人的欢喜。我想，在巴黎很难找到一个年轻漂亮，既有钱又高雅的女人，而且是无主的名花。我需要一个你们这样的美人，来引导我如何在巴黎生活。但我到处碰到的都是特拉伊先生。所以我来求你告诉我：我在雷斯托家犯了什么错？我不过是谈到一个老……"

"德·朗杰公爵夫人到！"雅克打断了大学生的话头说，大学生做了一个非常恼火的手势。

"如果你想成功，"子爵夫人低声说，"第一件事就是感情不要外露。"

"嘿！你早呀，亲爱的！"她站起来迎接公爵夫人，紧握着她的手，那股亲热劲儿比姐妹都有过之而无不及。公爵夫人也表现得温存体贴，无以复加。

"这两个好朋友，"拉思提雅心里想，"都可以做我的庇护人。她们两人的爱好应该是大同小异的吧。既然表姐关心我，这一位也不会不关心的。"

"什么好风把你吹来了，我亲爱的安东妮蒂？"玻瑟昂夫人说。

"我看见达九达·品托先生到了罗歇菲先生家，就想到你可能一个人在家了。"

玻瑟昂夫人没有脸红，也没有咬嘴唇，她的脸色没有变化，公爵夫人说这几句要命的话时，她的额头反而显得更开朗了。

"如果我知道你有客……"公爵夫人转向欧金，又加了一句。

"这是我的表弟欧金·德·拉思提雅，"子爵夫人说，"蒙提沃将军有消息吗？"她问。"塞里济昨天告诉我他不见了。今天是不是在你家？"

大家都知道公爵夫人热恋蒙提沃将军，但是遭到遗弃，所以夫人听到话中带刺，就红着脸说：

"他昨天在爱丽舍宫。"

"是值夜班？"玻瑟昂夫人又问。

"克拉拉，你当然知道，"公爵夫人反攻了，目光中涌现出不怀好意的思潮，"明天，达九达·品托先生和罗歇菲小姐的婚事就要出公告了。"

这真是个晴天霹雳，子爵夫人听了脸色立刻发白，但却笑着答道：

"这又是哪个傻瓜造的谣言！达九达先生为什么要糟蹋葡萄牙贵族的名声？罗歇菲家不过是最近才封贵族的呢！"

"不过据说贝特小姐有二十万法郎的陪嫁。"

"达九达先生钱太多了，用不着这样算计的。"

"不过，亲爱的，罗歇菲小姐很迷人呀！"

"啊！"

"他今天在那里晚餐，结婚条件都商量好了。你怎么一点都不知道！真叫人觉得奇怪。"

"你到底做错了什么，先生？"玻瑟昂夫人对欧金说，"这个可怜的年

61

轻人初见世面，我们刚才说的，他一点也不懂。亲爱的安东妮蒂，请帮帮他吧。我们的事明天再谈。明天一切都会公布，你也可以帮上忙了。"

公爵夫人不屑地从头到脚看了欧金一眼，把人都看扁了，看成是个零。

"夫人，我没有意识到怎么会在雷斯托夫人心上刺了一刀。没意识到，这就是我的错。"聪明的大学生一眼看穿了这两个女人表面上的亲热掩盖着的唇枪舌剑，就接着说，"有些人暗中做了坏事，使你害怕，但你表面上还不得不接待他们；另外有的人只是无意中伤害了你，并不知道伤害得多深，他却被当成傻瓜，当成不会利用机会的笨蛋，被大家瞧不起。"

玻瑟昂夫人意味深长地看了大学生一眼，眼神中把上流社会女人的感激和尊严融为一体。这一眼好像止痛的药膏，贴在公爵夫人用法院审判官的眼光划破的伤口上。

"你们想象不到，"欧金接着说，"我居然得到了雷斯托伯爵的好意接待，因为，"他转过身来既谦虚又不怀好意地对公爵夫人说，"应该说老实话，夫人，我不过是一个贫寒孤独的大学生而已。"

"不要这样说，拉思提雅先生，别的女人不要的，我们也不会要。"

"没有关系。我只有二十二岁，应该忍受年轻人该受的苦难。何况我已经在忏悔了。而要忏悔，哪有比这里更好的忏悔厅呢？而我要忏悔的错误，正是在客厅里犯下的。"

公爵夫人冷冷地听着这种反宗教的言论，她不能容忍这种粗俗的说法，就对子爵夫人说：

"这位先生来……"

玻瑟昂夫人听了他表弟和公爵夫人的谈话，老实不客气地笑了起来。

"他来巴黎，亲爱的，是要找一位女教师告诉他什么是高级趣味。"

"公爵夫人，"欧金接着说，"如果有什么事使我们入迷，我们不是自然会寻根问底吗?"——"得了,"他心里想,"我怎么像个理发师在寻找头发的根底呢?"

"不过我想,雷斯托夫人是向特拉伊先生学习过的吧。"公爵夫人说。

"这点我不知道,夫人。"大学生接着说,"因此,我糊里糊涂地插在他们中间。但是我和她的丈夫关系倒还不错,他的妻子也容忍了我一阵子。一直等到我没有顾忌地谈到一个我认识的人,我看见他从暗门楼梯下来,在走廊尽头拥抱了伯爵夫人。"

"是谁?"两位夫人同声问道。

"一个每月靠两个金路易过日子的老头,他和我这个穷学生一样,住在圣·玛梭区,是一个受大家欺负的倒霉蛋,我们叫他高里奥老头。"

"你真不懂事,"子爵夫人叫了起来,"雷斯托夫人是高里奥的女儿。"

"面粉商的女儿,"公爵夫人接过话来说,"一个平民的女儿,他和一个面包师的女儿同一天进宫觐见。你还记不记得,克拉拉?国王笑着用拉丁文说了一句关于面粉的俏皮话,说那些人,怎么说的?你记得吗?"

"都是同样的面粉捏成的。"欧金用拉丁文说。

"你说对了。"公爵夫人说。

"啊!是她父亲。"大学生露出了失望的口气。

"是的,这个老头有两个女儿,他爱她们爱得要命,而她们两个几乎都不认他这个父亲。"

"他的第二个女儿,"子爵夫人瞧着朗杰夫人问道,"是不是嫁了个德国名字的银行家,叫纽沁根男爵,她自己叫德尔芬?她是不是个金发女郎,在歌剧院有个侧翼包厢,也常去喜剧院,时常放声大笑来引人注意的?"

公爵夫人微笑着说:

"不错,亲爱的,我佩服你。为什么对这些人这么关心?像雷斯托这样的人,如果不是爱得发了疯,怎么会和安娜斯达茜在一起,被面粉师傅捏成一团呢？啊！雷斯托可不会做面粉生意。他的夫人捏在特拉伊先生手里，早晚要捏得粉身碎骨的。"

"她们不认父亲？"欧金反复说。

"唉！她们唯一的父亲，"子爵夫人重复说，"这个父亲给了她们五六十万法郎，让她们嫁个好人家，过上好日子，而自己只留下八千到一万法郎，以为女儿永远是女儿，那他就多了两家供养，不料不到两年，两家女婿都把他赶出门去，使他成了一个最可怜的倒霉人……"

泪珠从欧金眼里流了出来，他最近又受到圣洁的家庭温情的洗礼，还感到青年时代信仰的魅力，现在只是巴黎文化战场上一个新兵。真实的感情是有感染力的，他们三个人无言相对，沉默了一阵子。

"唉！天哪，"朗杰夫人说，"是的，这种事听起来真可怕，但却又是我们每天都看到的。难道不应该有个原因吗？告诉我，亲爱的，你有没有想过女婿是什么人？女婿是你和我为他培养了女儿的男人，女儿是和我们有千丝万缕联系的心肝宝贝，在十七岁以前，她是家庭欢乐的源泉，正如拉马丁所说的，她是纯洁的灵魂，但是后来，她却成了家庭的祸根。当这个男人把她从我们手里抢走，他就开始用她的爱情当做一把斧头，砍断我们母女之间、家庭之间心连心的感情联系。昨天，女儿还是我们的一切，我们也是她的一切；第二天，她却成了我们的仇敌。难道我们不是每天都看见这种悲剧重新上演吗？这里一家的媳妇对父亲目无尊长，虽然父亲为儿子作出了一切牺牲。另外一家呢？女婿把岳母赶出了门。我听见人家问：今天的社会还有什么戏好看？难道女婿演的戏还不可怕吗？更不用提我们的婚姻了，结婚已经变成傻瓜干的蠢事。我完全懂得这个老面粉商。我还记得这个福里奥……"

"是高里奥，夫人。"

"对的，这个高里奥在大革命时期是一个小区的区长。在那个兵荒马乱的年头他占了大便宜，他卖出囤积的面粉赚了十倍的钱。他要卖多高的价就卖多高。我祖母的管家就卖了一大批面粉给他,让他赚了大钱。这个高里奥当然和那些家伙一样,要分给公安委员会一些好处。我还记得管家对祖母说:他在格朗维列住一定不会出问题,因为他的麦子就是一张高级良民证。你看,这个高里奥把麦子卖给杀人犯,其实是在做赔本生意,因为大家都知道他非常喜欢他的两个女儿。大女儿高攀了雷斯托伯爵,小女儿又嫁给了纽沁根男爵,男爵是一个有钱的银行家,而且是保王党。你当然明白,在第一帝国时期这两个女婿不太能容忍这个九三年赚革命钱的老头。到了拿破仑时期,他还能勉强过得去。但到了波旁王朝复辟的时候,这老头就碍了雷斯托先生的事,更不消说那位银行家了。两个女儿也许是爱父亲的,她们想既吃羊肉又吃白菜,既要顾全父亲,又要顾全丈夫。她们在没有客人的时候就接待这个高里奥。她们想出了一些亲热的借口:'爸爸,来吧,我们单独在一起,多么好啊!'至于我呢,亲爱的,我相信真正的感情既有眼睛,也有智慧。因此,这个九三年发了财的可怜人心里就流血了。他看得出女儿为他感到丢脸。如果她们爱丈夫,那他就有损于女婿。所以他不得不作出牺牲。于是他就作出牺牲了,谁叫他是父亲呢:他自动隔离了。看见女儿不再发愁,他知道自己没做错。这个小小的罪案其实是父女的合谋。罪过处处可以看到。高里奥老头如果不主动走开,难道不会污染女儿的客厅吗?他在那里,自己也会觉得不方便,也会觉得烦闷无聊。这个父亲所做的事,即使是一个最漂亮的女人所热爱的男人也会同样做的。如果她对他的爱情发生了厌倦,他也会自动走开,甚至捏造一些站不住脚的借口来离开她。这是真实的感情。我们的心灵是一座宝库,如果一下把宝库掏空,人也就完了。我们不能原谅一泻无遗的感情,正如我们不能原谅身无分文的浪子一样。这个父亲把一切都给了女儿,二十年来,他把心肝五脏,全部感情都献了出来;一天之内,他耗尽了他的财富。水果已经榨干了汁,他的女儿就把果皮和渣滓都扔到路角的垃圾箱里去了。"

"世界是可恶的。"子爵夫人一边说,一边拉直自己的围巾,因为朗杰夫人在讲故事的时候,有些话触动了她的内心。

"可恶吗?不,"公爵夫人说,"这是世界正道,世界就是这样。我对你这样说,是因为我不想再上当受骗了。我的想法和你一样,"她说时紧紧握住子爵夫人的手。"世界是个泥坑,我们最好站得高些,离它远些。"

她站了起来,吻了玻瑟昂夫人的前额,又对她说:

"你这时真好看。亲爱的,我从来没见过你的脸色这样好。"

然后她对欧金点了点头,就出去了。

"高里奥大爷还真不错!"欧金想起了夜里他把银器压成银条的事。

玻瑟昂夫人没有听见他说什么,她沉浸在默想中。两个人相对无言地坐了一阵子。可怜的大学生不知如何是好,走也不是,留也不是,说话也不是。

"世界是可恶的,不怀好意的。"子爵夫人到底开口了。"只要我们出了点什么事,总有朋友会来告诉我们,用刀来探索我们的内心,仿佛要我们试试刀是否锋利似的。于是冷嘲热讽,一起上阵。所以我要保护自己。"

她抬起头来,显出了高贵的姿态,眼睛闪闪发亮。

"啊!"她一眼看见了欧金,"你还在这里?"

"还在。"他不好意思地说。

"那好,拉思提雅先生,这个世界值多少钱,你就付出多少。你想出头露面,我可以帮你。你先得了解女人在泥坑里陷得有多深,男人的虚荣心有多重。虽然我读过社会这本大书,但还有多少页没有读到。现在我才知道,你的算计越是冷酷无情,你出头的机会就越大。你打击越狠,别人就越怕你。要把男人女人都当牛马,要马每一站路都跑得筋疲力尽,你就可以到达欲望的顶峰。看见没有?在巴黎要是没有一个女人对你有兴趣,你就会一事无成。一定要有一个年轻漂亮而又有钱的女人。不过,如果你真动了情,那就千万不要外露,要像宝贝一样埋在心里,不能让人猜出,否则就会完蛋。你不但杀不了人,还要被人杀了。如果你真爱一个人,一定要严守秘密,在了解对方的心灵之前,千万不要敞开你内心的门户!为了保住这个还不存在的爱情,先要学会如何避免失掉它。听我说,密古尔……(她无意中叫出了达九达侯爵的名字)两个女儿抛弃父亲,巴不得他早死。这还不算什么,更可怕的是两个女儿之间你死我活的争斗。雷斯托是贵族出身,夫人也被贵族接受,并且进过王宫;而她妹妹,有钱的妹妹,德尔芬·德·纽沁根夫人只是一个银行家的妻子,她可难过死了,她妒火中烧,地位比姐姐差远了;姐姐不再是她姐姐;这两个女人互不承认,就像她们不认父亲一样。因此,纽沁根夫人为了能进我的客厅,要她把两条路上的污泥浊水都舐干净,她也心甘情愿。她以为德·玛瑟能帮她达到目的,就情愿做玛瑟的奴隶,对他纠缠不休。但是玛瑟并不把她放在眼里。如果你能引进她来见我,你就会成为她的宠儿,她会接受你的。以后如果你能爱上她也好,否则,利用一下也行。我可以在宾客满座的盛大晚会上见她一两次,但不能上午接见。只能招呼一下,那就够了。你因为提到了高里奥老头的名字,伯爵夫人府的大门就对你关上了。那好,亲爱的,如果你再去雷斯托夫人府二十次,你还会遭到二十次拒绝,因为你已经上了不受欢迎的黑名单了。那好,就让高老头的名字引你去见美丽的德尔芬·德·纽沁根夫人!让美丽的纽沁根夫人做你的招牌吧!只要她看中了你,别的女人就会疯狂地来追求你。她的对手,朋友,最要好的朋友,都想把你从她手中夺走。有些女人只喜欢别人看中的男人,就像可怜的平民以为戴上了贵族的帽子就可以成为有风度的贵族一样,那你就可以出人头地了。在巴黎,出头露面就是一切,就是得到权力的钥匙。只要女人认为你有才华,有本领,男人也会相信。只要你不使他们失望,你就可以随心所欲,到处站稳。你会明白这是傻子和骗子的世界。你既不傻,也不要骗。我把头衔借给你当迷宫的指南针,不要玷污我的名誉,"她说时低头像女王似的瞪了大学生一眼,"要清白。去吧!我还有女人的仗要打呢。"

"你要不要一个人心甘情愿去为你点火放炮?"欧金打断了她的话问道。

"那更好吗?"她说。

他拍拍挺起的胸膛,用微笑回答表姐的微笑,就离开了。时间已经是五点钟,欧金饿了,又怕赶不上晚餐的时间。但是这点担心很快就被要在巴黎出头露面的幸福感压倒。这种乐感不由自主地就渗透了他的全部思想。像他这样年纪的青年一受到轻视就会生气,就会发作,就会握紧拳头,恐吓着要报复整个社会,他要报仇雪恨,但又怀疑自己。这时,拉思提雅感到的压力是这句话:"伯爵夫人府的大门就对你关上了。"

"我要出头!"他心里想,"如果玻瑟昂夫人说得对,如果我有可能……我……无论雷斯托夫人到哪个沙龙,我都要去。我还要学会用武器,会开手枪,我要把她的玛克沁打死!"

"但是钱呢!"他的意识发出了呼声,"到哪里去弄到钱?"

忽然一下,雷斯托伯爵夫人家豪华的排场在他跟前闪闪发亮。他看到了高里奥小姐爱得死去活来的金银财宝,暴发户的粗俗气派,包养情妇的铺张浪费。这些销魂场面和玻瑟昂府的豪华气派一比,立刻烟消云散。他丰富的想象力使他摇身一变,进入了巴黎的上流社会,使他的胸中涌起了非分之想,使他真正眼明心亮了。他看清了世界的本来面目,看出了法律和道德拿有钱人无可奈何。财富才是"世界最高的裁判"(原文是拉丁文)。

"沃特能说得不错,有财就是有德!"他心里想。

到了圣贞妮薇芙新街,他赶快上楼到房里拿了十个法郎付给车夫,然后走进倒胃口的餐厅,看见十八个食客正像牲口般在大吃大嚼,穷酸客厅里的穷酸相令人恶心。转变来得太快,对比相差太远,叫他怎能不起非分之想！一方面是高雅社会娇艳的形象，年轻活泼的面孔活跃在艺术珍品之间，热情洋溢的头脑充满了诗情画意；另一方面是阴沉污浊的画面，还有情欲糟蹋过的面孔。他想起了被遗弃的玻瑟昂夫人一怒之下给他提出的良谋佳策，但是他的财源似乎说明此路不通。为了达到发财的目的，拉思提雅打算开辟两个平行的战场：学术场地和情场，他要成为博学的人才，又要做时髦的情郎。他还太幼稚！这两条平行线是永远不会相交的。

"你为什么不高兴呀，侯爵先生？"沃特能瞧了他一眼说，这一眼似乎可以看透埋藏在他内心深处的秘密。

"我生来不是给人开玩笑的材料，叫我做侯爵先生，我担当不起。"欧金答道，"要做侯爵，一年起码得有十万法郎的收入，也不会住在沃克公寓。住公寓的人有可能是幸运的宠儿吗？"

沃特能用长辈对不懂事的晚辈一样的神气，看着拉思提雅，仿佛要说："小伙子，你还不够我吃一口的呢！"然后他回答说：

"你的心情不好，大约是在漂亮的雷斯托伯爵夫人那里碰了钉子吧。"

"我不过说了一句她的父亲和我们同桌吃晚餐，她就对我关上了大门。"拉思提雅叫了起来。

同桌的食客你望我，我望你。高里奥大爷低下了头，转过身去擦眼睛。

"你把烟丝弄到我眼睛里了。"他对邻座的人说。

"从今以后，谁要和高大爷过不去，就是和我过不去。"他回答时瞧着面粉商的邻座，"他比我们大家都好。当然，我不是说女士们。"他赶快转过头去望着达伊夫小姐。

这句话避免了不必要的麻烦，欧金说话的神气是要吃晚餐的人免开尊口。但是沃特能听了不高兴地说：

"如果你要多管高老头的闲事，为他的言行负责任的话，那你得先学会击剑和开手枪。"

"我正在学呢。"欧金说。

"你今天就预备上场吗?"

"也许吧。"拉思提雅答道,"不过我不想让别人多管我的事,因此我也不想打听别人深更半夜做了什么见不得人的事。"

沃特能斜着眼睛瞅了拉思提雅一眼。

"小伙子,看木偶戏不想受骗,就要到后台去看看,不能只在幕布缝里张望。说清楚了吧?"看见欧金仿佛要为小事发火,他又说了一句,"如果你还想谈,我们以后再找时间吧。"

餐桌上冷清了,大家都沉着脸。大学生的话触动了高大爷深藏的悲伤,他不知道大伙对他的看法有所转变,也不知道这个年轻人是要仗义执言,为他辩护,要使他摆脱困境。

"高里奥先生,"沃克大妈低声问道,"是一个伯爵夫人的父亲?"

"还是一个男爵夫人的父亲呢。"拉思提雅答道。

"他也只能当父亲了。"卞雄对拉思提雅说,"我注意到他的头部,只有一个凸出的地方,那就是父女之情,因此,他只好永远做一个好父亲了。"

欧金正在聚精会神想自己的问题,卞雄的玩笑话并没有引起他的笑声。他正在盘算玻瑟昂夫人的话对他有什么好处,他应该到哪里去弄钱,怎样才能弄到钱。他心事重重地看着展现在眼前的世界,一片空旷渺茫而又葱茏茂密的大草原。吃完晚餐之后,大家都走了,餐厅里只剩下他一个人。

"这么说来,你看到我的女儿了?"高里奥心情激动地问道。

欧金的思考给这个老好人的问话打断了。他抓住老人的手,用同情的态度瞧着他说:

"你是一个好人,一个值得同情的老大爷。"他回答说,"我们等一等再谈你的两个女儿吧。"

他站起来,不想再听高里奥大爷要说什么,就回到房间里去,给母亲写了一封信,内容如下:

亲爱的妈妈:

请你看一看能不能再给我提供一次经济的食粮。我可能很快就会交上好运。但是需要一千二百法郎,为了这笔钱我愿意付出任何代价。千万不要告诉父亲,我怕他会反对;而我要是得不到这笔钱,可能会一枪打碎自己脑袋的。等我们见面后,我会告诉你我要钱的理由,因为现在若是要你明白我的处境,那需要太多的篇幅。我并没有赌钱,好妈妈,我也没有欠债。但是,如果你不愿意看到我走上绝路、送掉这条你我都很看重的生命,那就请你给我弄到这笔钱。我总算见到了玻瑟昂子爵夫人,她答应做我的保护人。我要进入上流社会,但是没有钱买一副上流人戴的手套。我可以只吃面包,只喝水,必要时甚至可以忍饥挨饿。但是身在葡萄园里,怎能没有种葡萄的工具呢?我的问题是要走光明大道,还是留在污泥浊水之中?我知道你们对我的期望,我也想尽快促其实现。我的好妈妈,卖掉一些老式的首饰吧,不久我就会给你买新式的。我知道我们家的处境,决不会让你白白作出牺牲的。否则,我还能算是个人吗?请把我的要求看做我内心迫切需要的呼声。我们的未来完全依靠这笔资助。有了这笔款子,我就可以展开一次战役,因为巴黎的生活其实是一场打不完的战争。如果钱还不够,不得不请姑妈卖掉一点装饰品的话,请告诉她,我将来一定送给她更好看的。

他还给他的两个妹妹写了两封信,要她们把自己积下来的私房钱寄给他,但又不要告诉家里,他知道她们会乐意帮助他,年轻人是心软的、开放的,帮哥哥的忙会提高她们的自尊心。但是等他写完信后,他还是不由自主地紧张起来,心跳得更厉害,甚至打哆嗦了。这个一心向上的年轻人知道他的妹妹们深居简出,纯洁高尚,他的信会给她们带来多少烦恼,多少欢乐,她们会多么高兴,偷偷地在果园深处谈到这个她们喜欢的哥哥。他的心里忽然一亮,仿佛看见两个妹妹在私下里计算她们积下的私房钱,用少女特有的机灵,第一次用超过常人的智慧,匿名把钱寄了出来。

"妹妹的心纯洁得像钻石,像个温情的深渊。"他心里想。

写完了信,他又觉得惭愧。两个妹妹对他的心愿是多么有力的支持,她们飞向天国的灵魂又是多么纯洁!为了他,她们多么心甘情愿地作出了牺牲!如果母亲弄不到这笔钱,她又会感到多么痛苦!这些美好的感情,这些令人痛心的牺牲,只不过是为他搭个梯子,可以进入德尔芬·德·纽沁根的府邸而已。想到这里,几滴眼泪流了出来,这是他为家庭圣坛献上的最后一炷香了。他心情激动,怅然若失,在房里走来走去。高里奥大爷从半开的房门口看到他这样局促不安,就走进来问他:

"你怎么啦,先生?"

"啊!我的好邻人,我也有母亲和妹妹,就像你有女儿一样。你恐怕要为安娜斯达茜伯爵夫人担心了。她落在玛克沁·德·特拉伊手里,早晚要吃大亏的。"

高里奥大爷不知所云地退了出去,欧金也没听懂他说什么。第二天,欧金去寄信。他考虑了很久,到底还是把信投进了邮箱筒,一面安慰自己说:"我会赢的。"这是一句赌博或打仗的心愿,结果总是十落九空。

几天之后,欧金去了雷斯托夫人府,没有受到接见。他又去了三次,三次都吃了闭门羹。虽然他每次都选择玛克沁·德·特拉伊不在的时候。

子爵夫人预料对了。大学生不再好好学习，他去上课只是为了点名答到，证明自己出席之后，就溜走了。他和大多数大学生一样说服自己，他的学习只是应付考试。他把第二学年、第三学年注册所选的课程，都合并在一年学完，等到最后考试关头才来一鼓作气，认真学习法律。这样他就可以有十五个月的时间，在巴黎这个汪洋大海上航行，考虑怎样对付女人，沽名钓誉，赚大笔钱。在这一个星期之内，他去了玻瑟昂夫人府上两次，都是等达九达侯爵的马车走了之后才去的。这个出名的女人，圣日尔曼区最有浪漫情调的夫人，胜利地把罗歇菲小姐和达九达侯爵的婚事推迟了几天。但到后来，害怕失掉幸福使她更加热烈追求，反而使灾难来得更快。达九达侯爵和罗歇菲小姐都一致认为分后再合是件好事，他们希望玻瑟昂夫人对这场婚事慢慢习惯，结果就会放弃她和侯爵下午的约会，让他去尽每个男人都应尽的责任。尽管达九达先生每天翻来覆去作出神圣的诺言，其实他是在演戏，而子爵夫人也甘心受骗。"她不敢奋不顾身，从窗口一跃而下，粉身碎骨，而宁愿摔倒在楼梯上，一步一步地滚下去。"她最要好的朋友朗杰公爵夫人就这样形容她。不过子爵夫人的落日余晖在巴黎还照耀了相当长的时间，仿佛是命中注定了要为这个年轻的表弟尽一分心，出一分力似的。一个女人尤其是在任何人眼光中都看不到同情和安慰的时候，有人来说些甜言蜜语，那一定是另有打算，但欧金这时却表现得忠心耿耿，而且感情丰富。

在接近纽沁根家之前，拉思提雅当然想了解清楚这个家庭的情况，他要知道高里奥大爷以前的生活，而生活的现实大致如下：

让·约新·高里奥在大革命之前，只是一个面粉店的普通工人，能干，节俭，相当大胆，在一七八九年第一次暴动时，面粉店老板遭了殃，他买下了店铺，在麦市附近的育贤街开了张。他有头脑，接受了小区区长的职务，这可以在危险的时刻，利用最重要的人物来保护自己做买卖。这点才干是他发财的本钱，他发财是真真假假的匮缺造成的，匮缺的结果是巴黎的粮食大涨价，老百姓在粮食店前拥挤得要命，有些人却可以不动声色地在粮食店买到意大利面条。公民高里奥累积了资本，对后来他做生意帮了大忙，这一大笔钱使这个有钱人又赚了大钱。对他发生的事，就像对一切相当有能力的人一样，使他赚到的钱，比更有能力的人还多。还有一点，他发了财没有人注意，一直等到财富没有引起妒忌的危险，人家才知道他有钱。做面粉生意似乎用尽了他的本领。关于麦子、面粉、谷糠，识别质量、来路，注意保存，猜测行情，预料丰收或是欠收，低价时收进谷子，到西西里，到乌克兰去收购、囤积，高里奥可以算是独一无二的能手。看他如何做生意，解释粮食如何进口，如何出口，研究法律的精神，指出漏洞，人家还以为他是个国务大臣呢。他有耐心，又积极，精力充沛，稳重如山，行动迅速，眼光锐利如鹰，一切都能先人一步，什么都能料到、预见、先知。但都藏在心里，出谋划策像外交家，采取行动又像军人。但他三句不离本行，一走出他那简陋阴暗的店铺，背靠门框，站在阶沿上懒洋洋地消磨时光的时候，他又恢复了粗笨的本色。既不懂高深的道理，也感觉不到精神上的乐趣，看戏会打瞌睡，在巴黎成了个闹笑话的蠢材。这种蠢材几乎在什么地方都是一样的。但几乎在所有这些人身上，你都会发现高尚的心灵。两种互相排斥的感情填满了面粉商的心胸，吸干了他的精力，正如面粉生意耗尽了他的脑力一样。他的妻子是布里的一个富裕农民的独生女，他对她怀有宗教般的热诚，漫无边际的热爱。高里奥在她身上看到了既温柔又坚强，既多情又美丽的个性，和他自己的性格恰恰相反。如果男人心里天生有一种感情，难道不是为随时随地能保护弱者而感到的自豪吗？再加上爱情，那是老实的男人对欢乐来源的报答。懂得了自豪感和爱情，你就可以理解一大堆道德上不正常的现象了。过了七年晴天无云的幸福生活，高里奥不幸失去了他的妻子，那时她正开始在感情之外对他产生影响，也许可以帮他理解现实生活中的世道人心。但是她一去世，他的感情就发展得

二　贵族之家

不近情理了。他把对死者的感情转移到两个女儿身上。开始的时候，她们倒能弥补这个缺陷。不管那些看到他发财而眼红的商人或农场主提出多么有利的再婚条件，他都不肯接受他们的女儿做填房。只有他的岳父了解他的一片心意，合情合理地认为高里奥不肯辜负他的爱妻，即使她死后，他也不忍变心。菜市场上的商贩不了解这高尚的痴情，拿他来开玩笑，并且给他取了几个不雅的外号。头一个在市场上喝了几杯酒叫他外号的人，给面粉商一拳打在肩膀上，翻倒在地，头几乎撞到奥布兰街角的界石。高里奥对女儿的忠诚使他不思前顾后，父爱又使他疑心重重，体贴入微，这种名声在外，远近皆知。有一天，一个竞争对手设法要他离开市场，以便控制行情，就对他说德尔芬刚给马车撞倒。面粉商一听立刻脸白如纸，离开了菜市场。这个捏造的消息使他感情受到刺激，病了好几天。他虽然没有在这个造谣人肩膀上狠狠地击上一拳，但是时机一到，他立刻使他破产，把他从菜市场赶走了。对两个女儿的教育当然是不合理的。高里奥每年有六万多法郎的定期收入，而他自己用的钱不到一千二百法郎，他感到最大的幸福就是满足两个女儿的欲望：他为她们请了最好的教师，来培养她们的才能，使她们受到最好的教育；她们还有一个陪伴小姐，运气也好，这个小姐不但有才，而且趣味也高；两个女儿学会了骑马，有自己的马车，生活得像一个有钱的老贵族包养的情妇；只要她们开口，不管要花多少钱，父亲都会赶快满足她们的要求。而父亲的奉献所要求的回报，不过是一点亲热的表示。高里奥把女儿看成高高在上的天使，可怜的父亲！即使她们给他带来了痛苦，他也觉得是个快乐。等到女儿到了结婚的年龄，她们可以顺着自己的心意挑选一个丈夫；每个女儿可以得到父亲一半财产作为陪嫁。安娜斯达茜长得漂亮，想当贵族，被雷斯托伯爵看中了，就离开了父亲的家门，嫁入了贵族之家。德尔芬更爱钱，就嫁给了银行家纽沁根。银行家原籍德国，在神圣帝国时期得到了男爵的封号，但高里奥却是个面粉商。不久之后，两个女儿和女婿看他做面粉生意太不顺眼，未免丢人，虽然他一生别无所长，他们还是坚决要求他不再做买卖了。求了五年，他才勉强答应带着本钱和这几年的盈利，洗手不干，住到沃克公寓里来。那时，沃克大妈估计他一年的收入有八千到一万金币。他住公寓其实是迫不得已，因为他不忍心看到两个女儿受到丈夫的压力。他们不但拒绝他住进爵府，而且不许她们堂而皇之地在府邸接待他。

以上是买下了面粉店的缪勒先生提供的关于高里奥大爷的情况。拉思提雅听朗杰公爵夫人所说的猜测之词也得到了证实。关于巴黎这一出阴暗可怕的悲剧，也就说到这里为止了。

三　花花世界

　　十二月的第一个周末，拉思提雅得到了两封信：一封是母亲写来的，另一封是大妹的信。看到这些熟悉的笔迹既使他高兴得心跳，又担心得打哆嗦。这薄薄的两张信纸仿佛生死攸关，可以决定他的希望能否实现似的。他想起家庭的困境，感到有些担心，但他了解他们对他的偏爱，怎能忍心挤干他们身上最后的血汗呢？母亲的信是这样写的：

　　亲爱的孩子，你要的钱，我寄去了。好好用这笔钱吧！下次即使要救你的命，我也弄不到这样一笔款子了，何况还要瞒着你父亲呢。那会闹得全家上下不安的。如果再要筹款，那就不得不抵押田产了。我不可能判断你的计划价值如何，因为我还全不了解你的计划到底是什么性质的。为什么不能告诉我呢？我并不要求长篇大论的解释，只要你一句话，免得我们心中无数，为你担惊受怕。我不想隐瞒：你的信给我带来了痛苦不安的印象。亲爱的孩子，怎样才会使你不得不在我心中投下恐惧的阴影？你写信的时候大约是心情不安吧，因为我读信时是感到不安的。那么，你要进行的到底是什么事呢？难道这和你的生活、你的幸福都有密切联系的事，是要外表显得超过实际，要花费你提供不起的钱财，去见识一个不属于你的世界，而且还要损失掉宝贵的学习时间吗？我的好欧金，相信你母亲的心里话：歪门邪道是做不出大事来的。在你这种地位的年轻人，忍耐和顺从可能是最好的美德。我并不怪你，也不愿意在奉献中掺杂一点苦味,我的话只是一个相信儿子、又希望他前途光明的母亲所说的话。你知道你应该做的事;我呢,我也知道你的心地多么高尚,用意多么善良。因此,我可以不担心地对你说:"去吧,亲爱的孩子,向前走吧!"但我担心,因为我是母亲。你每走一步,都会伴随着我温存体贴的心愿和祝福。要小心啊,亲爱的孩子。你应该像个大人一样考虑周到,我们一家五个人的命运都依靠在你身上了。对,我们的财富都交给你了,因为你的幸福也就是我们的幸福。我们大家都祈求上帝支持你的事业。你的玛西雅姑妈这一回真好得想象不到,她甚至能理解你说的关于手套的话。她很高兴地说:她对长子有偏爱。我的欧金,要爱你的姑妈,等你事成之后,我再告诉你她为你做了什么事,不然,你用她的钱会觉得烫手的。孩子们都不知道牺牲纪念品是什么滋味!但是为了你,我们有什么不可以牺牲的呢?她让我告诉你,她要吻你的额头,希望你永远幸福。这个好姑妈本来要给你写信,但是她的手指痛风,不能动笔。你的父亲身体很好。一八一九年的收成好得超过了我们的想象。下次再谈吧,亲爱的弦子。我不用谈你两个妹妹的事,洛尔会给你写信,我让她快快活活地对你唠叨那些家庭琐事吧。愿老天保佑你顺心如意!啊,对,你会顺心的,我的欧金,你已经使我难过得不能再忍受第二回了。我知道缺钱是什么滋味,尤其是需要有钱给孩子的时候。下次再谈吧。不要忘了来信。现在,让妈妈好好亲亲你!

欧金读完信后流下了眼泪。他想起了高里奥大爷把银器压成银条,再卖掉来为女儿还债的事。

"你的母亲也在变卖她的珠宝。"他自言自语,"你的姑妈卖掉纪念品的时候,她当然也哭了!你有什么权力来责怪安娜斯达茜呢?你自私自利,为了自己的前途所做的事,和她为了情人所借的钱,有什么不同呢?你和她,到底哪一个更好?"

大学生感到肚子里有一团热不可当的烈火在燃烧,把肠子都要烧断了。他不想进入这个花花世界,不想用这笔钱了。他高尚而美好的良心使他感到痛苦不安。一般人在批评别人的时候,是不大考虑这种悔改心情的,但是天堂里的天使却往往会赦免人间法官判定的罪行。拉思提雅就是这样心情不安地来拆开妹妹的信,信中天真而委婉的话在他心中洒下了甘露。

你的信来得正是时候,亲爱的哥哥。亚佳蒂和我正在盘算怎样用我们的钱呢。钱的用场太多,我们正拿不定主意买什么好。你的信一来,就像西班牙国王的仆人打破了摆设的陈列品一样,使我们的意见完全一致了。的确,我们经常研究应该先满足哪一个欲望,我们都没有想到,亲爱的欧金,有一种用途可以满足我们大家的愿望。亚佳蒂高兴得跳了起来,然后整整一天我们都快活得像两个疯子;用姑妈的话来说,快活的招牌都挂到脸上来了,闹得妈妈假装正经她说:"你们是怎么啦!两位大小姐?"若不是挨了骂,我想,我们还会闹得更欢呢!一个女子为她所爱的人吃一点苦,那应该是一种乐趣!只有我一个人快活得出神了,反而会乐极生悲的。我恐怕不会是一个好女人,花的钱太多了。我买了两根腰带,一根好看的扣住胸衣小孔的别针,还有一些没有多大用处的东西。结果我存的钱就不如小胖子亚佳蒂多了。她很节省,像喜鹊一样把金币一个一个积累起来了。她存了二百法郎。而我呢,可怜的朋友,我只剩下一百五十法郎。我受到了惩罚。真想把我的腰带扔到井里去,以后再系腰带总会觉得痛苦,就像偷了你的钱似的。我是个小偷。亚佳蒂真好。她对我说:"用我们两个人的名义把这三百五十法郎寄去吧。"我用不着把事情的真相一五一十地告诉你。你要知道我们是怎样按照你的嘱咐做的吗?我们拿着这笔引以为荣的款子,两个人一同出去散步。一走上大路,我们就跑到吕菲镇,把这笔钱一个不少地交给王家运输站站长戈兰贝先生,回来的时候简直觉得身轻如燕了。"是不是高兴得如释重负?"亚佳蒂问我。我们谈的千言万语,也不必向你重复,谈来谈去,还不就是谈你这个巴黎人吗!亲爱的哥哥,我们多爱你啊!这一句话就包含了全部。至于保守秘密呢,据姑妈说,我们这些会打扮的姑娘,有什么做不到的呢,即使是"免开尊口"也不是什么难事。妈妈和姑妈也神不知鬼不觉地去了安古然。她们这次出门有什么打算,对我们也避而不谈,而且走前还商量了好一阵子,却不许我们听,甚至连身为男爵的爸爸也不知情。在拉思提雅王国里,引起了纷纷的议论。两位公主为王后的绸裙绣上了透明的花朵作为花边,那也是秘密进行的。只要再加两道绣边就可以了。老百姓要失掉一些水果和靠墙的果树,但外面的游客却可以看到更美的景色。如果预定的继承人需要手帕,那玛西雅母后就会搜索庞贝或赫鸠力士时代遗留下来的笼箱宝库,找出一块她自己都认不得的荷兰好布料来,并且要亚佳蒂和洛尔两个小公主准备好针线,用她们冻得红肿的双手来执行王子的命令。亨利和加布里两个小王子还是改不了他们抢着喝葡萄浆的坏习惯,气得两个姐姐要命,他们却什么也不肯学习,只是想掏鸟窝。吵吵闹闹,犯法也要砍柳条做鞭子。教皇的大使,就是我们说的本堂神父,威胁他们说:如果他们继续目无神圣的语法规律,只学舞枪弄棍的本领,教会就要驱逐

三　花花世界

他们出门了。再见吧，亲爱的哥哥，一封信说不完我对你的祝愿，装不下我们感情上的满足。等你回来再说吧，你有多少事要告诉我们啊！到时候再说吧，我是你的大妹妹啊。姑妈让我猜到了你在巴黎取得的成功：

"只谈一位夫人，别的绝口不提。"

我们懂得！说吧，欧金，如果你愿意，我们可以不用手帕，可以为你做好衬衣。快回信告诉我。如果你需要做工精细的衬衣，我们会立刻做好的。如果巴黎有什么我们不知道的新式样，请你给我们寄一个样品来。尤其是袖口怎样做得好。再见吧！下次再谈！我吻你左边的额头。那是属于我的专区。我留下一页给亚佳蒂，她答应了不看我给你写了些什么，但是我信不过，她写的时候我还在旁边呢。爱你的妹妹。

洛尔·德·拉思提雅

"啊！对了，"欧金心里想，"对了，不论怎样都要发财！财宝能报答这种深情吗？我要把一切幸福都带给她们。一千五百五十个法郎，"他歇了一会儿又想，"每个法郎都要用得响当当的！洛尔说得不错，我只有粗布衬衫，怎么办？女孩子为了别人的幸福会精明得像个小偷，她对自己精打细算，对我却有先见之明，真像天上的天使，不懂人间的错误，却能宽恕别人。"

世界是他的了！成衣匠请来了。摸了底，说服了。见了特拉伊的衣着，拉思提雅就明白了成衣匠对青年人生活的影响。唉！怎样调和这两个极端呢？成衣匠不是贪财的对头，就是爱财的朋友。欧金却碰上了一个沟通现在和未来的设计师。因此，拉思提雅不胜感激，后来说了两句话使这个成衣匠发了财：

"我知道，"他说，"有人穿了他新式的长裤，赢得了两万法郎的嫁妆。"

一千五百五十个法郎和几套中意的服装！这时，南方的穷学生不再觉得低人一等了，下楼用膳，也有一种说不出的神气。那是一个年轻人有了几个钱就会表现的姿态。金币一流入大学生的口袋，他就觉得有了无形的靠山，可以有恃无恐了。他走起路来也神气活现，感到自己的杠杆有了支柱，眼睛就充满了自信，敢于面对一切，动作迅速敏捷。昨天还是胆小谦卑，挨打不敢还手；今天却敢对内阁总理指手画脚了。他身上起了闻所未闻的变化：什么都想要，什么都做得到，胡思乱想，兴高采烈，慷慨大方，感情外露。总而言之，从前羽毛未丰的小鸟现在要展翅飞翔了。没有钱的大学生抓住了一点快乐的机会，就像一只饿狗冒了危险抢到一根骨头，赶快一边跑，一边咬出骨髓来又吸又舔。不过年轻人口袋里有了几个留不住的金币，却会慢慢欣赏乐趣，化整为零，细细品味咀嚼，自得其乐。仿佛魂飞天外，忘记了贫穷是什么滋味，整个巴黎都是他的天下了。他正处在阳光灿烂，星光闪烁，火光照耀的年代；成年男女已经超过了精力旺盛、欢乐无边的年代，负债累累、担惊受怕反而增加了乐趣的年代！谁没有在塞纳河左岸，在圣雅克大街和圣父大街之间生活过，就不会懂得人生！

"啊！如果巴黎女人知道了，"拉思提雅一面大口咬着沃克大妈煮熟的卖两个铜币一个的梨子，一面自言自语说，"她们都会来追求我吧！"

这时，栅栏门上的铃响了，运输站的信差走进了餐厅，要见欧金·德·拉思提雅先生，交给他两包东西，并且要他在回单上签名。那时拉思提雅看见沃特能狠狠地瞅了他一眼，仿佛抽了他一鞭子似的。

"你有钱学击剑和射击了。"沃特能这家伙说。

"运金船到了。"沃克大妈瞧瞧钱包说。

米歇娜小姐不好意思看钱包，怕露出贪财的内心。

"你有一个好妈妈。"谷杜尔太太说。

三　花花世界

"先生有一个好妈妈。"布瓦雷也跟着说。

"对了，但是妈妈在流血呢！"沃特能说，"你现在可以上场去看看花花世界，去钓一笔嫁妆了，去和满头戴花的伯爵夫人跳舞吧！但是，听我说，年轻人，不要忘了练习打靶！"

沃特能做了一个瞄准对手的姿势。拉思提雅要给信差小费，一摸口袋，却是空空如也。沃特能就从自己口袋里掏出二十个苏的硬币给了来人。

"现在不愁你不还钱了。"他瞧着大学生说。

拉思提雅不得不向他道谢，虽然自那天从玻瑟昂夫人府回来后，两人针锋相对地口角了一场。这家伙实在叫人受不了。在一个星期之内，欧金和沃特能见了面都不说话，只是互相观察对方。大学生扪心自问，也问不出什么名堂。当然，思想交流的原动力把思想直接瞄准对方的脑袋，如果要用数学形象来打比方的话，可以比作迫击炮将炮弹对准了射击目标，但是效果却不相同。有些脑袋温顺，外来的思想可以落地开花；有些脑袋坚硬得像铜墙铁壁，别人的思想一来就会栽倒在地，再也爬不起来；还有一些脑袋富有弹性，软硬都能吸收，就像伸缩自如的战壕水沟。拉思提雅的脑袋却像个火药桶，一触即发，立刻爆炸。他少年气盛，活力充沛，不能接受外来的思想，不受外来情绪的感染。不管有多少稀奇古怪的现象不知不觉地侵入了内心，他心灵的视觉也和他的猞猁眼睛一样看得清楚。这心灵和肉体的两重感觉，每一种都能神秘地感到距离遥远的思想，都能令人惊奇地灵活自如往返于高级人物之间。这些人物争强好胜，善于打穿对方的铁甲，抓住对方的弱点。再说，一个月来，欧金身上的优点和缺点都得到了同样的发展。这个社会满足了他日益高涨的欲望，同时也就造成了他的这些缺点。在他的优秀品质中，有南方人的勇敢活泼，一往直前，走向目标，解决困难。一个洛亚河以南的人，绝不容许处在犹豫不决的状态中。但是这种品质在北方人看来却是一种缺点。他们认为，如果勇敢是拿破仑的大将缪拉取得胜利的秘诀，那也是他引来杀身之祸的根源。因此结论是，如果能把南方人的勇敢大胆和北方人的足智多谋结合起来，那才是个全才，是拿破仑的另一员大将成了瑞典国王的原因。因此，拉思提雅不能长期处在沃特能的炮火之下，而不知道这个家伙到底是朋友还是敌人。他时时刻刻感到这个怪才深入到别人内心的情欲，却严密封锁自己的内心，使人觉得深不可测，就像埃及的狮身人面像一样无所不知，却又一言不发。现在欧金有了钱，就不能再容忍下去了。

"劳驾，请等一下。"他看见沃特能喝了最后几口咖啡，站起来要走了，就对他说。

"有什么事？"这个四十岁的家伙问道。他正戴上宽边帽子，拿起铁手杖来。这根手杖他经常挥舞着，打退三四个歹徒似乎不在话下。

"我要还账。"拉思提雅接着说，他很快解开了钱包，数了一百四十个法郎给沃克大妈。"账目算清，交情才深。"他对寡妇说，"今年的房租和膳费都交清了。请你换一百个苏的零钱给我。"

"交情要深，账目要清。"布瓦雷瞧着沃特能，又跟着说。

"这是你的二十个苏。"拉思提雅拿了一个硬币给戴假发的狮身人面像。

"人家还会以为你怕欠我的债呢！"沃特能叫了起来，用猜测的眼光探索年轻人的内心，同时露出了冷嘲热讽的笑容。这是欧金最受不了的，好几次都要发火了。

"不过……也罢。"大学生答道，双手拿起两个钱包，站起来要上楼了。

这时沃特能从客厅门走出去，大学生却走向楼梯间。

"你知道吗？拉思提雅'那末'侯爵先生，你刚才对我说的话不太客气。"沃特能一阵风似的把门关上，走到冷眼看着他的大学生面前。

三 花花世界

拉思提雅关上餐厅的门,把沃特能拉到楼梯脚下的长方形过道上。过道把餐厅和厨房隔开了。另有一扇门通向花园,门上嵌了长方形的玻璃,装了细铁栏杆。希尔微正从厨房里走出来,大学生就当着她的面说:

"沃特能先生,我不是侯爵,也不叫拉思提雅'那末'。"

"他们要打起来了!"米歇娜小姐满不在乎地说。

"打起来了!"布瓦雷跟着说。

"不会的。"沃克大妈摸着她那一堆金币说。

"看!他们到椴树下去了。"薇多琳小姐叫道,她站起来望着花园,"这个可怜的年轻人没说错话呀!"

"上楼去吧,亲爱的。"谷杜尔太太说,"这种事和我们没有关系。"

谷杜尔太太和薇多琳站了起来,在门口碰到胖厨娘希尔微挡了路。

"出了什么事啦!"胖厨娘说,"沃特能先生对拉思提雅先生说:'我们去说个清楚!'然后就拉住他的胳膊。看!他们朝着我种的长生花走去了!"

这时沃特能出现了。

"沃克大妈,"他微笑着说,"不要害怕,我要去椴树下试试我的手枪。"

"哎呀!先生,"薇多琳双手合十地说,"你为什么要打死欧金先生呢?"

沃特能往后退了两步,若有所思地瞧着薇多琳。

"这是另外一回事了!"他用开玩笑的口气,说得可怜的小姐羞红了脸。"这个小伙子和蔼可亲,是不是?"他接着说,"你这个主意好。我来成全你们的好事,漂亮的姑娘!"

谷杜尔太太拉着薇多琳的胳膊就走,并且在她耳边低声说道:

"唉!薇多琳,你今天太不检点了。"

"我不喜欢在我的园子里打枪。"沃克大妈说,"不要在这个时候惊动邻居，引得警察上门！"

"得了，放心吧，沃克大妈，"沃特能回嘴说，"我们去打靶场好了。"

他追上了拉思提雅，亲热地挽住他的胳膊。

"等我向你证明了：我能在三十五步之外，接连五枪击中核桃尖儿，"他对欧金说，"你还有勇气和我决斗吗？我看你是有一股傻劲上来了，这样你会傻里傻气地送掉性命的。"

"你要退出决斗吗？"拉思提雅说。

"不要惹得我动肝火！"沃特能回答说，"今天早上天气不冷，我们坐到那边去好不好？"他指着那几个绿漆的凳子说，"那边人家听不见我们的话。我要和你谈谈。你是一个好样的小伙子，我对你并没有恶意。我喜欢你，说假话的人遭天打雷劈！我用'沃特能'的名义起誓。为什么我喜欢你呢？我这就来告诉你。等一下，我敢说我了解你。你似乎是我造成这个样子的，我可以向你证明。把你的钱包放下来吧。"他指着圆桌子说。

拉思提雅把钱包放在桌上，坐了下来，心里七上八下，莫名其妙，好奇心发展到了高峰，不明白刚刚还要打死他的人，怎么忽然一下转变态度，仿佛要做他的保护人了。

"你想知道我是什么人，做过什么事，或者现在做什么吗？"沃特能接着说，"你的好奇心太重了，小伙子。得了，静下来听我说。你要听到的事多着呢！我有过不走运的时候。你先听我说，然后再问你的。我过去的生活用几句话就可以概括。我是谁？沃特能。做什么事？喜欢什么就做什么。就是这样。你要知道我的性格？对我好的人，我就对他好；和我交心的，我也和他交心。对这种人我无话不说，他们可以踢我两脚，我也不会警告他们：'当心我的拳头！'但是说句不好听的话，谁要来找我的麻烦或者要和我过不去，我对他就会像个魔鬼。我可以老实告诉你，我不在乎送人归天，这容易得像……"说时他吐了一口涎水。"不过这种事总得有个正当理由,不是万不得已不能动手,干起来你们会说我是个特技演员。不要以为我在吹牛,我读过《塞利尼回忆录》,而且是意大利原文本。我从这个胆大包天的意大利人那里学到了'替天行道',天道就是运气不好的人活该倒霉。但是美的东西不管在什么地方都会讨人欢喜。难道'以一胜多'不是很美的一场比赛吗?我思考过现在社会的混乱状态。小伙子,决斗是小孩子的玩意儿,是蠢人做的蠢事。两个人活得不耐烦了,为什么要碰运气来决定谁该死呢?决斗吗?你猜铜币是正面还是反面?这两样还不是一样的?我能连开五枪击中核桃尖儿,一枪接着一枪,而且是在三十五步以外! 有了这点小本领,总以为在决斗中打倒对手不成问题。那好,我向一个二十步外的小伙子开枪,居然没有打中。那个小伙子一辈子也没有玩过手枪,但是,你瞧!"这个古怪的沃特能解开他的背心,露出了熊背似的毛蓬蓬的胸膛,中间却有一小撮既难看又吓人的黄毛,"这个第一次开枪的小伙子居然一枪把我的皮肤烧伤了。"他把拉思提雅的手指按在他胸膛的伤口上。"不过那个时候我还年轻,大约就是你这个年龄,二十一岁。那时我也相信一些东西,相信女人的爱情,相信一大堆乱七八糟的傻事。我们不是要决斗吗?你也许会打死我。假如我倒在地上,你又在哪里呢?要逃走吧,逃到瑞士去?靠你爸养活你?他的钱也不多啊!我来向你说明你现在的处境。我能说明因为我比别人高明,在研究了这里的情况之后,我看出了你只有两条路好走:不是糊里糊涂地服从,就是反抗。我什么也不服从,这不是很明显的吗?至于你呢,你知道你现在需要什么吗?你急需一百万法郎,而且要马上弄到手,才能再这样走下去。否则,就只好带着空想的脑袋。沿着圣克鲁的流水浪荡度日,看看是否有一个至高无上的救世主来救你。不过不要紧,这一百万,我可以给你。"

他停了一下,瞧瞧拉思提雅。

"哈哈!看起来你对沃特能这个小老头好一点了。听到了我这句话,你就像一个年轻小姐听见情人说'晚上见'一样，马上打扮起来；或者像喝过奶的小猫一样舔舔嘴。得了，我们两个来谈谈吧！我先给你算算账，年轻人，你家里有爸爸、妈妈、姑姑、两个妹妹（一个十八岁，一个十七岁），两个弟弟（一个十五岁，一个十岁）。姑妈管你妹妹。本堂神甫教你弟弟拉丁文。家里吃栗子粥的时候多，吃白面包的时候少。爸爸爱惜短裤，妈妈舍不得添置冬天的袍子和夏天的衣裳，两个妹妹有什么穿什么。我什么都知道，我也在南方待过。情况就和你家一样，每年的收入只有三千法郎，而且还要给你一千二百法郎。家里有个厨娘，有个佣人。总得维持面子，你爸还是个男爵呢。至于我们自己，各人都有各人的打算，有玻瑟昂家帮忙，我们没马车也得走去。既然想要发财，我们吃的是沃克大妈的家常便餐，喜欢的却是圣日尔曼富人区的豪华酒宴，睡的是木板床，却向往高级住宅，我不怪你痴心妄想。我的小伙计，要有雄心大志，并不是每个人都敢想敢作敢当的。你去问问女人要什么样的男人，要敢有所作为的。有作为的人腰杆子比别人更硬，血里的铁质更丰富，心也更加温暖。一个女人健康的时候多么幸福，多么美丽，所以也喜欢健康有力的男人，哪怕给他压得筋疲力尽也心甘情愿。我数了数你的欲望，再向你提问题。问题是我们饿得像狼，牙齿尖得像刀，要拿什么来下锅呢？首先要啃《法典》，这并没有什么趣味，也学不到什么东西，但却不得不啃。那好，啃了《法典》可以去当律师，然后当个法庭庭长，把一些可怜的穷人送进监牢。他们并不比我们更坏，不过他们肩膀上烙下了'劳改'字样，他们一坐牢，有钱人就可以放心睡大觉了。这并不是说笑话，一坐牢就得坐很久。首先，吸两年巴黎有毒的空气，瞧瞧好吃的东西却不许动手。这真麻烦，想要得到，却永远得不到。如果你脸色苍白，有气无力，那你不用害怕。但你偏偏是热血沸腾，口味大得一天可以捣二十次乱子。那你就得活受罪啦，那是我们在上帝的监狱里看到的最可怕的刑罚。即使你听话，你只喝牛奶，只发发牢骚，

三 花花世界

虽然你不在乎,在千辛万苦之后,在狗都会逼得发疯之后,你也必须开始去一个穷乡僻壤代替某个浑蛋当个检察官,由政府每个月发给你一千法郎的薪水,就像屠夫把残汤剩菜喂狗一样。狗喂饱了就要追着小偷吼叫,为有钱人说好话,把好心人送上断头台,不能不干!如果你没有人提拔,那就得在外省的小法庭里倒上一辈子的霉。如果你工作到了三十岁,可以当一个一年赚一千二百法郎的法官,到了四十岁,你可以找一个磨坊老板的女儿结婚,一年有六千法郎的收入。这样,你就得谢天谢地了。若是你有后台,三十岁就可以做检察官,薪水却是一千金币,还可以和市长的女儿结婚。如果你敢玩弄卑鄙的政治手腕,一把选票上的名字读错(尤其是两个候选人的名字声音相近时,更不用问心有愧了),那么,到了四十岁,你就可以升任总检察长,说不定还可以当上议员呢。不过要注意,亲爱的小伙子,我们可能要做一点对不起良心的事,可能要忍受二十年的烦恼和说不出口的苦难,而我们的妹妹没有陪嫁,到了二十五岁还嫁不出去。我还要告诉你,全法国只有二十个总检察官的职位,而想做检察官的人有两万,其中还有一些不要脸的,为了做官不惜倾家荡产的人。如果这一行不合你的口味,那我们换一行吧。拉思提雅男爵愿意当律师吗?那好,但得先吃十年苦,每月花一千法郎,有一架书,一个办公室,还要见见世面,巴结诉讼代理人,才好招揽案件,用舌头去舔干净法院的台阶。如果这一行能够走得通,我也不想扫你的兴。不过你在全巴黎找得到五个律师,到了五十岁每年还能赚五万多法郎吗?呸,与其这样贬低自己,还不如去做海盗呢。再说,到哪里去赚金币?前途未可乐观。还有一个办法,是赚女人的嫁妆。你愿意结婚吗?那是在颈上吊一块石头。如果是为了钱结婚,男人的尊严和感情到哪里去了?还不如从今天起,就反对这些社会的陈规陋习呢。像一条蛇一样缠在女人身上,舔丈母娘的脚后跟,表现得比发情的母猪还更难看,如果这样能够换到幸福倒也罢了。但这样娶来的老婆好像阴沟里的石头,又臭又硬。跟这样的女人吵架，还不如上前线去和男人拼个你死我活呢！这就是人生的十字路口，年轻人，你自己挑选吧！你已经选好了。你去过我们的表亲玻瑟昂家，你呼吸到了富贵的空气。你去过雷斯托夫人，也就是高老头的女儿府上，你也闻到了巴黎的气味。那天你回来的时候，额头上就写了几个大字，我清清楚楚地看得出，那就是要'高攀'，无论如何也要高攀。'好极了，'我说，'这是一个大胆而用得上的小伙子。'你需要钱，到哪里去弄钱呢？你已经抽干了两个妹妹的血，兄弟总是要骗姐妹几个钱的。你的一千五百法郎天晓得是怎样到手的，你家赚的钱还不如栗子多啊！钱就像抢来的一样，来得快，去得也快。用完了钱怎么办？用功学习吗？学习的结果，像你现在所看到的，就是养出一些像布瓦雷那样的年轻人，等到老了，在沃克大妈的公寓里租间房子度过一生。为什么不赶快发一笔大财？那才是你，还有五万个和你差不多的年轻人，当前急需解决的问题。你不过是他们中间的一个罢了。想想看，你要作出多大的努力，要如何争个你死我活，像瓶子里的几只蜘蛛一样，不是你吃掉我，就是我吃掉你，才能争得一个位子。而社会上根本没有五万个空位啊！那你知道怎样才能打出一条生路来吗？靠天才的光辉还是靠腐化堕落的手腕？一定要像炮弹一样打进人堆里，或者像瘟神一样神不知鬼不觉地溜进去。老老实实是没有一点用的。但是天才的力量太大，大家还是不得不低头认输，不过每个人都恨他。千方百计诬蔑诽谤，因为他要独占，不肯让人分享。如果他要坚持，大家也只好让步。总而言之，大家没法把他埋进泥坑，就只好拜倒在地了。但是腐化堕落还是当令，因为真正的人才太少。因此，腐化成了无所不在的平庸之辈的武器，而你到处都可以感到刀光剑影，可以看到丈夫总共只有六千法郎的收入，而妻子却要花一万法郎去梳妆打扮。你可以看到只赚一千二百法郎的小职员也能买田买地，还可以看到女人卖身，和贵族少爷坐马车到布洛涅森林跑马场中央大道去出出风头。你已经看到了高老头这个大傻瓜为女

三 花花世界

儿还债,而他的女婿每年收入却有五万金币。我敢打赌,你在巴黎不需走远,到处都会碰到阴谋诡计。我敢拿脑袋和你打赌,如果你在巴黎碰到一个女人,不管她多么有钱、年轻、漂亮,你一定会碰上麻烦。所有的女人都会根据法律耍小花招,什么事都和丈夫争夺。如果你要我解释为什么她们为了情人,为了破衣烂衫,家庭孩子,为了开销或者虚荣,但决不是为了道德,就要大耍滑头,这点请你放心,她们这些事要我说多久我也说不完。因此,老实人成了大家的公敌。不过,你认为什么样的人才算老实呢?在巴黎,老实人就是不说话,也不想占便宜的人。我还没提那些只干活不拿报酬的苦工,我把他们叫做上帝的奴才会员。当然他们的道德是愚蠢之花结出来的苦果,是苦难的果实。假如上帝和我们开一个小玩笑,不光临最后的审判,那这些老好人可要愁眉苦脸,啼笑皆非了。所以如果你想赶快发财,现在就要有钱,或者装出有钱的样子。要赚大钱,就要大手大脚,大进大出,要不然就去做骗子。这点我可以帮忙。如果在你可以选择的一百个行当中,有十个人眼明手快,大家就会说他们是大骗子。你自己作结论吧。生活就是这个样子,并不比厨房更干净,却一样有异味。如果你要炒菜,就不能怕弄脏了手,只要能洗干净就行了,这就是我们这个时代的道德。我对你这样讲,因为我有权利,因为我了解这个世界。你以为我会责备它吗?一点也不。世界总是这个样子的。道德家一点也不能改变世界,人都不是十全十美的,或多或少总得弄虚作假,只有傻瓜才说风气好或不好。我并不支持老百姓指责有钱人,人不管高低上下,都是一样的人。一百万个高等动物中也许能够碰到十个天不怕地不怕的乐天派,自认为是人上人,甚至在法律之上,而我就是其中一个。你,如果你真高人一等,那你就昂首阔步一直向前走吧!但你一定要和妒忌、诽谤、平庸作斗争。要和大家斗争。拿破仑碰到过一个叫奥勃里的陆军大臣,几乎被他送到殖民地去。你也应该掂量一下自己!看看自己每天早上起来,是不是比头一天晚上更有精神了。在这种情况下,我要向你提出一个没有人会拒绝接受的建议。你听我说。我呀,你看,我有一个想法。我想买一大片土地去过平静的日子,比如说,到美国南部去,买上十万公顷的土地。我要做一个大庄园主,有很多奴隶。靠卖牛羊、烟草、木材,赚他个小小的几百万,随心所欲过我皇帝般的日子。那是蹲在窑洞里的人做梦也想不到的生活。我是个大诗人,我的诗不用写下来,诗意都表现在行动中,或是在感情里。我现在只有五万法郎,那差不多只够买四十个黑奴。我需要二十万法郎,因为我要买二百个黑奴,才合乎我过庄园生活的口味。黑奴,你知道吗?那些小家伙你爱怎样处置就怎样处置,不会有一个多管闲事的王家检察官来找麻烦。有了这笔黑资本,十年之内,我就可以挣到三四百万。只要我成功了,就没有人会问:'你是谁?'大家都知道我是四百万的富翁,美国的公民。那时我还不过五十岁,不会腐朽。我可以随心所欲地享乐。一句话,如果我给你弄到一百万陪嫁,你能不能给我二十万法郎?百分之二十的佣金。嘿!不能算要求太高吧?你可以使你的小女人爱上你。一结了婚,你可以装出不安或后悔的样子,可以发上半个月的愁。到了夜里,在亲热的表演之后,在两次拥抱狂吻之间,你可以一面说如何爱她一面告诉她你欠了二十万法郎的债。这种小喜剧每天都有最出色的年轻人在表演。一个年轻女人把心都给了你,难道还不肯打开她的钱包?你认为你吃亏了吗?没有,你只消做一笔生意就可以把你的二十万捞回来。你有本钱,人又聪明,想发多大的财就可以发多大的财。因此,在半年的时间里,你可以得到你的幸福,你的小美人的幸福,还有沃特能老爸的幸福。更不用说冬天没有生火,冻得对手指呵气的全家人的幸福了。不要对我的建议和要求感到大惊小怪,在巴黎欢天喜地的婚姻中,六十场中总有四十七场是这样的买卖。婚姻公证人会逼得你……"

"那你说我该怎么办呢?"拉思提雅迫不及待地打断了沃特能的话说。

三 花花世界

"几乎什么都不用你做。"这家伙回答时露出了兴高采烈的神气,就像一个不言不语的渔翁感觉到鱼儿上了钩似的。"你好好听我说!一个可怜的不走运的年轻女子的心就像一块急需爱情的海绵,哪怕只是滴下一点感情,干瘪的海绵也会立刻张开大口来吸收。追求一个孤独、失望、当时还不富有的年轻女子,在她意想不到的财运就要降临之前,天哪!那真是拿了一手包赢的好牌,等于预先知道了头奖的号码再去买奖券,或者得到了公债涨落行情再去买进或者卖出一样。你是在打好了底层的基础上,盖一座不会倒塌的爱情大厦。即使百万财产落到这个少女手里,她也会呈献到你的脚下,仿佛这只是些鹅卵石一般。'来拿吧,亲爱的!拿去吧,亚托夫!拿走吧,亚夫勒!来拿去吧,欧金!'只要亚托夫、亚夫勒或欧金愿为她作出牺牲,她就会选上他,就会这样说。我所理解的牺牲,不过是卖掉一套旧衣服,陪她去圣钟餐厅吃一顿蘑菇吐司,晚上再去喜剧院看戏,或者是把表送到当铺去抵押几个钱,买条围巾送她。我不对你说那些乱七八糟的爱情画,也不谈女人喜欢的那一套,比如说,在写情书时洒几滴水到信纸上,冒充远方的相思泪。我看你对谈情说爱的知心话似乎非常内行。你看,巴黎是新世界的丛林,有二十个野蛮民族在林中生活。如伊利诺人、休伦人等,他们依靠社会生产的各种不同的猎物生活,而你的猎物就是百万家财。为了得到财产,你可以设陷阱,吹引鸟落网的芦笛,或模仿鸟鸣的声音。有些人的猎物是嫁妆,有些人等待财产的清算。这些人出卖良心,那些人出卖束手待毙的老主顾。猎回来的猎物越多,越受上流社会欢迎,祝贺,接待。为这个殷勤好客的地方说一句公道话,巴黎实在是全世界最热情招待的城市。即使欧洲各国首都高傲的贵族都不接受一个名声不好的百万富翁,不屑与他为伍,巴黎还是对他张开双臂,参加他的庆祝宴会,吃他办的丰盛酒席,还为他干的丑事碰杯。"

"到哪里去找一个这样的美人呢?"拉思提雅问道。

"人就在眼前,她是你的了。"

"薇多琳小姐吗?"

"对了。"

"怎么行呢?"

"她已经爱上你了,小拉思提雅男爵!"

"她一个钱也没有呀!"

"啊!这就是问题!再说两句,"沃特能说,"一切就明白了。达伊夫大爷是个老坏蛋。据说大革命时期他杀害了一个朋友,我同伙的乐天派,是个独立自由的银行家,腓德烈·达伊夫公司的大股东。他想让他的独生子继承全部财产,却不分一部分给女儿薇多琳。我呢,不喜欢这种不公平的做法,就像堂·吉诃德一样,我喜欢保护弱者,反对强者。如果上帝的意愿要他的儿子归天,达伊夫就不得不接受女儿了,因为他总得要个继承人,虽然这并不是人性中的优良传统,但是他不能再生孩子了。这点我是一清二楚的。薇多琳温存体贴,很快就会扭转父亲的偏向,用感情的鞭子把空心陀螺抽得团团转的!她对你的爱情非常感激。不会忘记你,你可以和她结婚。我呢,我来执行天意,要使上帝发愿促成好事。我有一个靠得住的朋友,洛亚军团的上校,最近调到王家卫队。他听了我的话,由拿破仑派变成极端保王党了,他不是一个固执己见的傻瓜。如果我对你还有什么忠告,我的天使,那就是既不要坚持己见,也不要信守诺言。如果有人要你支持,你不妨出卖自己。一个吹嘘自己从不改变主张的人,是一个只会走直路的,相信自己万无一失的大傻瓜。世上没有抽象的原则,只有具体的事实,没有法律,只有执法的情况。高人一等的人会结合具体情况,作出具体分析,再因势利导。如果有一成不变的原则或法律,那老百姓也不会像我们换衬衣那样转变了。一个人不会比一个民族更聪明。一个对法国贡献不大的人却可以成为崇拜的偶像,因为他看什么都是红色激进的,这种人最多只能放到音乐学院,和乐器摆在一起，贴上一个有名无实的标签。至于那位亲王，虽然人人喊打，并且向他投掷石头，其实他并不把别人放在眼里，人家要他宣什么誓，他就宣什么誓，但是在维也纳会议上，他却阻止了欧洲各国瓦解法国的企图。大家应该给他戴上桂冠，但却溅得他满身污泥。噢！我了解这些事，我呀，知道很多人的秘密！够了！只要有一天我能碰到三个人对运用原则的意见完全一致，我才会有一个不动摇的看法，但是不知要等到哪一天呢！即使在法庭上也找不到三个法官对法律条文的解释完全一致。回过头来提我的朋友吧，他听了我的话会把耶稣重新钉上十字架，只消老沃特能说一句话，他会无事生非，把一个分文不给妹妹的人打上一顿……"

说到这里，沃特能站了起来，做了一个防御的姿势，好像一个剑术师在等待对方的进攻。

"然后送他归阴！"他又加了一句。

"太可怕了！"欧金说，"你是在开玩笑吧，沃特能先生？"

"哟哟，别着急！"老家伙接着说，"不要像个孩子一样。然而，如果你觉得有趣，那就发发脾气，说我是浑蛋、坏蛋、流氓、强盗，但是不要叫我做骗子或探子！得了，说吧，放你的连珠炮吧！我不会在意的，在你这个年纪，这是很自然的事。我也像你一样，曾经胡说八道。不过要想一想，有朝一日，你会不会干得比我还更差劲？你要去和漂亮的女人调情，你会得到金钱，但你想过没有，"沃特能说，"如果你不预先支出爱情，怎么能够成功？我亲爱的大学生，道德是不能秋色平分的。道德就是道德，不道德就是不道德。有人说忏悔可以弥补过失，这是欺人之谈。等于说是犯了罪只要表示后悔就相抵相消了？勾引一个女人，为了在社会上爬高一级，挑拨一个家庭的子女不和，最后，在各种外衣掩盖下所做的坏事，目的只是为了个人享乐或私利，你认为这不违反信心、希望和慈悲心吗？为什么一个花花公子一夜之间夺走了一个孩子的一半财产，只罚坐两个月的牢，而可怜的穷人偷了一张一千法郎的钞票，却要根据加重情况关进苦役牢房？这就是你们的法律，没有一条不是荒谬的。戴手套说好话的人杀人不见血，可以叫人流血。犯人和贵族破门而入，都是夜间的事，但处理却不同。我现在建议你做的事，和你将来要做的事，差别只是不见血而已。你还相信世界上有一成不变的东西！不要把人看得太重，要看到法网有什么漏洞。无缘无故就发了大财，那秘密的原因一定是罪行没有被发现，或是被遗忘了。因为罪行干得太干净利落而不像罪行。"

"不要说了，先生，我不想再听下去。你要说得我对自己都怀疑了。我现在只能根据感觉来判断。"

"随你的便吧，年轻人，我还以为你不这么软弱呢！"沃特能说，"我不再说什么了，不过，最后我还要交代一句。"

他的眼睛瞪着大学生。

"我的秘密都告诉你了。"

"年轻人不接受的意见自然会忘掉的。"

"你说得好。我听了很高兴。换了一个人，你看，就不会像你这样小心谨慎了。记住我愿意为你做的事，给你半个月，你看办还是不办吧！"

"这家伙的脑袋难道是铁打的？"拉思提雅心里想，他眼看沃特能挟着手杖不动声色地走了。"他刚刚生硬地对我说的话，不正是玻瑟昂夫人婉转表达的意思吗？他用钢铁般锋利的爪子撕开了我的心，为什么我要去纽沁根夫人府上呢？我刚打好主意，他就立刻猜到了我的意图。这个强盗只用两句话就说明了道德是什么，比任何人、任何书都说得更清楚。如果不愿违背道德的话，我得承认我偷了我妹妹的钱。"他说时把钱扔在桌子上。

他坐下来，沉浸在心烦意乱的深思默想中。

"要遵守道德，做个高尚的受苦受难的人！呸！大家都相信道德，但

三 花花世界

是谁有道德呢？人民把自由当做偶像，但是世界上哪里的人民是自由的？我的青春晴朗得像没有一片云彩的蓝天。如果想要争名夺利，那不是决心说谎、下跪、爬地，再站起来，拍马吹牛，弄虚作假吗？那不是同意对那些说过谎，下过跪，爬过地的人显得奴颜婢膝吗？在和他们同流合污之前，先要俯首听命。那不行！我要做高尚的神圣的工作，日日夜夜工作，使劳动化为钱财。这是最慢的发财法，但是到了夜晚上床的时候，我不会感到良心不安。如果回顾自己一辈子，看到一生纯洁得像白色的百合花，难道还有什么比这更美的吗？我对待生活，就像年轻人对待他的未婚妻一样，沃特能却要我看婚后十年会发生什么事。见鬼去吧！我的头脑都搞糊涂了。我不愿意再想，我的心会教我怎么做的。"

欧金的沉思默想被希尔微的喊声打断，胖厨娘告诉他服装师来了。他就双手提着两个钱包走到服装师面前，并不觉得有什么见不得人的。等到他试了试晚装，又穿上晨服时，觉得真是旧貌换新颜了。

"我哪一样比不上德·特拉伊先生呀？"他心里想，"我到底有了上流人的派头了。"

"先生，"高里奥大爷走进欧金房里说，"你不是问我知不知道纽沁根夫人要去的府邸吗？"

"是呀！"

"那好，她下星期一要参加卡里亚诺元帅的舞会。如果你也去的话，请告诉我她们两姐妹玩得快活吗？她们穿的什么衣服？总而言之，什么都不要漏了。"

"你怎么知道这些的，我的好高大爷？"欧金让他坐在炉边问道。

"她的贴身女佣告诉我的，特莱芝和宫丝棠这两个女佣把她的一举一动都告诉了我。"他说时流露出了非常高兴的神气。

这个老头还像一个相当年轻的情郎一样得意，因为他能想方设法打听到他的情人不想让他知道的活动。

"你会看到她的，是吗？"他说时天真地流露出了悲哀和羡慕。

"我也不知道。"欧金回答说，"我要去玻瑟昂夫人府，问她能不能把我介绍给元帅夫人。"

欧金想到自己以后能穿着新装出现在子爵夫人家，不由得心中暗喜。道德家所谓的人性的深渊，不过是指人的自私自利造成的自欺欺人的思想，不自觉自愿的行动。那些意想不到的波折，夸夸其谈的高调，翻来覆去的变化，都是精心设计来满足我们的享乐思想的。看见自己新衣装的派头，戴着手套，穿着靴子，拉思提雅忘了自己合乎道德的要学习法律的决心。年轻人犯错误时，是不敢用镜子来照自己的良心的。成年人却无所不敢，这就是人生两个阶段的不同。

几天来，欧金和高里奥这两个邻居变成了一对好朋友。他们不足为外人道的友情，以及沃特能和大学生之间的矛盾关系，都有心理上的原因。敢于标新立异的哲学家如果想要证明我们的感情对物质世界所产生的影响，一定可以在人和动物之间的关系中，找到不止一个证据，说明抽象的感情可以起到具体的物质性的作用。一个善于察言观色的人能不能一眼看出一个人的性格呢？一只狗却只要一见陌生人就能知道他是喜欢它，还是不喜欢它。"心灵共鸣"是大家都用的语言，事实上也否定了一些无知的哲学家妄想淘汰这种源远流长的表达方式的企图。一个人能感觉到别人是不是爱自己的。感情在任何事物上都会留下踪迹，并且还能穿越时空，是说话人的心声忠实的回音。一封信就是一颗心。感情细腻的人把信当做储存感情的珍品。高里奥大爷不需要思索的感情已经把他提高到和狗一样灵敏了，他能够闻到大学生出自内心而又形之于外的体恤、敬重和年轻人的同情。然而，这种新生的交情还没有达到知心的地步。如果欧金表示过希望见到纽沁根夫人，那也不是打算要高大爷为他介绍，而只是希望他一不小心漏出的风声，可以给他派上大用场而已。高大爷对他谈到两个女儿，也是在他两次公开谈论对他女儿的访问之后。

三 花花世界

"我亲爱的先生,"高里奥大爷第二天问欧金,"你怎么能说雷斯托夫人会怪你不该提到我的名字呢?我的两个女儿都是很爱我的呀!我是一个很幸运的父亲。不过,我的两个女婿对我不太好。我不愿意使我两个亲爱的宝贝女儿因为我和她们丈夫的关系不好而难过,所以我宁愿不公开地去看她们。这种秘密会见使我的快乐增加了一千倍。哪里是那些随时随地可以堂而皇之见到女儿的父亲所能梦想到的呢?我不能像他们那样做,你明白吗?所以,天气好的时候,我先向女佣打听我女儿是不是出门了,然后就去香榭丽舍大道等她们的马车经过。等我看到她们的马车来了,我的心跳得多么厉害,我多么喜欢她们的衣装打扮啊!她们随便对我看上一眼,笑上一笑,那就像美丽的太阳洒下了灿烂的金光,使整个大自然都美化了。我就站在那里,她们还要回来的呢!我又看见她们了,新鲜空气对她们大有好处,使她们的脸色红润了。我听见周围的人说:'真是个美人!'这使我多开心,她们不是我的血肉之亲吗?我喜欢给她们拉车的马。我愿意做眷恋她们膝头的小狗。我靠她们的快乐维持生活。各人有各人表示爱的方式,我爱的方式并不妨碍别人的事,为什么要多管我的闲事呢?我有我寻找快乐的方法。我喜欢看我的女儿晚上出门去参加舞会,这难道犯法了吗?当我去晚了一点,听到人家告诉我'夫人出去了',那时我是多么难过!有一次,我等她们一直等到清晨三点钟才等到娜茜,我已经两天没有看见她了。我几乎高兴得要晕倒!我求求你,以后不要对我谈别的,只要谈我的女儿多么好。她们要送我各式各样的礼物,我都不要,只对她们说:'省下你们的钱吧!我要礼物有什么用?我什么也不缺少。'的确,亲爱的先生,我是什么人?不过是个行尸走肉罢了,我的灵魂早就交给了女儿。如果你见到纽沁根夫人,请你告诉我:她们两姐妹,你更喜欢哪一个。"老好人待了一会儿。那时,欧金要出门去蒂勒里王家公园散步,然后再去玻瑟昂夫人家。

这次散步对大学生来说是非常重要的,有些女人注意他了。他这么漂亮，这么年轻，而风度又是这么高雅！一看见自己成了注意的，甚至是羡慕的目标，他就不再记得被他剥皮抽血的妹妹和姑妈，也忘了对不道德行为的反感了。他看见魔鬼五彩斑斓的翅膀像天使一般飞过他的头上，撒下来的都是红宝石，射出来的箭都金光闪闪，照亮了王家宫殿，使女人都红得发紫，给原来单纯朴素的王位蒙上了一片愚钝的辉煌；他听到虚荣之神发出噼里啪啦的响声，虚荣的浮光掠影听起来似乎成了权力的象征。沃特能的话虽然不讲情面，却深深地洞穿了他的心灵。就像一个处女的记忆中深深地刻下了一个上门兜销的媒婆说的话："黄金滚滚，爱浪滔滔，用之不尽，取之不竭。"

欧金无所事事地浪荡到了五点钟，才走进了玻瑟昂府，不料却碰了一个年轻人吃不消的钉子。直到这时为止，他总以为子爵夫人受了贵族教育，待人接物，即使是虚情假意，也都是彬彬有礼的。但这一次，玻瑟昂夫人一见他进来，却露出为难的神情说：

"拉思提雅先生，我不能接待你，至少现在不能。我正有事……"

对于一个识相的人（拉思提雅很快就学会了识相），一言一语，一举一动，一个眼色，一点声调的变化，都可以看出一个人的阶级本性和习惯。他能看出丝绒手套中的铁拳，各种姿态下的自私性格，还有油漆下的木料。总而言之，他听到了国王从金殿上，大臣从铁甲下发出的"金口玉言"。欧金本来太容易相信这位高贵夫人的一诺千金。像一切倒霉的人一样，他真心实意地签下了美妙的平等条约，以为可以同等约束施恩者和受恩者双方。第一条就认为伟大的心灵是完全平等的，他不知道连接双方的恩情只是天国的施舍，和人间的真正爱情一样，是难得一见的。恩情和爱情都是高贵心灵的浪费品，拉思提雅想去卡里亚诺伯爵夫人的舞会上取得成功，怎么能够不忍气吞声呢！

"夫人，"他难过地说，"如果不是为了重要的事，我是不敢来打扰您的。请您帮一个忙，让我等一下再来。我是可以等的。"

三 花花世界

"那好，你来同我们一起吃晚餐吧，"她觉得刚才说话的口气生硬了一点，不好意思，就转过弯子来说。因为她不但高贵，而且心地也好。

虽然夫人忽然转弯，使欧金有动于衷，但他走的时候，内心还在思索。

"在地上爬吧，你什么都得忍受。连心地最好的女人一时冲动，也会忘记她答应过的诺言，把你像旧鞋子一样丢在一边，别的女人还消说吗！人做什么事情能够不为自己呢？的确，她家不是商店，我不该找她帮忙。沃特能先生说得不错，我应该像颗炮弹，攻无不克。"

大学生一想到马上就要和子爵夫人共进晚餐，心中一喜，不愉快的思想立刻烟消云散了。就是这样，仿佛是命中注定的，他生活中的一些细枝末节，把他推进了他活动的天地中。正如沃克公寓中的狮身人面像所说的，上了战场，你不杀人，人就杀你；你不骗人，人就骗你。一过了界限就得昧着良心，压制感情，戴上假面，毫不客气地玩弄别人。就像到了斯巴达一样，为了得到王冠，就要明枪暗箭争夺财富。等他回到了子爵夫人府，他发现夫人又像原来一样亲切高雅了。两人一同走进餐厅，子爵已经在那里等候夫人。餐厅里金碧辉煌，显示了王政时期无所不用其极的派头。玻瑟昂先生像对什么都感到腻味的人一样，只对美食佳肴还有胃口，就像路易十八和他的掌膳大臣一样，他的御宴不但金玉其外，而且珍馐其中。欧金的眼里从来没有见过这样华贵的场面，这是他生平第一次在一个上流社会的世袭贵族家中就餐。帝政时代的舞会之后，本来还有一顿丰盛的夜宴，让军人吃得体力充沛，精力旺盛，以便对付内外斗争。但在当时已经取消了。欧金只来得及参加舞会。好在他的沉着冷静，当时已经开始显示，后来更显得与众不同，因此他没有大惊小怪。但是一看到这些精工细作的银餐具，餐桌上形形色色的豪华奢侈，侍仆们寂静无声的穿梭往来，叫一个想象力丰富的年轻人怎能不倾心于这种朝夕高雅的生活，怎能再容忍那种庸俗的早餐！他一想到那普通人住的公寓，觉得简直不能忍受，发誓到了明年一月非迁居不可。一来想要住得清静，二来可以摆脱沃特能的掌握，因为他总感到这家伙的大手压在他的肩头上。一想到巴黎有成千上万腐败堕落的事情、明枪暗箭的争斗，一个有常识的人不免要问：国家怎么会一反常态，把教育青年的学校设在这里？美丽的女性怎么会受到尊重？兑换钱币的商人怎能保证他们钱柜里的金银财宝不会像变魔术一样不翼而飞呢？如果说年轻人犯罪的不多，那就得感谢法律对可望而不可及的罪犯更加严厉，使他们觉得犯法得不偿失，所以法律就胜利了。如果把穷苦的大学生和巴黎的斗争写下来，那会是现代法国文明史上最富有戏剧性的题材。

玻瑟昂夫人瞧着欧金，希望他谈谈话，不料他在子爵面前什么也不说。

"你今晚陪我去意大利歌剧院吗？"子爵夫人问她的丈夫。

"你当然知道我非常乐意陪你去，"子爵的话里藏刀，这当然是大学生所料不到的，"可惜我已经约好朋友去游乐场了。"

"约的是情妇吧。"她心里想。

"今晚达九达不来陪你吗？"子爵问道。

"他今晚不来。"她回答时有点生气了。

"那好，如果你一定要人陪的话，为什么不请拉思提雅先生去呢？"

子爵夫人瞧了欧金一眼，微微一笑。

"那恐怕太麻烦你了。"她说。

"法国人不怕麻烦，因为解决了麻烦可以得意扬扬，这不是夏多布里昂说过的话吗？"拉思提雅回答时弯了弯腰。

不久之后，他和玻瑟昂夫人同坐一辆快车，去了那个时髦的剧院。他一走进一个正面的包厢，简直以为进入了神话世界。所有的小望远镜几乎同时转向了子爵夫人，她的装束非常美妙，使他时时感到心荡神怡。

"你不是有话要对我说吗？"玻瑟昂夫人问道，"呵，等一等。那不是纽沁根夫人吗？离我们只有三个包厢。她的姐姐和特拉伊先生在另一间。"

子爵夫人说这话时，瞧瞧罗歇菲小姐的包厢，没有看见达九达先生，立刻如释重负，喜形于色。

"她真讨人喜欢。"欧金瞧了纽沁根夫人一眼说。

"她的眼毛怎么白了？"

"不错，但是腰身多么苗条！"

"她的手太粗了。"

"眼睛多美啊！"

"她的脸太长了。"

"身材修长，才能出众。"

"有你这一句话，她真是运气好。你看她是怎么拿起小望远镜又放下的。一举一动都流露出高里奥的俗气。"子爵夫人说得欧金大为惊讶。

的确，玻瑟昂夫人用小望远镜东张西望时，似乎一点也不在乎纽沁根夫人似的，其实她任何一个微小的动作都逃不过夫人的眼睛。剧院几乎成了一个选美大会，德尔芬·德·纽沁根能够得到玻瑟昂夫人这个年轻、漂亮、风流的表弟全神贯注，怎能不又惊又喜呢！

"如果你老是这样盯着人看，你要闹笑话了，拉思提雅先生。像你这样一头栽进爱情的旋涡，怎么能出得来？怎能有所得呢！"

"我的好表姐，"欧金说，"你已经帮了我大忙了。如果你能把好事做到底，我也没有什么更高的要求，只希望你不必费太多的力气，却能给我带来很大的好处。表姐，我已经迷上她了。"

"这么快？"

"真的。"

"就是这个女人？"

"我哪里还敢妄想其他呢？"他说时眼睛似乎想看透表姐的心，"卡里亚诺公爵夫人和贝利公爵夫人关系很好。"他停了一下又接着说,"你就要见到她了。能不能请你把我介绍给她,并同我去参加她下星期一举行的舞会?舞会上我能见到纽沁根夫人,就可以展开我的第一个攻势了。"

"那好,"她说,"既然你看中了她,你会称心如意的。瞧,德·玛瑟在公主包厢里,丢下了纽沁根夫人,她生气了。一个受到冷落的女人最需要男人去看她。尤其是一个银行家的夫人,她们受了气,总想出口气的。"

"在这种情况下,你会怎么办呢?"

"我嘛,也只好忍气吞声算了。"

这时,达九达侯爵来到了玻瑟昂夫人的包厢里。

"我事还没有办好,就赶紧来看你了。"他说,"我这先来告诉你一声,免得你不领我的情。"

子爵夫人脸上立刻露出了光辉,这使欧金看到了真正爱情的表现,和一般巴黎女人打情骂俏,装模作样,又是多么不同。他的表姐令他拜倒。他一言不发,叹了口气,把座位让给了达九达。

"在爱河中的女人是多么崇高,多么超脱啊!"他心里想,"而这个男人却为了一个玩偶而变了心,他怎么可能抛弃她呢?"

他心里感到要耍孩子脾气了。他真想在玻瑟昂夫人脚下打滚,恨不得有魔鬼的神通,能把她藏到心里去,就像一只雄鹰想从草原上抓走一只还在吃奶的小白羊一样。他感到羞愧的是:在剧院这个美术展览馆里没有他的作品,没有他的美人。

"有情人,有爵位,"他想,"这是权力的标志。"

他瞧着纽沁根夫人像决斗者瞧着对手一样。子爵夫人转过身来,对他眨了一眼,对他的识趣表示谢意。舞台上第一幕刚演完了。

"你和纽沁根夫人有交情,能不能把拉思提雅先生介绍给她?"她对达九达侯爵说。

"她当然很高兴认识你，先生。"侯爵对欧金说。

漂亮的葡萄牙侯爵站了起来，挽着大学生的胳膊，一转眼就到了纽沁根夫人身边。

"男爵夫人，"侯爵说，"我很荣幸向你介绍这位欧金·德·拉思提雅骑士，玻瑟昂子爵夫人的表弟。他对你的印象非常深刻，我愿意满足他对幸福的要求，所以带他来见见他的偶像。"

这些话是用半开玩笑的口吻说的，并不显得生硬刺耳，所以不会不讨女人的喜欢。纽沁根夫人微微一笑。她的丈夫刚刚离开了包厢，她就请欧金坐在他留下的空位上。

"我不敢让你在我这里耽搁太久，先生，"她对他说，"你有幸和玻瑟昂夫人在一起，怎能不留在她那儿呢？"

"夫人，"欧金低声对她说，"我倒觉得，如果要讨我表姐的欢喜，倒是应该留在你这里……在侯爵先生来到之前，我们正在谈论你，谈你与众不同的人品呢。"他说到后半句时，又提高了声音。

达九达先生告辞了。

"当真，先生。"男爵夫人说，"你就留在我这里？那我们可以好好认识一下。雷斯托夫人曾经对我表示：她非常想见你。"

"那她就太会说假话了，其实她已经对我关上了大门。"

"怎么会呢？"

"夫人，我觉得应该和你说真心话，把事情原原本本告诉你。不过我先得请你原谅，我不得不告诉你一个秘密。我是你父亲高大爷的邻居。但当时不知道雷斯托夫人是他的女儿。我不小心，无意中谈到了他，这样就得罪了你的姐姐和她的丈夫。你恐怕想象不到朗杰公爵夫人和我的表姐多么厌恶这种对不起父亲的事。我对她们一讲，她们认为太可笑了。就在这时玻瑟昂夫人把你和你姐姐作了对比，她对我说了许多你的好话，说你对我的邻居高大爷多么亲热。的确，你怎么可能不对他好呢？他是如此疼爱你们，连我看了都难免会妒忌。我和你父亲今天早上还谈到你，谈了两个小时。过后，我还记得你父亲对我说过的话。但我来表姐家晚餐了，我对她说，心这么好的人恐怕不会这么美吧。玻瑟昂夫人大约不想让我对你的热爱降温，就把我带到这里来，用她一贯高雅的姿态对我说，要我用自己的眼睛来作出判断。"

"那么，先生，"银行家的夫人说，"我对你已经非常感激。不用多久，我们就会是老朋友了。"

"虽然和你做朋友已经不是一般的感情，"拉思提雅说，"我可不愿意永远只做你的普通朋友。"

这些新手惯用的老一套客气话，对于女人来说，总是有吸引力的。但对冷眼旁观的人说来，却显然是空洞无物的。然而一个年轻人的姿势、声调、神色，都会使老套话取得无法估计的新价值。纽沁根夫人发现拉思提雅讨人喜欢。但像所有的女人一样，她回答不了大学生接二连三提出的问题，就把话扯开了。

"是的，我姐姐不该对可怜的父亲不好。他对我们的确超过天下的人。但是纽沁根先生规定只在上午接待父亲，我也不好破坏规矩。因此难过了好长的时间。我甚至哭了。勉强的婚姻带来婚后粗暴的行为，是扰乱了我们家庭生活的一个原因。在别人眼里，我是巴黎最幸运的女人。其实，我是最痛苦的一个。我对你这样说，你也许会认为我精神失常。不过你认识我的父亲，我也就不把你当外人了。"

"你永远不会碰到这样一个人，"欧金对她说，"像我这样对你倾心奉献的。你要得到什么呢？还不就是幸福。"他用一种打动人心的声音接着说，"那好，对于女人说来，幸福还不就是爱情，爱慕，有个知心人可以倾吐自己的欲望、幻想、痛苦、欢乐，袒露自己的灵魂，可爱的缺点和可喜的优点？不必担心没有人了解你，请你相信我这颗忠诚的火热的心。这只在一个想象力丰富的年轻人身上才找得到，只要你一示意，他可以为你而死。他对世界一无所知，也不想知道，因为对他说来，你就是他的全世界。我呢，你看，你会笑我太不懂事，我是刚从偏远的内地来的，对这里非常陌生，只知道善良的人心，我自然没有打算得到爱情。幸亏我见到了我的表姐，她向我推心置腹，使我猜到了热烈的恋情是多么可贵；我就像小天使谢绿斑一样，把女人都当做我的情人，想从她们当中找出一个我可以奉献一切的意中人。但我刚一进来，一眼看见了你，我就感到神魂颠倒，如同受到电击一般。我对你已经日思夜想，魂牵梦萦！但是我做梦也想不到你是这样的美，实际上超越了我的想象。玻瑟昂夫人嘱咐过我，不要目不转睛地盯着你。她哪里知道你的吸引力是无法抗拒的，你美丽的红唇，雪白的肌肤，柔情如水的眼睛……我呢，我也不知道对你说了多少傻话。你叫我怎能不说呢！"

哪个女人不喜欢没完没了地听这些甜言蜜语？即使是正颜厉色的女人也不例外，尽管这些话是只能听而不能回答的。这样开场之后，拉思提雅就念经似的放低声音，说了许多好听的话。纽沁根夫人只用微笑来鼓励他说下去，但又时常对她情人德·玛瑟瞟上一眼，看他会不会离开卡拉蒂蓉公主的包厢。拉思提雅就这样待在纽沁根夫人身边，一直等到她的丈夫回包厢来，带她回家去。

"夫人，"欧金对她说，"我希望在卡里亚诺公爵夫人的舞会之前，能够去拜访你。"

"既然夫人邀请你去，"纽沁根男爵用德国口音说，他的粗眉厚脸显示了他是个精明强干的危险人物。"那你一定会受到欢迎的。"

"我的事情进行得还顺利。因为她听见我问她会不会喜欢我的时候，并没有露出不高兴的样子。马嚼子已经装进马嘴了，只要一跃而上马背，就可以随意驾驭它了。"欧金心里一面这样想，一面走进玻瑟昂夫人的包厢，夫人正站起来要和达九达一同走了。

可怜的大学生不知道男爵夫人根本没心思听他讲话，她正在等待德

·玛瑟撕裂人心的决裂信呢。欧金暗自得意，陪子爵夫人到柱廊下等候马车。

"你的表弟简直前后判若两人，"欧金离开之后，葡萄牙人笑着对子爵夫人说，"他要炸银行了！灵活得像一条鳝鱼，我看他的前途大有可为。只有你才能教会他如何挑选女人，更要挑选女人最需要男人安慰的时候。"

"不过，"玻瑟昂夫人回答说，"也要先知道女人是不是还爱那个抛弃了她的男人。"

大学生安步当车，从意大利剧院走回圣贞妮薇芙新街，一路上打着称心如意的算盘。他看到雷斯托夫人也在注意他，不管他是在子爵夫人的还是在纽沁根夫人的包厢里。于是他认为伯爵夫人也不会再对他关上大门了。这样，他已经有了四大关系户，因为他打算讨得元帅夫人的欢心，使自己在巴黎上流社会的中心有第四个立足之地。虽然他还不知道用什么方法，但他预先猜到了：在这个社会利益复杂的斗争中，他应该先紧紧抓住一个齿轮，才能爬上机器的关键部位，最后有力量控制这部机器。

"如果纽沁根夫人对我有意，我可以教会她如何控制她的丈夫。这个丈夫是做金钱生意的，他可以帮我发一笔大财。"

他自言自语的时候并没有那样露骨，他估计情况，考虑得失，精打细算，还没那么老练。这些想法像轻云一般在天上飘浮，虽然没有沃特能的看法那样令人不愉快，但是如果要经受良心的考验，恐怕也剩不下多少纯粹的好东西。一般人经过这样一系列的交易，结果也就放松了道德标准。这些标准在今天比从前更难找到。从前的人老实正派，意志坚强，不肯曲意奉承，稍微脱离正轨似乎就是犯罪。有两部杰作描写了这种正直典型的形象，那就是莫里哀的阿塞斯特和最近的司各特小说中描写的坚纳·玎斯父子。也许一部性质相反的作品，写一个野心家如何昧

三 花花世界

着良心,转弯抹角地做坏事,为了达到目的,却又要保持表面的假象,也可以写得一样好,一样有戏剧性。拉思提雅走到公寓门口,已经觉得爱上纽沁根夫人了。在他看来,她很苗条,轻巧得像一只燕子,她的眼睛温柔多情,令人陶醉,她的皮肤柔软细腻,因为血液流通显得绯红。她甜蜜的声音,金黄的卷发,一一出现在他眼前,甚至她的步态使血液流通得更快,也使她更加迷人。于是他突兀地敲响了高老头的房门。

"高大爷,"他说,"我见到德尔芬夫人了。"

"当真?"

"在意大利剧院。"

"这一晚上过得好吗?请进来吧。"

老好人只穿了衬衣就起来开门,赶紧又上床躺下了。

"跟我谈谈她呀。"他又问了。

欧金是头一回到高里奥大爷房里来,看了房间,不由得大吃一惊,尤其是刚看到女儿的浓妆艳抹,再来看父亲的陋室蜗居。窗子上没有纱帘,墙纸因为受潮而卷起来了,好几个地方已经脱落,看得见烟熏黄了的石灰墙壁。老好人躺在一张蹩脚的床上,只盖了一床薄薄的被子,压脚的毯子是用沃克大妈的旧衣服缝补而成的。地上的方砖湿漉漉又灰蒙蒙。窗子对面可以看到一个老式的中部鼓起的红木柜子;铜把手上装饰着花和叶。一块木板搭成的洗脸架,脸盆里放了一壶水。还有一切洗脸刮脸用的必需品。一个角落里放着几双鞋子,床头柜没有木板门,也没有云母石面,壁炉里没有生过火的痕迹。角上放了一张桃花心木方桌,桌子的横杠就是高老头用来把银器压成银条的工具。一张破旧的写字台上放着老好人的帽子。一把草垫子凹下去的靠背椅和两把木椅,这就是房子里的全部家具。帐子的尖顶用一块破布吊在天花板上,床幔用的是红白方格的粗布。最穷的生意人住的阁楼里的家具也不会比高老头在沃克公寓里的更差。看了这间房子叫人心寒,全身发冷,像到了监狱中最阴森可怕的牢房一样。幸亏高老头没有看到欧金把蜡烛放在床头柜上的表情。老好人转过身去，把被子一直拉到下巴上。

"那好。雷斯托夫人和纽沁根夫人你更喜欢哪一个？"

"我当然更喜欢德尔芬，"大学生答道，"因为她更爱你。"

听见这句热情洋溢的话，老好人把手从被子里伸了出来，紧紧地握住欧金的手。

"谢谢，谢谢。"老人感动地回答说，"她是怎么对你说我的？"

大学生添油加酱地重复了男爵夫人的话。老人听了，就像在听从天而降的福音。

"亲爱的孩子，对的，对的，她很爱我。不过，不要相信她说的关于安娜斯达茜的话。她们两姐妹互相妒忌，你看出来了吗？这更证明了她们两个对我的感情。雷斯托夫人也一样爱我，我知道。父亲和女儿心里是沟通的，就像上帝和我们一样。我可以深入到她们的内心，看出她们的意图。她们两个都是一样爱我。啊！假如我还有两个一样好的女婿，那我真是幸福得不得了。当然，世界上没有十全十美的幸福。只要我和她们能生活在一起，其实只要能听到她们的声音，知道她们在什么地方，看见她们走进走出，就像她们从前在我身边那样，我已经高兴得像飞到了九霄云外了……她们的衣服穿得好看吗？"

"好看。"欧金说，"不过，高大爷，既然你的两个女儿都生活得那么阔绰，你为什么还住在这样一个贫民窟里？"

"天呀，"他说时表面上显得满不在乎，"我住得好又有什么意义呢？我不能对你解释这些事情，我甚至说两句话都会前言不搭后语。问题就在这里。"他指指心窝，又加了一句，"我的生命说是我的，其实都放在女儿身上。只要她们玩得快活，只要她们幸福，穿得好看，在地毯上走得四平八稳，那我穿什么衣服，睡什么地方，又有什么关系？只要她们穿得暖和，我就不会怕冷；只要她们笑得开心，我就没有烦恼。我不会感到难过，除非她们有什么难受。等到你做了父亲，等到你听见孩子们叽叽喳喳，你会对自己说：'这是我的血肉。'你才会感到这些小生命的每一滴血都是从你身上流出来的，他们的生命是你用血液灌溉的花朵。就是这样，你和他们是血肉相连的。他们一走动，你以为自己也在动了。她们的声音到处都可以听见。我看见她们的眼神忧郁，我的心就会凝结。总有一天，你会知道，她们的快乐比你自己的快乐还更使你开心。我不能向你解释清楚，这是一种内心的活动，能把舒适感到处传播。总而言之，我似乎有了三条生命。要不要我告诉你一件神奇的事？说来也怪，一做父亲，我才懂得上帝。上帝无所不在，因为他创造的万物无所不在。先生，我对我的女儿也是这样。不过我对女儿的爱超过了上帝对万物的爱，因为万物都不如造物主上帝美。而我的女儿却比我美得多。她们的心和我的心之间有一线相通，所以我早就预感到你今晚会看见她们的。天哪！只要有一个男人能使我的小德尔芬快活，使她得到爱情的乐趣，那我有什么事不愿意为他效劳的呢？我愿意为他擦鞋上蜡，为他跑街当差。德尔芬的贴身女仆告诉我，德·玛瑟那小子是一条恶狗。他气得我真想把他的脖子扭断。这小子不会爱女人中的宝贝，不爱听夜莺般的声音，不会怜惜娴娜的身材！真不知道德尔芬的眼力到哪里去了，怎么会选上这个粗树根一般的阿尔萨斯人！她们两姐妹都该有年轻可爱的美男子才配得上啊！但是她们却鬼迷心窍，挑上了这样的丈夫！"

这时，高大爷真显得高大了。欧金从来没有见过一个父亲的热情这样奔放，容光这样焕发！有一件值得注意的事是：感情有一种溶化的力量。无论一个多么粗俗的人，只要他在表达强烈而真实的感情，就会呼吸出一种特殊的气息，能够改变他的外貌，使他的一举一动生气蓬勃，一言一语有声有色。最愚蠢的人往往在热情的冲动下，虽然在语言上不能滔滔不绝，但在思想上却能拔得很高，仿佛天马行空一样。这时老好人的声音和动作都提高了交流的能力，有点像个大演员了。其实，我们美好的感情难道不是意志谱写的诗篇吗？

"那你大概不会不高兴的，"欧金对他说，"我要告诉你，她就要和德·玛瑟那家伙分手。那个爱虚荣的浑蛋离开了她，追求卡拉蒂蓉公主去了。至于我呢，今天晚上，我已经爱上了德尔芬夫人。"

"啊！"高大爷感到意外了。

"是的，我没有惹得她不喜欢我。我们谈情谈了一个小时，后天星期六，我还要去看她。"

"嗨！我多么喜欢你，亲爱的先生，只要你能讨她欢喜就好。你真是个好人，你不会让她不高兴的。如果你对她不好，我一开头就会给你一刀。一个女人不会真有两个爱人，你明白吗？天哪！我说的都是傻话，欧金先生，你在这里太冷了。天哪！你听她讲话了？她讲我什么来着？"

"她什么也没有说，"欧金心里想，但口里却高声说，"她要我带给你一个女儿对爸爸的热烈拥抱。"

"你多好啊！去休息吧，我的好邻居！好好睡一觉，做一个好梦。有你刚才的这句话，我一定会做好梦的。上帝保佑你万事如意！你今夜是我的好天使。你给我带来了我女儿的温情。"

"可怜的好人！"欧金上床时心里想，"假如石头雕像有心的话；恐怕也会感动的。可是他的女儿根本没有想到他，就像不会想到土耳其人一样。"

自从这次谈话以后，高里奥大爷就把他的邻居当做一个意外得到的知心朋友，他们之间建立了一种只有高大爷会建立的特殊关系。真正热情的人算计起来是不会错的。只要欧金能够接近男爵夫人，高大爷就觉得自己和女儿德尔芬更亲近了，仿佛自己也受到了更好的接待。再说，他已经说出了女儿内心的痛苦。他真巴不得每天用千言万语来祝愿她得到幸福，因为她还没有尝过爱情甜蜜的滋味呢。当然，用他自己的话来说，欧金是他见到过的最高尚的年轻人，而且他似乎预感到女儿被剥夺了的乐趣都能从欧金这里得到补偿。因此，这个老人对邻居的好感增加得一天比一天多，没有这种感情，我们也就不知道这个故事如何收场了。

第二天早上用膳的时候，高大爷坐到欧金旁边，不自然地看了他几眼，还说了几句可说可不说的话，一改从前古板的常态，使食客们都大为意外。沃特能自从上次谈话以后，还是第一次见到大学生，他似乎想一眼看透他的心思。欧金在昨夜睡觉之前，回想了一下他的计划，又衡量了展现在眼前的宏大远景，不得不想到达伊夫小姐的嫁妆，就瞧了薇多琳一眼，正像一个高尚的年轻人也会这样看待一个有钱的女继承人一样。说来也巧，他们两个人的视线交叉了。可怜的少女不会不觉得欧金穿了新装更加可爱。他们相互交换的这一眼意味相当深长，拉思提雅不再怀疑自己已经成了她模模糊糊的意中人，其实，哪一个妙龄少女看到一个迷人的青年男子能不产生这种欲望呢！一个声音在欧金的耳边响起："八十万法郎！"但他立刻又回想起昨夜的情景，觉得他对纽沁根夫人的热情，似乎可以抵制不由自主的对薇多琳的非分念头。

"昨夜意大利剧院演出罗西尼的《塞维尔的理发师》，太好了！我从来没听到过这样美妙的音乐。"他说，"天哪！在意大利剧院有个包厢多好！"

高里奥大爷一下抓住这个天外飞来的福音，就像一只狗随时随地留神主人的一举一动一样。

"你们这些男人真像公鸡碰到肉糜一样得其所哉。"沃克大妈说，"你们想干什么，就干什么。"

"你怎么回来的?"沃特能问欧金。

"走回来的。"欧金答道。

"我呢，"这个魔鬼勾引人说，"我不喜欢半上半下，要去就坐自己的马车，上自己的包厢，回来也要舒舒服服。不能来回不同，这是我的信条。"

"这样才好。"沃克大妈跟着说。

"你大约要去看纽沁根夫人吧。"欧金低声对高里奥说,"她一定会张开双臂欢迎你的。她会向你打听我的生活琐事,因为她想方设法要我表姐玻瑟昂夫人接待她。不要忘了告诉她:我太爱她了,一定会满足她的。"

拉思提雅赶快到法学院去了,他要尽可能不待在这个讨厌的地方。他几乎整天都在街上走来走去,头脑发热,就像受到希望激励的年轻人一样。沃特能的议论使他对社会生活进行了思考,那时,他碰到他的朋友卞雄到卢森堡公园来了。

"你这样严肃的神气是从哪里来的?"医学院的学生抓住他的胳膊,向卢森堡宫前走去。

"一些不对头的想法使我苦恼。"

"什么想法?思想病是可以不治而愈的。"

"怎么说呢?"

"承认失败就是了。"

"你不知道是怎么一回事,所以一笑了之。你读过卢梭没有?"

"当然读过。"

"你记得他问读者的那段话吗:假如不必离开巴黎,只凭思想的力量就可以杀死一个远在千里之外的中国大官,并且发一笔大财,你会干吗?"

"记得。"

"那么,你会干吗?"

"呸!我已经杀了三十三个大官了。"

"这不是开玩笑。得了,如果事实真是只要你点点头,你就可以做到,你会干吗?"

"那个大官老得很了吧,咳,管他老不老,病不病,说真的,让他见鬼去吧！我呢，我不干。"

"你是个好人，卞雄。不过，如果你爱一个女人爱得神魂颠倒。如果要钱，要很多钱为她买衣裳，买马车，满足她的欲望，那怎么办？"

"你要我失去理智，又要我用理智来帮你克服感情吗？"

"那么，卞雄，我要发疯了，帮我治治病吧。我有两个妹妹，是美丽而又纯真的天使，我要使她们幸福。但是从现在起，五年之内，到哪里去搞到二十万法郎给她们做嫁资呢？你看，人生有时需要大赌一场，不能只赚小钱而耽误了幸福。"

"你提的问题是每个初入人世的年轻人都会碰到的，你却想用刀来解开死结。要这样做，亲爱的朋友，除非你是亚历山大大帝，否则，你就要坐牢了。我呢，我只想在外省过我的小日子，老老实实接我父亲的班算了。人的感情可以得到满足，并不在于环境大小如何。拿破仑的食量不可能增加一倍。他的情妇一次也不可能比一个医院的实习医生的多几个。我们的幸福离不开我们的脚下。不管一年花一百万还是一百路易，内心的感受总是差不多的。所以我的结论是：不要为了发财而去杀人。"

"谢谢，你说的话对我大有好处，卞雄，我们永远是好朋友。"

"那么，"医学院的学生接着说，"我刚下课走到植物园的时候，看见那个米歇娜同那个布瓦雷，他们坐在一张长椅子上同一个男人谈话。去年议会闹事的时候，我见过那个男人，是一个警探化装的靠年金过活的老百姓。你要注意这两个人，以后我再告诉你为什么。对不起，我得走了。四点钟我还有课，要点名报到呢。"

欧金回到公寓，看见高里奥大爷正在等他。

"瞧，"老好人说，"她有信给你。咳，她的字写得多么好！"

欧金拆开信来一看：

先生，我父亲告诉我你喜欢意大利音乐。如果你能接受我的邀请，到我在剧院的包厢里来，我将非常高兴。星期六晚上我们可以听到福洛尔和勃勒金，我相信你不会拒绝的。纽沁根先生和我还邀请你来我们家便餐。如果你能接受，你会使他非常高兴，因为这可以免除他作为丈夫应该陪伴妻子上剧院的责任。请你来吧，可以不必回信。请接受我的敬意。

德·纽

"请你把信给我看看，"等欧金读完信后，老好人说，"你会去的吧，是不是？"他闻了闻信纸后，又加了一句："多好闻啊！这是她亲手写的呢。"

"一个女人不会在男人面前低头走得太远。"大学生心里想，"她大约是想利用我把德·玛瑟拉回家来吧。只有怨恨才会使她做出这种事情来。"

"好了，"高里奥大爷说，"你还在想什么呢？"

欧金还不知道这时的巴黎女人的虚荣心狂热到了什么地步，为了进入圣日耳曼区贵族世家的大门，一个银行家的夫人心甘情愿作出任何牺牲。那时的风气开始把出入圣日耳曼区贵族社会的仕女看成高人一等的人物，并且把她们叫做小公主殿下的伙伴，而在这一流人物中名列前茅的就是玻瑟昂夫人和她的朋友朗杰公爵夫人和曼斐涅芝公爵夫人。只有拉思提雅还不知道安丹郊区的女人如何狂热地要进入这个星光灿烂的上流社会圈子。不过他不知道也有好处，这可以使他态度冷静，使他有能力提出条件，而不是接受条件。

"噢，我会去的。"他回答说。

就是这样，好奇心促使他去了纽沁根夫人家。假如夫人瞧他不起，说不定他反而会堕入情网而不能自拔的。然而他还是有点不耐烦地等待着第二天要去拜访的时间。对于一个年轻人来说，第一次用心计也许和第一次约会情人一样富有魅力。肯定会成功的信念造成了男人的喜悦,虽然男人不肯承认,但是这种信念的确使女人增加了魅力。容易成功会促进人的欲望,正如难于成功一样。无论难易都会促进或者维持情感,并且使情人分成两派。也许这两派都是性格问题造成的,不管你怎么说,这个问题影响了人的社会关系。如果性格忧郁的男人需要性格外向卖弄风情的女人,那么性格刚强或神经质的男人就怕打持久战,而会临阵逃脱。换句话说,淋巴质的男人喜欢唱哀歌,而胆液质的男人则喜欢唱颂歌。欧金在梳妆打扮的时候,体验到了各种快感。年轻人一般不敢提这些得意的小事,怕别人取笑,其实,这正抓到了虚荣心的痒处。他梳理头发的时候,想使漂亮女人的眼光随着他的卷发旋转。他幼稚地装模作样,好像一个少女第一次打扮去参加舞会一样。他解开上衣,沾沾自喜地打量自己的身材。

"我敢肯定,"他心里想,"长得不如我的人多的是。"

然后他就走下楼去。那时全公寓的房客都在餐桌前就座,看见他特别讲究的打扮,就装疯卖傻地叫起"好"来,让他听得开心。那时普通公寓流行着一种风气,只要有人穿着与众不同,就会引起大惊小怪。没有人穿了一套新衣服能不引起口舌的。

"卡达卡达!"下雄用舌头抵着上颚发出响声,仿佛在催马快跑。

"倒是个'公子'的派头!"沃克大妈说。

"先生要'攻'什么呀?"米歇娜老姑娘发表高见了。

"是'公鸡'啼鸣吧!"画家叫了起来。

"那要'恭喜'你的妻子了。"博物馆的职员说。

"先生有'妻子'了?"布瓦雷问道。

"药柜里的'枸杞子',还是衣柜里的'棋子布'?棋子布不缩水,不掉色,一公尺卖二十五法郎到四十法郎。棋子画成高雅的方块,布是半丝半棉的,既经洗,又经穿,非常好看;枸杞子可以治牙痛,经过皇家医学院批准，可以治其他疑难病症，尤其是小儿科的灵丹妙药，治头痛更有效，还可以治肥胖病，其他食道病，眼科病，耳科病！"沃特能像喜剧演员一样滔滔不绝，又像走江湖卖假药的医生一样胡说八道起来。"这个妙人儿要多少钱才能看上一眼呢？诸位先生，你们能告诉我吗？要不要花两个苏？不，一个苏都不要。这是蒙古大皇帝遗留下来的装饰品，全欧洲的君主，包括伟大的巴德大公，都要看上一眼！一直往前走吧！走过前面的售票处。走吧，奏乐吧！不拢拉拉得令！拉拉砰砰！吹单簧管的先生，你吹错了，"他用沙哑的声音接着说，"我来教你怎样动你的手指头。"

"天哪！这个人多有趣！"沃克大妈对谷杜尔太太说，"有他在，我就不会烦闷了。"

在这一片胡闹的玩笑声中，欧金发现达伊夫小姐偷偷地瞧了他一眼，并且对着谷杜尔太太的耳朵说了几句话。

"出租马车来了。"希尔微宣布说。

"他到哪里去晚餐呀？"卞雄问道。

"到纽沁根男爵夫人府上。"

"高里奥先生的女儿。"大学生补充了一句。

一听见这个名字，大家的眼睛都转向以前的面粉商人，高大爷却羡慕地望着欧金。

拉思提雅到了圣拉查尔街一座轻量级的住宅，门廊气派不大，石柱也不雄伟。在巴黎叫做"巧玲珑"，是典型的银行家住的地方，但是装修花钱很多，墙上装饰着仿云石，楼梯也是用彩石镶嵌的。他看见纽沁根夫人在小客厅里。墙上挂了意大利的油画，装饰得像个咖啡馆。男爵夫人显得忧郁。她越想掩饰她不安的心情，反而越引起他的关心，因为他看出了她的苦恼不是做作的。他本来以为一来就会使女主人高兴，不料她却闷闷不乐。这种失望伤害了他的自尊心。

"我没有权要求你信任我，夫人。"他半开玩笑似的对待她的心事，"不过，如果我来妨碍了你，请你不必客气就告诉我好吗？"

"你不要走，"她说，"你一走，我可太孤单了。纽沁根不在家晚餐。我不愿一个人待在家里，我要人来陪我解闷。"

"你有什么心事？"

"我怎能告诉你呢？"她说。

"我想知道。我能做个知情人吗？"

"也许！不行，"她接着说，"家庭内部的问题应该埋在内心深处。我前天不是跟你讲过吗？我现在不快活。黄金的锁链是最沉重的。"

一个女人对一个青年男子说她的不幸，如果这个青年心灵手巧，穿着潇洒，口袋里又有一千五百法郎闲钱的话，他就会明白欧金这时的想法，他快要自我膨胀了。

"你还需要什么呢？"他回答说，"你年轻漂亮，既有钱又有人爱。"

"不要谈我了，"她心事重重地摇摇头说，"我们一起吃晚餐去，就我们两个人，然后去听最美妙的音乐。我合乎你的审美口味吗？"她站起来接着说，同时撒开她白色的克什米连衣裙，上面印着好看的波斯花样。

"我巴不得你能是我的人呢！"欧金说，"你太迷人了！"

"那你可上当了，"她苦笑着说，"你一点也看不出我的痛苦。但外表掩盖了我的内心。其实，我痛苦得睡不着觉，那还能迷人吗？"

"嗨！怎么会是这样？"大学生说，"不过我想知道，有什么痛苦碰到真诚的爱情，能够不烟消云散呢？"

"啊！如果我把我的痛苦告诉你，那就要把你吓跑了。"她说，"你喜欢我，那不过是男人风流成性罢了；如果你真爱我，那你就会掉入失望的深渊。所以你看，我还是不说更好。对不起。"她接着说，"我们还是谈别的吧。来看看我的房间怎么样？"

"不，就在这里吧。"欧金答道，同时挨着纽沁根夫人，在壁炉前一张椭圆形的双人沙发上坐下,并且相信自己并不冒失地拿起她的手来。

她让他拿着,并且用力靠紧他的手,这泄露了她情感的激动。

"听我的话,"拉思提雅对她说,"如果你有什么伤心事,那就应该告诉我。我要向你证明,我是为了你而爱你的。只要你告诉我你的痛苦,让我为你分忧解难,哪怕是杀几个人我也不在乎。如果你不相信,那我现在就可以告辞,再也不会来了。"

"那好,"她无可奈何地拍拍额头,高声说道,"我现在就来试你一下。"她心里想:"那好,也只有这个办法了。"

她拉响了铃。

"男爵的车是不是套好了?"她问侍仆。

"套好了,夫人。"

"我要用。你告诉他,让他用我的车吧。晚餐等到七点以后再开。"

"好了。来吧。"她对欧金说。他像做梦一般坐上了纽沁根先生的双座小轿车,陪着他的夫人。

"去王宫市场,"她对马车夫说,"到法兰西剧院那边。"

在路上,她显得心情激动,但不回答欧金提出的任何问题,使他摸不清她为什么这样咬紧牙关,密封嘴唇,装出迟钝的样子。

"片刻之间,我就失去了掌握。"他心里想。

马车停住了,男爵夫人瞧着大学生,神气好像是叫他不要乱提问题,因为她看起来心不在焉。

"你真爱我吗?"她问道。

"真的。"他回答时在掩饰心中的不安。

"无论我要你做什么,你都不会对我有不好的看法吗?"

"不会。"

"你会听从我吗?"

"我会盲目服从。"

三 花花世界

"你是不是有时也上赌场?"她问的声音有一点发抖。

"从来没有去过。"

"啊!我松了一口气。你会走好运的。这是我的钱包,"她说,"你拿去吧!里面有一百法郎。这就是你认为幸福的女人所有的现金。上赌场去吧,我不知道赌场在什么地方,但我听说是在王宫广场。拿这一百法郎去碰碰运气吧,去押轮盘赌好了,一直赌到输光为止,要不就给我带六千法郎回来。等你回来了,我再给你谈我的不幸。"

"见鬼!我不懂你要我做的事,不过我会听你的话。"他说时很高兴,心里想,"她不怕要我陷入深渊,还有什么事不肯为我做的呢?"

欧金拿起好看的钱包,跑去问一个卖衣服的商人:最近的赌场在哪里。就跑进九号门去了。他上了楼,把帽子放下,然后进去问轮盘赌在什么地方。这使赌场的常客大为惊讶,但侍者还是把他领到轮盘赌的长桌前。欧金后面跟了些看热闹的人,他却满不在乎地问赌注应该放在什么地方。

"你可以把一个路易押在这三十六个号码中的任何一个号码上,要是你押中了,就可以得到三十六个路易。"一个有身份的白发老人告诉他。

于是欧金把这一百法郎押在二十一号上,因为他今年正好是二十一岁。他还没有仔细考虑,就听见一声喊叫。他居然莫名其妙地押中了。

"把你的钱拿走吧,"老人对他说,"赌博的好运只有一次,不会来第二回的。"

老人说时把耙子交给欧金,欧金把三千六百路易归拢到自己身边。还没有搞清楚轮盘赌是怎么回事,又把这三千六百路易押在"赌红黑"的"红色"上。赌桌旁边的人都羡慕地看着他怎么赌下去,轮盘一转,他又赢了。庄家再赔了他三千六百法郎。

"你已经赢了七千二百法郎了,先生,"老人对着他的耳朵说,"如果你相信我的话,赶快走吧,红色已经赢了八回。要是你肯做好事,报答我对你的忠告，请你救救急吧！我从前还是倒霉的拿破仑部下的军官呢。"

拉思提雅晕头转向，让白发老人拿走了十个金路易，自己拿着七千法郎下楼，还没有搞清楚钱是怎么赢来的，只是奇怪自己的运气怎么这样好。

"啊！这是你的钱！你现在要带我上哪里去呀？"他等车门关上，把钱交给纽沁根夫人后，才提出这个问题。

德尔芬发疯似的把他抱得紧紧的，高兴得不得了，但却不是爱情。

"你救了我！"

她的脸上洋溢着欢乐和眼泪。

"我现在来告诉你吧，我的朋友。你是我的朋友。对不对？在你看来，我很有钱，非常阔气，什么也不缺少，至少表面上看起来是这样！是吗？其实，你要知道，纽沁根不让我管一文钱，他管家里的开销，管我的车马包厢。他给我的梳妆打扮费微不足道，他算计着让我过不了如意的私生活。我有我的自尊心，不肯向他讨钱。如果按照他开的价向他要钱，那简直成了最下贱的人了。怎么，我本来自己有七十万法郎，难道我会给他剥得分文不值？不行，我有我的自尊，我有我的向往。在我们开始婚姻生活的时候，我太年轻了，太天真了！向丈夫讨钱的话，我开不了口。我永远不好意思，于是只好吃自己的积蓄，吃我父亲给我的钱。后来我就负债了。婚姻对我来说是最可怕的失望，我不能和你多谈，只说一句就够了。如果不是纽沁根和我分住各自的房子，我真要从窗口跳下去了。当我不得不告诉他我欠债时，一个年轻女人买点珠宝，满足她的欲望（可怜的父亲对我们是百依百顺的），怎能不欠债呢？但当我鼓起勇气告诉他的时候，那真是受苦受难呀！我不是有自己的一份财产吗？纽沁根一听就生气了，说我要使他倾家荡产了，多么可怕！我恨不得钻到地下去。他得了我的陪嫁，不得不替我还债，但从此规定我的个人开

三 花花世界

销不能超过一个数目。为了息事宁人，我只好答应了。从那时起，我还要满足一个男人的自尊心，你知道我说的是谁。"她说，"即使他骗了我，我也不得不说句公道话：他的人格是高尚的。但是结果他却不应该地抛弃了我！一个男人永远不应该抛弃一个女人，即使在她困难的时候为她花过大把金钱，也应该一直爱她到底！你这个二十一岁的好心人，你年轻纯洁，你问我一个女人怎么能接受一个男人的金钱？天哪！一个人给了我们幸福，我们和他共享一切，这不是挺自然的吗？既然一切都给了他，那为什么还要斤斤计较一小部分呢？如果两个人之间没有了感情，那金钱就要出问题了。两个人不是要结合一辈子的吗？谁在你欢我爱的时候能预料到要分手呢？既然你对我发誓永远相爱，为什么双方的利益还要分得一清二楚呢？你不知道今天纽沁根拒绝给我六千法郎的时候，我是多么痛苦，因为他每个月都把六千法郎给他的情妇，一个歌剧院的歌女呀！我真想自杀。最疯狂的念头也在我脑子里转过。有时我甚至羡慕一个女佣的命运，羡慕我的贴身女仆。去找我的父亲吗？那怎么行！安娜斯达茜和我已经扼紧了他的脖子。我可怜的父亲，他甚至愿意卖身给我们六千法郎。我怎能再使他为难呢。幸亏你来得好，你救了我，顾全了我的性命和面子，免得我沉醉在痛苦中。啊，先生！我应该向你解释一下：我刚才对不起你，让你去做不应该做的事。你一离开我，我一看不见你的影子，真想下车去跑掉……跑到哪里去呢？我也不知道。这就是巴黎女人的生活，一大半女人都是这样：表面上很阔气，内心深处却在担惊受怕。我认识一些可怜的女人，比我还更倒霉。有的女人买东西要商店开假发票。有的甚至不得不偷丈夫的钱。有人以为一百个路易的开什米布可以卖到五百法郎，有人又以为五百法郎的开什米布值得一百个金路易。还碰得到贫穷的女人让子女忍饥挨饿，节省下钱来买一件连衣裙。我呢，我还没有沦落到这样悲惨的地步。这次是我最后的苦难了。有些女人为了控制丈夫而出卖肉体，我呢，至少我人身还是自由的！

123

我本来可以要纽沁根给我穿金戴银,但是我情愿把头埋在一个我喜欢的男人怀里痛哭。啊!今天晚上,德·玛瑟不能再把我看做一个他出钱供养的女人了。"

她用手蒙住脸,免得欧金看见她的眼泪。他却偏要掰开她的双手,想好好看看她露出来的面孔,觉得她真超越了常人。

"把金钱和感情混为一谈,这不叫人恶心吗!你也不会爱这种人的。"她说。

这种美好的感情使女人的形象显得高大,但和社会逼得她们犯下的错误交织在一起,把欧金的心情也搅乱了。他只好用温存的语言来安慰她,觉得这个美丽的女人怎么会这样天真,这样不在意就发出了痛苦的呼声。

"你不会拿我真心吐露的苦衷作为攻击我的武器吧?"她说,"我要你答应我。"

"啊!夫人,我怎么做得出那种事呢!"他说。

她拿起他的手来,充满了感激和温存的情感把手放在她的胸前。

"多亏了你,我现在又恢复了自由,又重新快活起来了。我过去老是生活在铁腕的压力下。我现在要单纯地生活,不再铺张浪费了。我的朋友,你会觉得我对,是不是?这些钱你留着吧。"她只拿了六张一千法郎的钞票,对欧金说道,"凭良心说,我还欠你三千法郎呢,因为在我看来,赢来的钱应该和你平分才对。"

欧金拒绝收钱,就像一个处女拒绝男人求爱一样,但是男爵夫人却对他说:"如果你不入伙做我的帮手,那我就要把你当做我的对手了。"他才只好把钱收下。

"那就把这当做赢钱的资本,等需要的时候再用吧。"他说。

"这正是我最怕听到的话。"她脸色发白,叫了起来。"如果你还希望我能帮你一点忙,那就请你对我发誓,"她说,"以后再也不要上赌场去了。天哪！我怎么能毁了你呢！那我要痛苦死了。"

他们回到家里。生活的窘迫和住宅的讲究形成了鲜明的对比，使大学生浑浑然了，他耳边响起了沃特能不吉利的话。

"你请坐吧，"男爵夫人指着壁炉前一张两人谈话用的椭圆沙发，在回房间之前对他说，"我有一封很难动笔的信要写，你帮我出点主意吧！"

"那又何必写呢？"欧金对她说，"为什么不把钞票放进信封，写上地址，派你的贴身侍仆送去呢？"

"你真是个讨人喜欢的男人。"她说，"啊！你瞧，先生！你真懂得道理，这是十足的玻瑟昂作风吧。"她微笑着说。

"她真迷人！"欧金心里想，他越来越迷恋她了。

他看了她的卧室，室内洋溢着一个风流女人的浪漫气息。

"你喜欢这个房间吗？"她问时拉铃叫侍仆来。

"特莱芝，把信面交德·玛瑟先生，要亲手交给他。若是见不到人，就把信带回来！"

特莱芝走前会意地瞧了欧金一眼。晚餐安排好了。拉思提雅伸出手臂让纽沁根夫人挽着，一同走进一间会引起食欲的餐厅，好在他在表姐家已经见过这种富丽堂皇的排场了。

"上意大利戏院的日子，"她说，"你就来吃晚餐，陪我去听音乐。"

"要是能一直过这样惬意的生活，那真是求之不得了。不过我只是一个一无所有的大学生，还得赚大钱过日子呢！"

"好日子会来的。"她笑着说，"你看，一切不都是安排得好好的吗？我也没想到会过得这样快活。"

女人天生就喜欢用可能做到的事来证明不可能做到的，用预感来否定事实。当纽沁根夫人和拉思提雅走进喜剧院的包厢时，她那副心满意足的神气，使她看起来更加漂亮。每个人都可以制造一些小道消息，使当事人防不胜防，而旁观者却可以随兴所至捏造一些天花乱坠的风流艳史，使人听来仿佛确有其事。一个了解巴黎的人从来不去了解人家说了什么，也从不对人说自己做了什么。欧金握住男爵夫人的手，两个人并不说话，只是通过握手的松紧，来表达听音乐的心情紧张激烈或者松弛和缓。对他们来说，这是令人陶醉的一个晚上。他们一同走出剧院。纽沁根夫人把欧金一直送到新桥。但一路上，她却不肯重演在王宫广场曾经演过的热烈拥抱和接吻。欧金怪她今不如昔。

"那一次，"她回答说，"是感谢你对我意想不到的忠诚；这一次却好像是要我还债了。"

"难道你不应该还一点债，就这样忘恩负义吗？"

他不高兴了。她做了一个不耐烦的手势，伸出手去给他吻，不料这种不耐烦反而使情人更加心痒痒的，他也就不按规矩地乱吻了一通，又使她心荡神怡了。

"星期一舞会上再见吧。"她说。

欧金踏着月色回去，陷入了认真的思索中。他既是高兴，又感到烦恼。高兴的是这次艳遇的结果可能使他得到一个巴黎最漂亮最风流的女人，这正是他朝思暮想的人儿啊；烦恼的是他发财的计划要全部打乱了，他前天还觉得发财的希望渺茫，刚刚有了一点实现的眉目，现在又可能要落空了。往往是事情失败后，才能显示出欲望的强烈。欧金越享受到巴黎生活的乐趣，越不能忍受默默无闻的贫贱现状。他把口袋里那张一千法郎的钞票捏来捏去，千方百计想说服自己：这是应得之财。他一直走到圣贞妮薇芙新街，一上了楼，看见还有灯光。原来是高里奥大爷开着房门，点着蜡烛，在等他回来。用高大爷的说法就是，免得大学生忘记谈他女儿的事。欧金自然一五一十都告诉了他。

"不过，"高里奥大爷叫了起来，妒忌加重了他的失望，"她们以为我穷得没有钱了，不知道我每年还有一千三百金币的收入呢！我的天哪！可怜的小女儿，为什么不来找我？我可以卖掉我的公债券，拿出一部分来做本钱,剩下的做养老金。你为什么不来告诉我她的困难?你还是我的好邻舍呢!你怎么可以拿她那可怜兮兮的一百法郎去赌场冒险?这简直要令人心碎了。全都是女婿做的好事!啊!要是他们落在我手里,我非卡住他们的脖子不可。我的老天!她哭了吗?"

"她把头伏在我的背心上哭了。"欧金说。

"啊!把背心给我。"高大爷说,"怎么,背心上有我女儿的眼泪,我心疼的德尔芬小时候从来没有哭过!啊!我给你买一件新背心,这一件不要再穿了,给我吧。根据婚约,她应该支配她的财产。啊!明天我就去找我的诉讼代理人德维尔。我要把她的财产另外存放。我懂法律。我是一只老狼,还有锋牙利爪呢!"

"得了,高大爷,这是她分给我的一千法郎,你替她保管吧,钱就在背心里。"

高里奥瞧着欧金,伸出手来捏住他的手,在他手上掉下了一滴眼泪。

"你这一生会成功的。"老人对他说,"上帝是公平的,你明白吗?我知道什么是老实人,我敢当你的面说。很少人像你这样老实,你也愿意做我亲爱的孩子吗?去吧,去睡吧,你可以好好睡一觉,你还没当父亲,不会睡不着的。而她却已经哭了。我不知道,我还没事人一般照常糊里糊涂地吃呀喝呀,却让她受苦。我呢,我连圣父、圣子、圣灵都可以不在乎,只在乎不让她们两个人流一滴眼泪啊!"

"天地良心。"欧金上床时心里想,"我相信这一辈子会做一个老实人。顺着良心的启发去做事总是快活的。"

也许只有真正相信上帝的人才会做好事而不在乎别人知道不知道,而欧金是相信上帝的。

第二天,到了舞会的时间,拉思提雅就到玻瑟昂夫人府第来。表姐带他去见卡里亚诺公爵夫人。他受到了元帅夫人亲切的接待,还又见到了纽沁根夫人。德尔芬打扮得引人注目,特别要讨欧金的欢喜。她不耐烦地等待他的注视，又想隐瞒她迫不及待的心情。如果能够猜到一个女人的真实意图，那会是一个美妙的时刻。谁不喜欢常常让人等待自己发表高见？谁不喜欢掩饰卖弄风情的乐趣？谁不想方设法让心神不定的人吐露真情？谁不想用一个微笑来补偿惊慌失措的人？在这次盛会上，大学生忽然衡量出了自己的分量，明白了自己在玻瑟昂夫人称之为表弟后，在上流社会取得的地位。他赢得了纽沁根男爵夫人的欢心，这已经得到了公认，也抬高了他的身价，使得年轻人都投以羡慕的眼光。他意外地发现了别人的高度评价，他第一次尝到了扬扬得意的滋味。穿过一个个客厅的人群，他听到人家议论他的艳福。女人都看好他的前途。德尔芬唯恐失掉到口的肥肉，后悔上次不该拒绝他的拥抱热吻，答应晚上加倍偿还。在晚会上，拉思提雅接受了几家邀请。他的表姐把他介绍给几位自命风流高雅的夫人，她们的府第受到众口赞誉。他眼看自己就这样跻身于巴黎最高级的上流社会了。因此，这个晚会对他来说是一个光辉灿烂的开始，是终生难忘的经历，就像一个少女永远记得她第一次出风头的舞会一样。

四　亡命之徒

第二天吃午餐的时候，当着全体食客的面，欧金得意扬扬地对高里奥大爷讲昨夜的事。沃特能一听，就露出了魔鬼般的笑容。

"你以为，"这个擅长讲邪门歪道的家伙叫起来说，"一个时髦青年会住在圣贞妮薇芙这样的旧街，沃克公寓这样的旧房子里吗？当然，无论从哪方面看来，这房子都不会给人瞧不起，但也无论如何都不能说是时髦的地方。公寓不是没钱人住得起的，供应也是要什么有什么，甚至很荣幸地成了拉思提雅公子的临时公馆，但它到底是在圣贞妮薇芙这条有新名字的旧街，它不知道什么是豪华，因为它纯粹是那么过时的老派的小家子气。我年轻的朋友，"沃特能又拿出长辈身份开玩笑说，"你要在巴黎出风头，上午非得要三匹马来拉车不可，下午又得要有轻便的小轿车，加起来马车就要花九千法郎。如果你只花三千法郎做衣服，那就不合你的身份。你还得用六百法郎来买香水，一百金币买鞋，一百金币买帽子，洗衣服也得花一千法郎。时髦青年的日用品不能不讲究。大家不是经常根据日用品来判断人的吗？爱情和教堂一样，桌面上都得有雪白的台布。这样一算，我们已经要花一万四千法郎了。还不包括你玩牌、赌博、送礼要花的钱呢。看来口袋里的钱不能少于两千法郎。我过过这样的生活，我知道要花多少钱……除了这些最必要的开销，还得加上三百路易的伙食费，一千法郎的赌注。得了，孩子，我们这样就得每年花上小小的二万五千法郎，否则我们就要陷入泥坑，惹人笑话，没有前途，没有成就，也没有情妇！我还忘了侍仆和佣人！难道克里斯托夫能用来送情书吗？你能用这样蹩脚的信纸吗？那是自绝于世界了。听一个老人经验丰富的话吧!"他接着说,说话的低音增加了一点音量。"要不然,你就躲进你清高的顶楼去和你的书本打交道,或者走另外一条路吧?"

沃特能眨眨眼睛,瞟了达伊夫小姐一眼,眼神似乎是要提醒大学生,不要忘了在他心上播下的有诱惑力的种子,引诱他去做坏事的歪理。

这样过了几天,拉思提雅过着放荡不羁的生活。他几乎每天都陪纽沁根夫人晚餐,出入社交场所。他要早晨三四点钟回家,睡到中午才起床梳洗。天气好的时候同德尔芬去布洛涅森林散步,浪费了许多宝贵的时光,受到豪华生活的引诱和影响,希望得到一切炫耀的机会,狂热得像枣树的雌性花萼迫不及待地渴望得到交配的花粉一样。他上赌场去下大赌注,不是大输就是大赢,结果养成了巴黎青年不合常规地挥霍浪费的习惯。他第一次赢了钱之后,寄回了一千五百法郎给他的母亲和妹妹,还寄了一些好看的礼物。虽然他口里说要离开沃克公寓,但是一直住到一月底还没有搬走。年轻人几乎都是按照表面上难以理解的规则行事,其实都是因为他们年轻,所以如醉似狂地追求欢乐。不管富贵贫穷,他们总没有钱去买生活必需品,却把钱花在兴之所至的小事上。他们对可以赊账的东西大手大脚,对要付现金的东西却小里小气,似乎是对得不到的东西怀有怨恨,反把到了手的东西随意浪费掉。为了把问题搞清楚,不妨举个例子。大学生不在乎他穿的衣服,却在乎他戴的帽子。因为成衣匠赚钱多,可以赊账,卖帽子的赚钱少,大费口舌之后还是要付现金。如果坐在戏院楼厅的年轻人在漂亮女人的望远镜里只看得见光彩夺目的背心,但却看不见他们脚上的袜子是否配套,针织品商人像蛀虫一样,只要他们的现金而不肯赊账。拉思提雅就是一个这样的年轻人。他总是没有钱付给沃克大妈,但为了满足虚荣心的要求而付出的钱财却又滚滚而来。他的钱包时满时空,和日用品、奢侈品的开支恰恰成了疯狂的反比。为了离开这个气味不好、名声欠佳的公寓,他时时刻刻觉得自己受了委屈,不能施展抱负。但是要搬出去,又得先给房东预付一个月的租金，还得买一套合乎公子哥儿口味的家具。而这是永远办不到的事情。如果要上赌场的本钱，拉思提雅会先把赢来的钱去珠宝店买上金表金链，赌输了又去阴沉沉的当铺和照顾年轻人的老板打交道。但是要他付膳宿费，或者为了过高级生活而买必需品的时候，他就既没有办法，也没有勇气了。如何满足日常生活的需要，如何偿还负下的债务，他却不知如何是好。就像大多数混日子过的人，总要等到最后关头才肯付清一般人认为神圣的债务一样，就像米拉波不受到法律制裁的威胁，决不肯还清面包店的欠账一样。偏偏就在这时，拉思提雅在赌场赌输了，并且欠下了债，这时大学生才明白：没有固定的收入，是不可能继续这样生活下去的。虽然在朝不保夕的条件下艰苦挣扎，他还是舍不得放弃这种朝欢暮乐的生活，总想不惜任何代价也要维持下去。他本来打算发财的机会，现在变得虚无缥缈，而事实上的困难却越来越大。他开始知道一点纽沁根夫妇家庭的隐私之后，才发觉要把爱情当做发财的工具，那就得不顾廉耻，放弃一切道德高尚的观念，而年轻人不犯错误，完全是靠这些观念来维持的。这种生活表面上光辉灿烂，内心却受到悔恨像寄生虫一般的啃蚀，短暂欢乐的结果是得不偿失，带来了长期的痛苦煎熬，痛苦一缠绕就不得脱身。他就在痛苦中翻滚折腾，就像拉布吕叶说的没心眼的人那样，把床安置在泥坑里。不过坑里的污泥也像对没心眼的人一样，只不过是弄脏了衣服而已。

"大官死了没有？"一天，卞雄在离开餐桌时问他。

"还没有呢，"他回答说，"不过已经奄奄一息了。"

医学院的学生以为这是一句开玩笑的话，其实不是。欧金很久以来都在外面晚餐，这是第一次回公寓用膳，吃的时候显得心事重重。吃了餐后茶点，他还不走，坐在餐厅里达伊夫小姐旁边，有时还若有所思地瞧她两眼。有几个房客还在餐桌上吃核桃，有几个却在餐厅里走来走去，继续他们开了头就收不住的谈话。几乎每天晚上，每个人都随着自己的兴之所至离开餐厅,这要看他对谈话的兴趣高不高,或者是自己的消化系统吃得饱不饱。在冬天的八点钟以前,餐厅里很少是没有人的,八点以后,至少四个女性还要留下来待上一阵子,仿佛是男性聚会的高谈阔论剥夺了女性的发言权,她们要弥补一点损失似的。欧金心不在焉的神气惹起了沃特能的注意,他原来显得急于离开餐厅,但却待了下来,并且不让欧金发觉。欧金还以为他已经走了。然后,他又没有随着最后的食客离开餐厅,而是偷偷地留了下来。他看透了大学生的心灵深处,预先感到他要采取决定性措施的征兆。的确,拉思提雅那时处在一种为难的境地,正如许多年轻人都经历过的一样。纽沁根夫人是真心爱他,还是假意调情呢,她耍出了巴黎女人的拿手好戏,让拉思提雅尝尽了真正爱情的百般苦恼。和玻瑟昂夫人的表弟打得火热,在上流社会看来,未免得不偿失,所以她又犹豫不决,要不要让他真正享有他看起来已经享有了的权利。一个月来,她如此巧妙地刺激欧金的感官,结果就要攻占他心灵了。如果说在他们结交的初期,大学生自以为得计,占据了主动的地位,但纽沁根夫人后来却变得越来越强,她用手腕挑拨欧金的各种感情,无论是好感还是恶感,反正是每一个巴黎青年都会扮演两三个角色。这是不是她有心作假呢?不是,女人即使在装腔作势的时候,也是真心实意的,因为她们是在顺着自然的感觉做事。也许德尔芬让这个年轻人突然一下在心上占据了太多地盘,向他吐露了太多感情,这未免有失自己的身份,于是又收回了她作出的让步,或者是暂时停止一下。对于一个巴黎女人来说,即使是在热情冲动之下,也会在坠入情网时犹豫片刻,要考验一下这个她未来需要依靠的人,这也是在情理之中的。何况纽沁根夫人有过大失所望的经验,她曾经对一个自私自利的青年一片好心,结果却没有得到好报。所以她现在的不信任也是理所当然的。也许她从欧金的态度中看出:迅速取得的胜利使他趾高气扬,他们这种微妙的关系使他低估了对方的价值。她当然希望在这种年龄的人面前拿

四 亡命之徒

出一点派头，在长期遭人抛弃，觉得自己微不足道的时候，总是想在别人面前露一手的。她不希望欧金把她看成一个容易到手的女人，尤其是因为他知道她当过德·玛瑟的情妇。最后，在和一个真正的怪人，一个放荡不羁的青年有过贬低身份的欢乐情爱之后，她更感到在爱情的百花园中漫步，反倒有说不出的甜美滋味，结果她只要看到园中的奇花异葩，听到心灵的漫长震颤，感到纯洁的春风醉人的抚摸，都会觉得有一种说不出的魅力。真正的爱情可以补偿虚假爱情的损失。不幸的是，这种矛盾现象在生活中是屡见不鲜的。男人不知道他们的第一次欺骗在年轻女子心灵中摧残了多少鲜花。不管是为了什么理由，德尔芬是在玩弄拉思提雅，并且自得其乐。当然，这是因为她知道他爱她，根据女王可以为所欲为的规律她肯定可以随意减轻或消除情人的痛苦。欧金为了自尊，不愿意在第一次爱情的斗争中就以失败告终，所以坚持继续追求下去，就像一个猎人在第一次过猎人节时，非打死一只山鹑不可。他内心的焦虑，受到损害的自尊心，真真假假的失望，使他越来越离不开这个女人。全巴黎都把他看做纽沁根夫人的情人，但实际上他们的关系比第一次见面时并没有多少进展。他不知道一个女人卖弄风情给人带来的好处，往往比她的爱情带来的欢乐更多，所以他陷入了愚蠢的愤怒中。如果说争取女人的爱情能给拉思提雅第一批胜利的果实，那果实的代价会很高，味道也带酸，虽然尝起来很美妙。有时，眼看自己既没有钱，又没有前途，他也会昧着良心，想起沃特能提到的机会，打主意和达伊夫小姐结婚，捞一笔嫁妆。那时，他正处在高度穷困之中，几乎不由自主就想到了这个可怕的狮身人面像要耍的花招，他的那一套时常使他着迷。在布瓦雷和米歇娜老姑娘回来时，拉思提雅以为餐厅里只有沃克大妈和在壁炉前一边织毛衣一边打瞌睡的谷杜尔太太，就脉脉含情地瞧着达伊夫小姐，瞧得她不好意思地低下头去。

"你有什么不称心的事吗，欧金先生？"薇多琳沉默了一会儿之后问他。

"谁没有不称心的事呢?"欧金答道,"像我们这样的年轻人总是准备为人作出牺牲。如果能够得到感情上的回报,也就不算不称心了。"

达伊夫小姐用会心的眼光看了他一眼。

"小姐,你也许可以肯定今天的心情,但是怎能保证永远不变呢?"

这个可怜的少女嘴唇上泛起了一丝微笑,仿佛从心灵中涌现出来的一线光明,使得她的面孔容光焕发。欧金意想不到自己的话竟然会引起如此强烈的感情冲动。

"怎么,如果你明天有了钱,得到了幸福,假如有一大笔财产从天而降落在你的头上,你还会爱一个在贫困时喜欢过的穷苦青年吗?"

她优雅地点了点头。

"即使这个年轻人倒了霉?"

还是点头。

"你们说些什么傻话呀!"沃克大妈叫了起来。

"不要多管闲事,"欧金回嘴说,"我们不是谈得好好的吗?"

"这样看来,欧金·德·拉思提雅骑士先生和薇多琳·达伊夫小姐已经在谈终身大事了?"沃特能低沉的声音突然一下从餐厅门口冒了出来。

"啊!你吓了我一跳。"谷杜尔太太和沃克大妈同时开了口。

"我是不是选错了时辰?"欧金笑着回答,沃特能的声音使他感到一种心情不安,这是他从来没有感到过的。

"不要再开这种玩笑了,两位先生!"谷杜尔太太说,"我的孩子,我们回房间去吧。"

沃克大妈跟着这两位女客上了楼,到她们房间里去度过这个晚上,可以节省蜡烛和炉火,只剩下了欧金和沃特能面对面地坐着。

"我早就料到你会成功的。"这家伙不动声色,平静地对他说。"但听我讲!我会体谅到别人的困难,但我劝你不要在这个时候作出决定,你的心还没有平稳下来呢。你欠了债。我希望促使你来找我的,不是热情,也不是失望,而是理智。也许你急需的是一千金币吧。拿去,你愿意要吗?"

这个魔鬼从口袋里取出一个钱夹,从里面拿出三张钞票,在大学生眼前亮了一亮。欧金正处在为难的境地,他欠了达九达侯爵和特拉伊伯爵一百个金路易的信用债。他没有金币,就不敢去雷斯托伯爵府过一个晚上,而人家正在等着他呢,等他去一个不拘形式的晚会,大家可以吃三个小蛋糕或者喝一杯茶。但是也可以打扑克牌输掉六千法郎。

"先生,"欧金说时很难隐瞒自己的颤抖,"自从你对我交了底,你应该明白,我就不再领你的情了。"

"那好,你使我很难用另外一种方式来和你谈话了。"那个想做导师的人答道。"你是个漂亮的年轻人,心非常细,骄傲得像狮子,而又软弱得像少女。你正是魔鬼猎取的目标。我就喜欢你这样性格的年轻人。再加上几分政治上的思考,你就可以看清楚世界到底是怎么一回事了。一个高明的人物只要表演几场道德高尚的好戏,就能满足社会人士的想象,赢得剧场中的笨蛋如雷般的掌声。用不了多久,你就会变成像我一样的人了。啊!如果你愿意做我的学生,我可以教你如何马到成功。不要眼高手低,妄想一步登天,眼前做不到的事,就不要妄图非分,不管是名誉、财产,还是女人。世界能给你的,只是文化中的玉液琼浆。你会是我们宠坏了的天之骄子,我们会用尽一切力量来满足你寻欢作乐的要求。我们会为你扫清一切障碍,铺平道路。如果你对我还不放心,那不是把我当做坏人了吗?那好,一个和你一样正派的人,杜兰纳先生,并不觉得和坏人打交道会有什么损失。你不愿意欠我的人情,嗯。那不要紧。"沃特能接着说,脸上露出了笑容。"收下这几张票子,再在这张纸上签个名。"他说时拿出一张印花纸来,中间写着:兹借到三千五百法郎整,言明一年之内还清。"你写下日期来!利息相当高,免得你不信是借款。你可以说我是犹太人,这样你就可以不必对我有感激之情了。今天我还允许你瞧我不起,但我肯定将来你会喜欢我的。你可以在我身上看到无边无底的深渊,漫无节制的感情,只有傻瓜才会说这是罪恶;但我永远不会让你说我胆小懦弱,或者忘恩负义。总而言之,我不是听人使唤的小卒,也不是任人欺负的傻瓜,而是别人攻不下的城堡,小伙子。"

"你到底是什么人?"欧金叫了起来,"你似乎生来就是折磨人的。"

"不对,我是个好人,宁愿污泥溅我一身,也不愿使你将来陷入泥坑。得了,过几天我会轻声细语悄悄地告诉你的。但我首先要使你大吃一惊,让你听听社会秩序的噪音,看看这座机器是怎样运转的。不过不要紧张,你最初的恐慌很快就会消失,就像新兵第一次上战场一样,久而久之,你就会习惯把人当做为帝王卖命的士兵。时代已经改变了。从前,你只要对一个亡命之徒说:'给你一百金币,你去给我把某某人干掉!'然后你就可以不问是非,送一条人命归了阴,自己却若无其事地回去晚餐。今天,我答应给你一大笔财产,只要你点点头就行了,并不要你去谋财害命,而你却反而推三阻四、犹豫不决了。这不是时代变了吗?"

欧金在借据上签了字,用来换了钞票。

"好了,你瞧,我来告诉你我的道理吧。"沃特能接着说,"我要到美洲去几个月,去种我的烟草。看在我们的友情分上,我会送雪茄烟给你的。如果我发了财,我会帮你的忙。如果我不生儿育女,(这个可能很大,因为我不想移花接木,节外生枝。)那好,我就把我的财产遗交给你。这还不够朋友吗?因为我喜欢你,我要把感情寄托在一个人身上,我已经这样做了。你看见没有,小伙子?我生活在高人一等的境界。我把行动只当做方法,而我看到的却只是目标。对我来说,一个人是什么?瞧!"他用牙齿咬了一下大拇指的指甲,发出了喀喇的响声。"一个人如果没有点什么,那就什么都不是。像布瓦雷这样的人能算什么呢?一个指头就可以把他像臭虫一样捏死。他是扁的,还是臭的。不过要是像你这样的人就不同了,简直是一个天上,一个地下。你不是一架披着人皮的机器,而是一个表达情感的舞台,而我也是靠了情感才能生活下去的。情感不就是思想中的天地吗?你看高里奥大爷,他的两个女儿就是他的全世界,她们是他的生命线。顺着线走,他就可以创造生活。那好,对我来说,我已经挖空了生活,只知道两种感情,那就是男人与男人之间的友情。彼埃尔和雅菲尔之间的感情,他们在《威尼斯得救了》中的故事,我都背得出来。你有没有见过一些粗野的人,只要有个同伙说一声:'来,把这家伙埋掉!'他们就二话不说,也不用大道理来讲得你昏头涨脑,就把活干完了。我呢,我就这样干过。但我并不是见到谁都这样讲的。不过你不是平常人,我可以什么都对你讲,你会听明白的。你在这个泥塘里找来找去,能找到什么呢?我们的周围只有癞蛤蟆啊。好了,就说到这里吧。你将来会结婚的。让我们磨尖各自的武器吧。我的武器是铁打的,不会软化。嘿嘿……"

沃特能走了,他不想听大学生反面的意见,只想让他冷静一下。他似乎懂得这些装模作样的小动作,懂得人们为保卫自己而进行的战斗,为错误的行为找正当的借口。

"他想做什么就做什么好了,我是不会和达伊夫小姐结婚的!"欧金心里暗打算盘。

他居然和这个他不喜欢的人签了借约,这使他内心感到火烧一样的不安。但这个人玩世不恭的态度,对社会放肆大胆的议论,使他的形象在欧金眼里越来越高大了。拉思提雅穿好衣服,坐上马车,到雷斯托夫人家去了。最近几天来,这位夫人对这个年轻人分外小心,因为他每走一步,就向上流社会的核心前进了一步,而有朝一日,他的影响可能变得出人意料呢。他付清了德·特拉伊和达九达两位先生的欠账,又在夜里打威斯特牌,把输的钱都赢回来了。大多数相信自己前途无量的人多少有点迷信，相信自己命中注定会交好运，并且把好运看做是上天对他坚持走正路的报酬。第二天早上，他赶快问沃特能：他的借据是不是带在身上。一得到肯定的回答，他立刻把三千法郎还了他，并且流露出了自然的兴高采烈。

"一切都很顺手？"沃特能问他。

"这可不是沾你的光啊！"欧金答道。

"我知道，我知道，"沃特能打断他的话说，"你还在耍小孩子的脾气，看戏怎么不进戏院的大门呢？"

两天以后，布瓦雷和米歇娜老小姐在植物园一条游人稀少的小道旁，坐在一条长凳上晒太阳。有人来问话了，医学院的学生很有理由猜测这个人有来头。

"小姐，"宫杜罗先生说，"我不明白你这么多顾虑是从哪里来的。国家警察总部部长大人……"

"啊！国家警察总部部长大人……"布瓦雷跟着说。

"是的。部长大人亲自在处理这个案子。"宫杜罗接着说。

布瓦雷这个不再工作的小职员当然是一个老实巴交的小百姓，他虽然头脑简单，但是一听到布封街这个靠年金过日子的人说出了"警察"两个字，就好像从老实人的假面具后看到了耶路撒冷街密探的嘴脸似的，他还可能继续听下去吗？然而，没有什么事比这更简单的了。每个人都知道布瓦雷属于哪一个社会阶层，属于这个傻瓜的大家庭，只要某个观察家作出评论，可惜直到现在这个评论始终没有公布。有一种只靠笔墨为生的公务员，在预算表上用文字密密麻麻填满了第一级到第三级的空白，第一级年薪一千二百法郎，就像冰天雪地的格林兰地区；第三级的年薪有三千到六千，地区虽然耕种困难，但是已经可以开花了。这些下层人物有一个特点，就是看法非常狭隘，只要一听到任何部门的大喇嘛发了话，就不由自主地、机械地、本能地产生了敬意。其实小职员对大

四 亡命之徒

人物的了解，只不过是看不清楚的花体签字，听得清楚的"部长大人"而已。这几个字就等于巴格达的哈里发代表神圣的权力，就像教皇对基督徒一样。"大人阁下"在行政上的下属看来，是永远不会做错事的人。他的光辉波及他的一切行动、言谈，甚至一切用他的名义发表的意见；他的花体签名掩盖了他的一切错误，使得一切执行他的命令的行动都合法化了。大人的名字就可以证明企图的纯正，愿望的神圣性。即使是最不可接受的主张，有了大人的护身符也可以通行无阻。这些可怜人为了自己的利益所不敢做的事，一听到"大人"两个字就赶快去执行了。办公室只是被动的驯服工具，正如军队一样服从命令。这种制度堵塞了良心，消灭了人性，最后随着时间的推移，自己顺应制度，成了政府这部机器的一个螺丝钉。因此，似乎很了解人性的宫杜罗先生一眼就在布瓦雷身上看出了一个办公室的笨蛋，立刻把他当做解决困难的法宝，在用得着的时刻说出了"大人"这个字眼。这道看穿了老底的护身符使布瓦雷目瞪口呆，而在宫杜罗看来，布瓦雷假如变成女性，那就是米歇娜，正如米歇娜假如变成男性就是布瓦雷一样。

"部长阁下，部长大人亲自办理……那情况就大不相同了。"布瓦雷说。

"你听见布瓦雷先生的话了吗？对他的判断，你不是非常相信的吗？"这个冒充领年金的密探回过头来对米歇娜老小姐说，"是的，部长大人现在已经完全肯定，这个叫做沃特能，现在住在沃克公寓的人，是从土伦监狱里逃出来的罪犯，他的外号叫做'骗得鬼相信'的人。"

"啊！骗得鬼相信！"布瓦雷重复说，"他真走运，如果名副其实的话。"

"那当然了，"警察局的密探说，"这个别号说明他的运气，在他这样极端胆大妄为的行动中居然没有丢掉性命，说明他运气好。这个人太危险了。你明白吗？他有些品质与众不同。他的判刑甚至使他赢得了广泛的好评……"

"怎么！他赢得了好评？"布瓦雷问道。

"他有他的一套。他非常喜欢一个漂亮的爱赌博的意大利青年，青年犯了假造文件罪，他却顶过罪名。青年后来参了军，事事都循规蹈矩。"

"如果警察局长大人肯定沃特能就是'骗得鬼相信'，那还找我们干什么呢？"米歇娜小姐问道。

"啊！对，"布瓦雷说，"如果部长大人确实像你说的那样……"

"不能说是确实，只不过是怀疑罢了。你们听了就会明白这个问题。雅克·柯林的外号是'骗得鬼相信'，是三座监牢犯人的内线，也是帮他们筹款的人。他管这种事赚了很多钱，自然看起来是个人才。"

"啊！小姐，你听懂了先生的俏皮话吗？"布瓦雷说，"先生说他是个人才，因为他有钱财。"

"这个假名叫沃特能的人，"密探接着说，"得到了犯人出的资本，把钱存放起来，供他们逃亡之用，或者留给他们的亲属，如果他们立了遗嘱的话；甚至交给他们的情妇，如果他们出钱供养她们。"

"供养情妇？你是说家属吧？"布瓦雷提醒他说。

"不。先生，犯人只有不合法的配偶，我们把她们叫做情妇或者姘头。"

"难道他们能和姘头同住吗？"

"那当然了。"

"那好。"布瓦雷说，"部长大人怎能允许这等下流事？既然你有幸能见到部长，又关心社会福利，怎能不提醒他禁止这种不道德的事呢？他们会给社会做出很坏的榜样。"

"不过，先生，政府把他们送进监狱，并不是要给社会做出榜样的呀。"

"说得不错，但是，先生，请让我……"

四 亡命之徒

"哎！好先生，你得先让人家说完呀。"米歇娜小姐插嘴了。

"你是明白人，小姐。"宫杜罗接着说，"政府插手干涉这个不合法的金库，也可以得到很大的好处，据说金库里的钱数目很大呢！'骗得鬼相信'在库里藏了大量金银财宝。他不止是接受他几个同伙的款子，还接受'万字号'的……"

"他有上万个同伙？"布瓦雷害怕得叫了起来。

"不是，'万字号'是一个高层次的偷盗集团，只做大宗买卖，赚不到一万法郎的生意他们不干。这个集团里都是些出色的刑事犯。他们熟悉《法典》，即使抓到了人也判不了死刑，柯林是他们信得过的人，是他们的高级参谋。他的钱财来源很广，人事关系复杂，有自己的警卫组织，搞得神神秘秘，高深莫测。虽然一年来我们在他周围布置了许多密探，还是搞不清他玩的是什么把戏。他的金库和他的本领能为坏事出钱出力，能为犯罪提供资金，能维持一帮歹徒在社会上捣乱。要是抓到了'骗得鬼相信'，没收了他的金库，那就等于是斩草除了根。因此，抓人的事成了国家大事，成了重要的政治事件，凡是出了力促成了这事的人都要得到奖励。先生，就像你这样也可以重新为政府任用，比如做个警察局的书记呀，而这并不妨碍你照领你的退休金。"

"那么，"米歇娜小姐问道，"'骗得鬼相信'为什么不卷款潜逃呢？"

"呃，"密探说，"不论他到哪里，都会有人跟着。要是他想独吞犯人的钱，就会有人把他干掉。再说，卷款潜逃不像拐骗良家妇女那么容易。柯林是条好汉，干不出这种有失身份的事来。"

"先生，"布瓦雷说，"你说得对。那样他就要身败名裂了。"

"你为什么不直截了当去抓他呢？"米歇娜小姐问道。

"我来告诉你吧，小姐。不过，"他在她耳边说，"不要让这位先生打岔了，否则，我们永远也讲不完。这老头大概很有钱吧，总要人听他的。'骗得鬼相信'到这里来时，看起来像个正派人，是一个巴黎的有钱人，

141

住的是普通人住的公寓，他很谨慎小心，从来不让人钻空子，因此，沃特能先生受到人家尊重，做事都有分量。"

"当然啰。"布瓦雷自言自语说。

"部长不愿抓错了人，如果抓的真是沃特能而不是柯林，那巴黎的商业界和舆论界就要在背后批评他了。警察局局长也有把柄在人家手里，位置并不太稳，他有他的对头。如果他搞错了，那想抢他位子的人就要利用言论自由和疯狂的叫嚣把他赶下台了。所以这件事要像抓假伯爵的案子一样，如果他是个真伯爵，那我们就会吃不消的。所以一定要验明正身。"

"对，那不是需要一个漂亮的女人吗？"米歇娜小姐说得来劲了。

"'骗得鬼相信'不让女人接近他。"密探说，"告诉你一个秘密吧：他不喜欢女人。"

"这样说来，我对验明正身能起什么作用呢？你为什么要给我两千法郎来做这种事情？"

"只要你简单地动动手就行了。"陌生的宫杜罗说，"我给你一个小药瓶，里面装了特制的药水，只要喝一点就会昏迷过去，好像中风一样，但是没有生命危险。这药水可以掺在酒里或咖啡里都行。人一昏迷过去，你就赶快扶他上床，解开他的衣服，假装看他还有呼吸没。只有你一个人在场的时候，你就拍拍他的肩头，看会不会有烙下的字母显现出来。"

"这一点也不难呀。"布瓦雷说。

"那好，你答应干吗？"宫杜罗问老姑娘。

"不过，亲爱的先生，要是没有烙印显现出来，你还给我两千法郎吗？"

"那就不能给了。"

"那我不是白干了吗？"

"只能给你五百法郎。"

四 亡命之徒

"干这种事，只给这么一点钱，我的良心也不安呢。我总要对得起良心吧，先生。"

"我敢担保。"布瓦雷插嘴说，"小姐除了懂事可爱，还很有良心呢。"

"那好，"米歇娜小姐接着说，"如果他是'骗得鬼相信'，你就给我三千法郎，如果只是普通老百姓，我一个钱也不要。"

"那行，"宫杜罗说，"但条件是：明天就得做到。"

"哪有那么快，亲爱的先生？我还得问问听忏悔的神甫呢。"

"你的主意真不少！"密探站起来说，"那么，明天见。有什么要紧事找我，就到圣·安妮小街上的圣·夏佩教堂院子里来，院里只有一个拱门，找宫杜罗就行。"

卞雄下课回来，"骗得鬼相信"这个古怪的名字刺激了他的耳朵，他又听到了有名的安全警探说的"那行"。

"为什么讨价还价没完没了？有三百法郎的养老金还不够吗？"布瓦雷问米歇娜小姐。

"为什么不？"她说，"应该仔细想想：如果沃特能是'骗得鬼相信'，那和他打交道的好处还多着呢。不过想要他出钱，那不会泄漏机密吗？他不会不出钱就逃之夭夭吗？那就要两头扑空了。"

"知道了机密，他也跑不掉。"布瓦雷又说，"那位先生不是说过：有人跟着他，监视他吗？但是那么一来，你却什么都捞不到了。"

"再说，"米歇娜小姐心里想，"我也不喜欢这个家伙，他老是说些不好听的话。"

"不过，"布瓦雷又说，"你可以做得更好。那位先生说得不错，我看他衣服也一样穿得不错，他说我们这是服从法律，是为社会除掉一个罪犯，不管他表面上看起来多么好。喜欢喝酒人总是戒不了酒的。万一他起了杀心，把我们大家都干掉，那怎么办？见鬼去吧！他若杀人，我们也要负责任，何况他第一个杀掉的就是我们。"

米歇娜小姐心里有事，不耐烦听布瓦雷啰啰唆唆的话，就像没关好的水龙头漏出来的水一样。但这老头一开了腔，米歇娜小姐若不叫他闭嘴，他会像一架上了发条的机器一样说个没完没了。他会东拉西扯，从一个题目扯到另外一个完全相反的题目，结果等于什么也没有说。走到沃克公寓的时候，他正在乱拉关系，讲到拉古约先生和摩兰太太打官司，他怎么出庭作证的事。一进餐厅，他的同伴就看见欧金·德·拉思提雅正在和达伊夫小姐亲亲热热地谈话。他们兴致正浓，心情激动，一点也没有注意到这两个走过餐厅的老房客。

"他们总会走到这一步的，"米歇娜小姐对布瓦雷说，"他们两个眉来眼去，传情示意，已经有一个礼拜了。"

"所以她的罪过不可以原谅。"

"你说谁呀？"

"摩兰太太呗。"

"我讲的是薇多琳小姐。"米歇娜小姐不知怎的，走进了布瓦雷的房间，"你却说什么摩兰太太，那是个什么女人？"

"薇多琳小姐有什么罪呢？"布瓦雷问道。

"她爱上了欧金·德·拉思提雅先生就是罪过。她还主动走在前面。也不知道会有什么后果。这不是个不懂事的可怜人吗？"

欧金在白天对纽沁根夫人失望了。在内心深处，他已经向沃特能投降，既不考虑这个不寻常的人和他结交的动机，也不估计这种交情会带来什么后果。他就按照沃特能的想法，和达伊夫小姐谈起心来，甜言蜜语说了一个小时，一只脚已经踏进了感情的深渊，不出现奇迹是很难拔出来的。薇多琳以为听到了天使的声音，看到天堂的大门为她打开了，平凡的沃克公寓也增添了神奇的色彩，就像舞台上添置了新奇的布景一样。她爱上了他，也被他爱上了，至少她认为是这样。哪个女人看到拉思提雅这样漂亮的年轻人，听他窃窃私语，推心置腹地谈了一个小时，能够不像她这样坠入情网呢？而欧金却在和良心作斗争，他知道自己在做昧心的事，而且是明知故犯，却欺骗自己说：只要能使对方得到快乐，就可以弥补这种轻微的过失。他就这样美化自己，并且从内心深处让地狱的火焰发出了光芒。侥幸的是，奇迹的确出现了，沃特能兴高采烈地走了进来，他看透了这两个年轻人的心思，他们是按照他魔鬼般的预见撮合到一起的。但他忽然扰乱了他们的欢乐，用粗嗓音唱着喜剧中的歌词：

我的芳西蒂多么迷人，
即使她只不过是单纯。

薇多琳一听就走了，她心中的暗喜并不下于她这一生所遭遇的不幸。可怜的姑娘！握一握手，拉思提雅的头发拂过她的脸颊。耳边的轻声细语可以感到大学生嘴唇的暖气，微微震颤的胳臂抱住她的细腰，在她脖子上轻轻地一吻，加上隔壁的胖厨娘希尔微随时可能闯进这喜气洋洋的餐厅，使这些定情的表示显得更加热烈，更加生动，更加有诱惑力，甚至超过了最著名的爱情故事中的描写。这些小小的动作，我们前人说是经过精心选择的，但对两个星期要忏悔一次的虔诚少女来说，已经是罪过了。在这个时刻，她舍得耗费心灵的财富，甚至超过了将来有了金钱，有了幸福，再委身于人的时候。

"事情已经办好了，"沃特能对欧金说，"我们的花花公子已经准备动手了。一切都很顺利。这是个看法的问题。我们的小鸽子侮辱了我的老鹰，明天要在克里酿古堡决斗。到了八点半钟，达伊夫小姐就要继承她父亲的感情和财产。那时她还在安静地吃她的黄油面包蘸咖啡呢。这说来不好笑吗？达伊夫的儿子剑法不错，他相信自己十拿九稳会赢，但是我一剑就会叫他流血，这是我的绝技，我可以挑起他的剑来，刺向他的胸部。我可以向你表演这一手，因为这非常有用。"

拉思提雅听着，神情有点迟钝，不知如何回答是好。这时，高里奥大爷、卞雄，还有几个食客来了。

"我就希望你这样，"沃特能对他说，"你知道你在干什么。那好，我的小鹰，你将来会是人上人，你有力量，既懂规矩，又有棱角，我喜欢你。"

他要握他的手，拉思提雅却赶快缩了回去。他脸色发白，倒在椅子里，仿佛看见面前有一摊血似的。

"啊！道德在你衣服上留下的痕迹还没有洗掉呢。"沃特能低声说，"达伊夫老爹还有三百万。我知道他的财产。他的陪嫁可以把污痕洗个干净，连你自己的眼睛也看不见污痕的踪影。"

拉思提雅不再考虑了，他决定晚上去通知达伊夫先生父子二人。沃特能一走，高里奥大爷就对着他的耳朵说：

"你不高兴了，小伙子！我来叫你开开心吧！"

老面粉商点着他的蜡烛，欧金的好奇心促使他跟着他走。

"到你房里去吧！"老好人向希尔微要了大学生房门的钥匙，再对他说，"你以为今天早上德尔芬不爱你了，是不是？唉！"他接着说，"她逼着你走，你生气了，失望了。你真是大傻瓜一个！她在等我去呢。你明白吗？我们要去布置一套精致的房间，让你三天之后搬过去住。你可不能对她说啊。她要给你一个意外的惊喜。但是我忍不住，怎能老守秘密瞒着你呢？那套房子就在阿杜瓦街，离圣·拉查尔街只有一步路。你住到那里去可成了王子啰。我们给你买了新房用的家具。一个月来，我们做了好多事都没有告诉你。我的诉讼代理人正忙着呢。我女儿一年有三万六千法郎的收入，这是她陪嫁的利息。我还要把她陪嫁中的八十万法郎投资搞房地产。"

欧金没有说话，两臂交叉放在胸前，在他简陋而又凌乱的小房间里走来走去。高里奥大爷趁大学生转身的时候，把一个红色的摩洛哥皮匣子放在壁炉架上。匣子上面有烫金的拉思提雅的家徽。

"亲爱的孩子，"可怜的老好人说，"我整个人都在埋头忙你的事。不过我也有我的私心，我想在你搬家后，不会拒绝我一个小小的要求吧？"

"你要什么呀？"

"在你那套房间的五层楼上有一间偏房，我想住在那里，行吗？我人老了，离开女儿太远。我不会打搅你们的，只要住在那里就行，你每天晚上来和我谈谈她，这对你没什么不方便吧。你回来的时候，我会躺在床上听你的脚步声。我心里会想：'他刚看到我的小德尔芬，他带她去跳舞，让她快活。'如果我病了，只要听到你回来，走动，就会在我心上贴了止痛膏。听到你就听到了我女儿！我只要走一步路就到了香榭丽舍大道，她们每天都要来这里。我每天都可以看到她们。即使有时我来晚了也不要紧。说不定她有时会到你这儿来呢！我可以听到她，看到她穿着晨装，像小猫一样慢慢走来，这一个月她又恢复了年轻时的模样，快活，娇娆动人。她的心灵又复原了，是你给了她幸福的。啊！我会为你们做不可能做到的事。她刚回来时对我说：'爸爸，我多幸福啊！'如果她客客气气叫我'父亲'，那我会心寒的。但她们叫我'爸爸'，又让我看到了她们小时候的模样，恢复了我的记忆。我更觉得是她们的父亲。我更相信她们不属于别人了。"

老好人擦了擦眼睛，哭了。

"好久我没有听见她叫我爸爸，好久她没有让我挽着她的胳臂了。啊！对，已经有十年我没有同她们肩并肩走路了。只要擦过她的裙子，随着她的步子，分享她的温暖，那有多么好啊！到底，我今天早上带着德尔芬到处走了。我同她一起进商店，又同她一起回家。啊！让我留在你身边吧，你有事也会要人帮忙的。那我就在面前。啊！假如那个粗笨的阿尔萨斯人死了，假如他的炎症发展到了胃部，那我可怜的女儿可得救啦！那你就是我的女婿，你可以公然做她的丈夫。唉！她真不幸，没有尝到人生的乐趣，我怎么能怪她呢？老天爷应该保佑爱女儿的父亲啊！"停了一会儿，他摇了摇头说，"她太爱你了！她一边走，一边和我谈你：'他多好啊！他的心好！他和你谈到过我吗？'唉！从阿杜瓦街一直走到巴罗拉玛过道，她说的话可以写几本书呢。她到底向我交心了。这一早上我不觉得老，身子也变轻了。我告诉她：你把一千法郎的钞票交给了我。我亲爱的女儿感动得流泪了。"高里奥大爷看见拉思提雅一动不动，赶快问他："你壁炉架上放的是什么？"

欧金晕头转向地瞧着他的邻人。沃特能告诉过他：明天要决斗，而明天，他朝思暮想的好事就要变成现实，一个警报和一个喜讯同时压在他的心上，就像一场噩梦。他转过身去瞧瞧壁炉，看见了那个小方匣子，打开一看，发现里面有张纸条，下面放了一只名牌挂表。纸上写着：

我要你随时随地都想到我，因为……德尔芬

最后半句大约是指他们之间发生的争吵吧。欧金一见就感动了。金匣子内的家徽是用小块珐琅镶嵌而成的。很久以来，他一直渴望得到这样的珍品，还有金链子、金钥匙，就是格式、图案也都使他称心如意。高里奥大爷也容光焕发。他当然答应过他女儿，要把礼物带给欧金的惊喜一五一十地告诉她，因为他是和这对年轻人分享欢乐的第三者，而他的幸福感看来并不在年轻人之下，他已经喜欢上拉思提雅了，既是为了女儿，也是为了自己。

"你今晚一定要去看她，她在等着你呢。那个粗笨的阿尔萨斯人在他的舞女家吃晚餐。啊！啊！我的代理人对他讲了事实真相，他傻眼了。他不是说爱我的女儿爱得无以复加了吗？要是他再欺负人，我就要宰了他，一想到我的德尔芬……（他叹了一口气。）真要使我犯法了：不过这不能算杀人，只是宰猪割羊头而已。你会让我住在你那里吧，是不是？"

"那还用说，我的好高大爷，你知道我是喜欢你的。"

"我也知道，你不嫌我丢你的脸。来！让我拥抱你！"

他把大学生紧紧抱在怀里。

"答应我，你会使她非常快活。今晚到她那儿去吧，是不是？"

"当然要去。不过，我现在要去办些不能耽搁的事。"

"我能帮点忙吗？"

"对了，我去纽沁根家的时候，请你去告诉达伊夫大爷，要他今天晚上约个时间和我见面，我有非常重要的事告诉他。"

"难道那是真的，小伙子，"高里奥大爷脸色一变，叫了起来，"楼下那些混账家伙说得不错，你在追求他的女儿？天打雷劈的！你还没尝过高大爷的巴掌吧！如果你敢欺骗我们，那只消一拳一掌……这不可能吧。"

"我敢发誓，世界上我只爱一个女人，"大学生说，"而且我是刚刚才知道的。"

"啊！那太好了！"

"不过，"大学生接着说，"达伊夫的儿子明天要和人决斗。我怕他会冤枉送了性命。"

"这和你有什么关系？"高里奥问。

"最好能告诉他，免得他的儿子……"欧金叫了起来。

这时，他的话被沃特能的声音打断了，沃特能在房门口唱起歌来：

啊！狮心王理查！

全世界都抛弃你啦。

蓬茏！蓬茏！蓬茏！蓬茏！蓬茏！

全世界我都走过。

哪个人没见过我？

特拉，拉，拉，拉，拉，拉……

"诸位，"克里斯托夫打招呼说，"汤菜准备好了，请大家入座吧！"

"喂，去拿我的那瓶波尔多红酒来！"沃特能说。

"你觉得好看吗，她送你的这只挂表？"高里奥大爷问欧金，"她的眼界高啊！是不是？"

沃特能、高大爷、拉思提雅三个人一同下楼，因为来得晚，入座时便坐在一起。

吃晚饭时，欧金对沃特能非常冷淡，虽然在沃克大妈眼里，这家伙从来没有这么可爱，口才也从来没有这么好。他说的俏皮话闪闪发光，全桌人都听得兴高采烈。他说话这样有把握，这样冷静，欧金听得都害怕了。

"你今天看见了什么奇花异草？"沃克大妈问他，"怎么高兴得像一只燕雀了？"

"做了一笔好生意总是高兴的。"

"好生意？"欧金说。

"是的，我交了一批货，可以赚一大笔佣金。——米歇娜小姐，"他看见老姑娘盯着他的神气，就说，"我脸上是不是有什么讨厌的地方，惹得你用美国人的眼光来盯着我看？请告诉我，我好改正来讨你欢喜呀！——布瓦雷，这不会有伤我们的和气吧，是不是？"他说时瞟了老职员一眼。

"废话！我看你倒可以为滑稽大力士的雕像做模特了。"青年画家对沃特能说。

"不错，我干，只要米歇娜小姐愿做公墓爱神像的模特。"沃特能回答。

"那布瓦雷呢?"

"布瓦雷可以雕成梨园的补瓦匠。"沃特能答道。

"没劲!"卞雄又说,"你这是吃饱了没事做。"

"得了,不要说蠢话,"沃克大妈说,"聪明人,还是去拿你的波尔多红酒来吧!我看酒瓶都伸出长颈了!喝起来一定会快活,对肠胃也有好处。"

"诸位,"沃特能说,"主席大妈发号施令,叫我们别胡说了。谷杜尔太太和薇多琳小姐可以不在乎你们的胡言乱语,但是我们不能玷污高里奥大爷的清白。我可以拿出一小瓶波尔多拉玛红酒。远征过美国的拉法耶将军喜欢喝红酒出了名,不过我不想牵扯到政治问题上去。——得了,来人!"他说时瞧着一动不动的克里斯托夫,"过来,克里斯托夫,你怎么不知道我在叫你,我又不是说中国话。去给我拿酒来!"

"来了,先生。"克里斯托夫拿来一瓶酒说。

在倒满了欧金和高大爷的酒杯后,沃特能慢慢地给自己倒了几滴酒,尝了一口。在他两个邻座喝酒的时候,他忽然做了个鬼脸。

"该死!该死!这酒怎么会有瓶塞子味?这瓶子你拿去吧,克里斯托夫,去给我们另外拿一瓶来!右边,你知道?我们十六个人。给我拿八瓶酒来!"

"既然你愿意付酒钱,"画家说,"那我就买一百个栗子吧。"

"呵!呵!"

"啵!啵!"

"扑!扑!"

各人发出不同的声音,就像焰火发射器发出的焰火。

"得了,沃克大妈,来两瓶香槟吧!"沃特能喊道。

"你倒说得容易,为什么不把公寓吃光了?两瓶香摈,那要十二个法郎！我到哪里去赚？不行！除非欧金先生愿意出钱，我只能开果子酒。"

"她的果子酒是通便的泻药。"医学院的学生低声说。

"不要说了，卞雄！"拉思提雅喊道，"我一听泻药心里就……好了，香槟由我付钱。"大学生又加了一句。

"希尔微，"沃克大妈说，"拿饼干和小点心来！"

"你的小点心太老了，"沃特能说，"都长胡子了呢。还是拿饼干吧。"

一会儿工夫，波尔多红酒就上了桌，食客们都来了劲儿，喝得兴高采烈。笑声震耳，还有狼吞虎咽猪叫狗吠的声音夹杂其间。博物馆的职员起了个歪主意，学巴黎街上的叫卖声，听起来像猫叫春，于是四面八方同时响应：

"磨快刀啊！"

"喂鸟的栗子粉啊！"

"随意小吃，太太小姐！随意小吃。"

"修锅补碗啰！"

"船上买活鱼哟，买鲜鱼哟！"

"婆婆，补补衣服！"

"旧衣服，旧军装，旧帽子卖啊！"

"甜樱桃，樱桃甜啊！"

压场戏是卞雄用鼻音哼出来的：

"补阳伞，补阳伞啰！"

在短短的时间内，吵得人头昏脑涨，说话东拉西扯，正是沃特能这个乐队指挥一手操纵的闹剧，他却还忙里偷闲，看看欧金和高里奥大爷。他们两个似乎已经喝醉了，背靠着椅子，一本正经地瞧着这不大习惯的一片混乱，几乎不再喝酒。两个人的心思都挂念着晚上要做的事，但是都起来不得。沃特能斜着眼睛看他们脸部表情的变化，抓住他们眼睛半开半闭似乎要入睡的时机，弯下身子来对着欧金的耳朵说：

四　亡命之徒

"小伙子，要和沃特能这个老家伙斗法，你还欠功夫呢！他太喜欢你了，不能让你干出傻事来的。一旦我决定了的事，只有老天爷才有力量拦我的路。你们想要通知达伊夫老头，这是小学生才犯的错误。现在，炉子烧热了，面粉拌好了，面包要烤了，明天，我们就可以吃得只剩下面包屑子。你们却不想让我烤面包？那怎么成？马上就烤好了！如果有什么小小不满意的地方，一消化就好了。在我们打个盹儿的时候，方西尼伯爵上校已经用剑为你们开路，去继承米歇·达伊夫的遗产啦！薇多琳每年可以从哥哥那里得到一万五千法郎。我打听到：母亲的遗产也有三十多万。"

欧金听得见这些话，但是不能回答。他感到舌头和上颚粘住了，人给瞌睡压得睁不开眼睛。他看不清餐桌和同餐人的面孔，仿佛在浓雾中一样。不久，声音静下来了，食客也一个个走了，只剩下了沃克大妈、谷杜尔太太、薇多琳小姐、沃特能和高里奥大爷。拉思提雅像做梦一般看见沃克大妈收拾酒瓶，用剩下的酒把半空的酒瓶装满。

"啊！他们疯疯癫癫，多么年轻！"沃克家的寡妇说。

这是欧金能听懂的最后一句话。

"只有沃特能先生玩这套把戏才能玩得团团转。"希尔微说，"瞧，克里斯托夫打呼响得像陀螺了。"

"再见，大妈，"沃特能说，"我要上大马路去看玛蒂主演的《野人山》去了，这是小说《孤独人》改编的剧本……如果你们想看，我可以带你们去，太太小姐们。"

"我们不去了，多谢你的好意。"谷杜尔太太说。

"怎么，我的邻人！"沃克大妈喊道，"你们不看阿特拉·德·夏多布里安的名著改编的剧本？我们多爱读这本书啊！今年夏天读了还哭得像菩提树下的玛德琳呢！再说这是本讲道德的书，可以用来教育小姐嘛。"

"讲道德的书不许人去看喜剧。"薇多琳答道。

"瞧！这两个人不是看喜剧去了吗?"沃特能演喜剧似的摆弄高里奥和欧金的头。他把大学生的头靠到椅背上，好睡得舒服些，亲热地吻了吻他的额头，并且唱了起来：

　　睡吧，我亲爱的情人！
　　我永远是你们的守护神。

"我怕他病了呢。"薇多琳说。

"那你就留下来照顾他吧。"沃特能接着说，然后又对着她的耳朵低声蜜语，"这是你做妻子的责任。这个年轻人是爱你的。我现在就猜想你会是他的小媳妇了。"然后，他又高声说："'他们到处受人尊敬，生活幸福，多子多孙。'瞧！爱情小说都是这样结束的——得了，大妈，"他又转过身去拥抱沃克大妈，并且对她说，"戴上你的帽子，穿上你的花衣服，披上前伯爵夫人的围巾。我去给你叫一辆马车来……"

他出去了，口里还唱着：

　　太阳，太阳，光芒万丈，
　　你能不能把傻瓜的眼睛照亮？

"我的天哪！你说，谷杜尔太太，有这样的男人陪着在一个屋顶下过日子才开心呢。——得了，"她说时又转过身去看看面粉商人说，"瞧！高老头睡过去了。这个吝啬鬼，他从来没有想到过带我上哪儿去。不过他总是要栽倒在地的，我的天哪！一个人年纪大了还不讲礼节，真不懂事！但俗话说得好：本来一无所有，所以也一无所失。希尔微，扶他上楼去！"

希尔微扶着高老头的胳臂上楼，衣服也没有给他脱，就把他像个铺盖卷似的摺在床上。

"可怜的年轻人。"谷杜尔太太一面把散开在欧金眼睛上的头发撩开,一面说道,"真像个女孩子,还不懂得克制自己。"

"啊!我敢说公寓开了三十多年,"沃克大妈说,"眼里看到过的年轻人也不少,不是俗话说的少见多怪,但我真没见过一个像欧金先生这样斯文、这样不一般的人。瞧他睡得多么好看!把他的头靠在你肩上吧,谷杜尔太太!哎!他倒到薇多琳小姐肩上去了,这也是天意吧。差一点他的头就要碰到椅背上的木球了。他们两个看起来倒真是一对。"

"我的好房东,请不要说了。"谷杜尔太太喊道,"你说的事情……"

"不要紧,"沃克大妈说,"他听不见的。——来,希尔微,给我穿衣服。我要穿紧身胸衣。"

"哎呀!你穿紧身胸衣,吃饱了怎能紧身呢,大妈?"希尔微说,"不行,你找别人来给你紧身吧。我可下不了这毒手,搞不好要送命的。"

"不要紧,总要对得起沃特能先生,不能给他丢面子呀。"

"你对别人怎么想得这样周到?"

"来吧,希尔微,不要啰唆了。"寡妇大妈边走边说。

"到了她这把年纪……"厨娘指着大妈对薇多琳说。

餐厅里只剩下了谷杜尔太太母女二人,还有欧金靠着薇多琳的肩膀睡了。克里斯托夫的鼾声如雷,使打盹的欧金更显得平静,简直像个孩子。薇多琳心中暗喜,有幸能显示女性的好心和好感,同时还能听到年轻人的心跳和自己的心跳此起彼伏,不但没有一点犯罪感,而且脸上流露的母爱反倒使她感到得意。各种念头从心中涌起,中间穿插着一股年轻纯洁的暖流,引起了心灵的激动。

"我可怜的好女儿!"谷杜尔太太摸着她的手说。

她喜欢女儿天真而苦恼的面孔,上面还笼罩着幸福的光环。薇多琳看起来有点像中世纪朴素的油画,画家不去描摹那些可有可无的细枝末节，只把画笔沉静而得意的魔力集中在灿黄的脸部，仿佛沐浴在天国的金光中。

"他只不过喝了两杯酒，妈妈。"薇多琳用手指摸着欧金的头发说。

"如果他常喝酒，孩子，那就不会醉了。醉了反是好事。"

街上响起了马车声。

"妈妈，"少女说，"沃特能先生来了。你来扶欧金先生吧。我不愿意他看到我这个样子。他的表情叫人恶心，他的眼睛盯着女人，好像要脱掉人的衣服似的。"

"不对，"谷杜尔太太说，"你看错了！沃特能先生是个好人，有点像谷杜尔先生生前的样子，说话叫人觉得意外，但是一片好心，他是个说话带刺的好人。"

这时沃特能悄悄进来了。他瞧着柔和的灯光抚摸着的两个年轻人，仿佛在欣赏一幅图画似的。

"真好。"他双臂交叉放在胸前说，"这个场面要是给《保尔和薇贞妮》的作者波拉丁·圣彼尔看到了，那一定可以写出一个美丽的故事来。青春是美好的，谷杜尔太太！——可怜的小伙子，睡吧！"他瞧着欧金说，"有时睡着了也会碰上好运的。谷杜尔太太，"他转过身来对寡妇说，"这个年轻人和我心贴心，他使我感动的是看到他的内心美和外表美合而为一了。瞧！这不是小天使依靠着安琪儿的肩膀吗？他真值得人爱！假如我是女人，我愿意为他而生，为他而死（自然，我不会那么傻！）。在这样赞美他们的时候，谷太太，"他低声对着寡妇的耳朵说，"我不由得不想到他们是天生的一对。上帝的神机妙算真是高深莫测，他能深入人心五脏。"他又高声说了，"看到你们成对成双，年轻人，你们两个一样纯洁，感情丰富，我就觉得你们将来永远不会分开。上帝是公正的。——不过，"他对少女说，"我似乎在你身上看到了幸福的影子。把你的手给我看看好吗，薇多琳小姐？我还会看手相呢，我常常能看出别人的好运。得了，不用害怕。啊！我看见什么啦？老实说，你不久就会是一个最有钱的继承人，你会使你爱的人得到幸福。你的父亲会要你回到他的身边。你会和一个喜欢你的年轻漂亮的贵族子弟结婚的。"

这时，老来俏的寡妇大妈下楼的沉重脚步声打断了沃特能的预言。

"瞧，沃克大妈来了，打扮得像个明星。身上的衣带好像绑着个胡萝卜，是不是有点喘不过气来了。"他说时用手按住她的胸口。"胸脯绑得太紧了，大妈，千万不能哭！一哭衣带就要断裂了。不过我会像古玩商一样把破布烂衫捡起来的。"

"他真会说讨人喜欢的法国话，这家伙！"寡妇大妈弯下身来对着谷杜尔太太的耳朵说。

"再见，年轻人！"沃特能又转身对欧金和薇多琳说，"我祝福你们，"他说时把两只手放在他们头上，"相信我吧，小姐，老实人的祝福是有效的，会给你们带来幸福，因为上帝会听老实人的话。"

"再见，我的好朋友。"沃克大妈对她的女房客说。"你认为，"她又悄悄地加了一句，"你认为沃特能先生对我这个人有意思吗？"

"嘿嘿！"

"啊！亲爱的妈妈，"薇多琳单独和谷杜尔太太在一起的时候，瞧着自己的手叹了一口气说，"如果沃特能先生说对了多好！"

"那只有一个可能，"谷杜尔太太回答说，"假如你的恶魔哥哥骑马摔死了。"

"啊！妈妈。"

"我的天，希望坏人碰到坏事，可能也是罪过。"寡妇接着说，"那好，我会补过赎罪的。的确，我可以给他的坟墓献上鲜花，不过，他也真是心眼不好，不肯为母亲说好话，只是要花招来剥夺你的财产。你妈和我是表亲，我知道她陪嫁的财产很多，可惜婚书上没有注明。"

"如果幸福的代价是要别人送命，那幸福也是痛苦而难受的。假如要我哥哥摔死我才能得到幸福,那我还是留在这儿不要财产的好。"

"我的天,你看,沃特能先生说得多好,他是信宗教的。"谷杜尔太太换个题目说,"我很高兴听到他谈上帝,不像别人谈到魔鬼那样没有敬意。谁知道天意要把我们带到哪条路上去呢。"

在希尔微的帮助下,这两个女人总算把欧金抬回了他的房间,放到他的床上,厨娘还替他脱了衣服,让他睡得舒服。薇多琳在她的保护人转身出房的时候,偷偷地在他的额头上吻了一下,尝到了一点偷情的甜蜜滋味。她瞧瞧他的房间,想一眼把今天的千般幸福吸进心里,构成一幅可以长久回忆的图画,甚至她在做梦时也会变成巴黎最幸福的人。

沃特能利用大吃大喝的机会,在酒里下了麻醉药,醉倒了欧金和高老头,也使他自己遭了殃。卞雄喝得半醉,忘了问"骗得鬼相信"的事。如果他提到这个外号,一定会提高沃特能的警觉性(他的真名实姓是雅克·柯林,监狱中大名鼎鼎的人物)。但是"圣椅公墓爱神"的外号使老姑娘米歇娜改了主意,她本来在算计利害得失,考虑到柯林的慷慨大方,是不是通风报信,让他连夜逃走更好,而"墓园爱神"这个雅号使她决定了交出逃犯。于是她就在布瓦雷陪同下,到圣安妮小街去找著名的治安警察局长,尽管他用的是一个高级职员的化名宫杜罗。司法的局长很客气地接待了她。一切都谈清楚之后,米歇娜老姑娘要检验烙印的药品,圣安妮小街的大人物在他办公桌的抽屉里找出一个小药瓶时,露出了扬扬得意的神气,老小姐才猜到这次拘捕的不是一个普通的逃犯。她挖空心思,猜测警察局希望根据犯人的供词,及时把一大笔财宝捞到手。当她对老狐狸提出这一猜想时,局长微微一笑,要转移老姑娘的猜疑。

"你搞错了,"他回答道,"柯林是这伙罪犯最危险的'头脑'。这一句话就够了。这伙坏人也都知道这点:他是他们的旗帜,他们的台柱,总而言之,是他们的拿破仑,他们都拥护他。这家伙是永远不会让我们把他的'脑袋'送上断头台的。"

四　亡命之徒

　　米歇娜老小姐听不太懂。宫杜罗就对她解释"头脑"和"脑袋"这两个词在罪犯语言中不同的用法，"头脑"指活人抽象的无价之宝的思想，"脑袋"却有贬义，指死人具体的没有价值的头颅。

　　"柯林会耍我们，"他接着说，"当我们碰到英国式的铁打硬汉，我们的办法是只要他有一点拒捕的意思，我们就当场把他击毙。我们打算用几种办法明天早上把柯林干掉。这样可以避免诉讼手续，监守费用，膳食开销，减少了社会的麻烦。诉讼程序，传唤证人，赔偿损失，执行判决，如果要依法除掉这些坏蛋，至少要花掉你手上的几千金币。当场解决问题还可以节省时间。一刀刺穿'骗得鬼相信'的肚子，就可以避免上百件罪案，至少有五十个坏蛋不敢再以身试法。这才是一个好警察局，这才是真正的慈善。因为这样做可以防止犯罪。"

　　"这才是为国家做事。"布瓦雷说。

　　"你说对了，"局长说，"你今晚说得有道理。对，我们当然是为国家做事的。但是有些说法对我们却不公平。我们为社会做了很多大家不知道的大事。只有高人一等，才能超越偏见。做事不按成规往往会受批评，能够忍辱负重才是真基督徒。巴黎总是巴黎，你明白吧！这句话就能解释我的生活。——我很高兴能够向你致谢，小姐。我明天会带人来皇家公园。你要克里斯托夫来布封街我住的地方找宫杜罗好了。——布瓦雷先生，如果你丢了东西，请来找我，我会使你失而复得的。我随时都乐意为你效劳。"

　　"你看，"布瓦雷对米歇娜老小姐说，"世界上怎么会有人一听到警察局就不分好歹说坏话？这位先生是多么客气啊！他要求你做的事就像说一声'早上好'一样简单。"

　　第二天发生了沃克公寓历史上最不寻常的大事。直到这时为止，平凡生活中最突出的大事不过是彗星一般出现的假伯爵夫人而已。但是这波澜起伏的一天却使过去的大事都黯然失色，并且成了沃克大妈永远谈不完的话题。先是高里奥和欧金·德·拉思提雅睡到十一点钟才醒。而沃克大妈半夜从喜剧院回来,直到十点半钟还在床上。克里斯托夫喝完了沃特能的剩酒,睡了一大觉,耽误了公寓里该干的活。但是布瓦雷和米歇娜老小姐却没有抱怨早餐开晚了。至于薇多琳和谷杜尔太太,她们也睡了个懒觉。沃特能八点以前就出了门,直到午餐准备好了才回来。没有人不满意,到了十一点一刻,希尔微和克里斯托夫去敲大家的房门,说是早餐准备好了。他们一走,米歇娜老小姐第一个走下楼来,把药水放进沃特能的银杯,杯子里盛着牛奶,是用来冲咖啡的,银杯和别人的杯子一起都放在蒸锅里。老姑娘了解用杯子的习惯,所以算计好了乘机下手。七个房客过了一会儿才下楼来,等到欧金张开胳臂,伸伸懒腰,最后一个走下楼时,一个信差给他送来了纽沁根夫人的一封信,信上说:

  并不是我的虚荣心太重,也不是我生了你的气,我的朋友。我等你一直等到半夜两点钟。等一个心爱的人!吃过这种苦的人决不会要别人吃这种苦。我看得出你这是第一次恋爱。到底出了什么事呢?我感到非常不安。如果我不怕泄露我内心的秘密,我会去看看你是出了什么好事还是坏事。不过这么晚还出去,无论走路还是坐车,那不是丢人现眼吗?我觉得做女人真难。告诉我你为什么听了我父亲的话还不来,让我放个心吧!我生气了,但我能原谅你。你是不是不舒服?为什么住得这么远?说句话吧!求求你。马上就来,是不是?如果是忙,说一句也行,说"马上来"或"不舒服"。若是不舒服,我父亲为什么没有告诉我?那到底是为什么呢?……

"对,到底是为什么呢?"欧金叫了起来,揉着没有看完的信,走进了餐厅。"几点钟了?"

四 亡命之徒

"十一点半。"沃特能一面把糖放进咖啡,一面答道。

逃犯用冷静得迷人的目光看了欧金一眼。目光显然有威慑力,据说一眼能使精神病院的疯子平静下来。欧金一见,全身都颤抖了。这时,街上响起了马车声,一个穿着号衣的仆人匆匆忙忙、慌慌张张地走了进来,谷杜尔太太一眼就认出了是达伊夫先生的家人。

"小姐,"来人对薇多琳喊道,"老爷请你回去。家里出了不幸的事。菲德列先生和人决斗,头部中了一剑。医生说是没有药救,你恐怕也见不到他最后一面,他已经失去知觉了。"

"可怜的年轻人!"沃特能喊道,"一年有三万金币的收入,干吗还要去和人决斗呢?肯定是年轻不懂事!"

"先生!"欧金喊了起来。

"那好,小伙子,"沃特能无事人一般喝完了咖啡。米歇娜老姑娘的眼睛全神贯注地瞧着他喝,对大家都吃惊的意外事件反而无动于衷。"巴黎哪一天早上没有人决斗呢!"

"我同你一起去。"谷杜尔太太说。

这两个女人既没有戴帽子,也没有披围巾,就赶快走了。薇多琳走前还含着泪珠看了欧金一眼,仿佛是说:"想不到我们的幸福会要流眼泪!"

"哎!你难道是个预言家,沃特能先生?"沃克大妈说。

"我没有什么不知道的。"雅克·柯林答道。

"这也怪了!"沃克大妈接着说,她把这件大事前前后后的片言只语拼凑在一起说,"死亡来到之前,从来不打招呼。年轻人反比老年人先走。我们女人总算还好,不会和人决斗。不过我们也有男人没有的痛苦,我们要生孩子。而母亲的痛苦可长着呢!薇多琳真走运!她的父亲不得不让她继承财产了。"

"你说对了!"沃特能瞧瞧欧金说,"昨天还是身无分文,今天忽然百万财产进门。"

"你说，欧金先生，"沃克大妈喊道，"真是财神向你招手了。"

听见这句话，高里奥大爷瞧瞧大学生，看见他手里还揉着那封信。

"你还没看完信呢！这是什么意思？难道你也和别人一样？"他问道。

"大妈，我是不会和薇多琳小姐结婚的。"欧金对沃克大妈说话时露出了害怕和厌恶的神气，使旁观者都觉得莫名其妙。

高里奥大爷抓起大学生的手来紧紧握住，他似乎要吻这只手了。

"呵呵！"沃特能说，"意大利人说得好：'莫说无报，时间未到。'"

"我等着回信呢。"纽沁根夫人的信差对拉思提雅说。

"告诉她我会去。"

信差走了。欧金心情非常激动，说话也不思前顾后。

"怎么办呢？"他高声地自言自语，"又没有证据！"

沃特能微笑了。这时，胃里吸收的药剂开始发生作用，不过逃犯的身体抵抗力强，他站起来瞧瞧拉思提雅，空洞无力地说了一句：

"小伙子，睡着了好事也会从天上掉下来。"

他忽然一下笔直栽倒在地。

"真是老天有眼，报应就在眼前！"欧金说。

"哎呀！出了什么事了，这个可爱的沃特能先生？"

"恐怕是中风了！"米歇娜老姑娘喊道。

"希尔微，我的好孩子，快去请医生来！"寡妇盼咐。——"啊！拉思提雅先生，你快去找卞雄。我怕希尔微碰不到我们的戈兰普医生。"

拉思提雅正愁没有借口离开这个鬼地方，赶快溜之大吉。

"克里斯托夫，快去药房买些中风药来！"

克里斯托夫走了。

"高大爷，请帮我们把他抬到楼上房间里去好吗？"

沃特能好歹被抬上了楼梯，放到床上。

四 亡命之徒

"我帮不了你们什么忙，我要看女儿去了。"高里奥先生说。

"自私的老头，"沃克大妈喊道，"去吧，我看你会死得不如一条老狗。"

"你去看看能不能找到乙醚。"米歇娜老小姐对沃克大妈说，一面同布瓦雷解开沃特能的衣服。

沃克大妈下楼回房间去，留下米歇娜老小姐清理战场。

"快来！脱掉他的衬衫，把他翻过身来！你总应该帮得上一点忙。不要让我来剥得他赤身露体。"她对布瓦雷说，"你怎么呆得像木头！"

沃特能的身子给翻过来了。米歇娜老小姐在他肩膀上咔嗒打了一下，在打红了的皮肤上显出了两个要命的白色字母。

"咳！你这三千法郎倒赚得轻松。"布瓦雷喊道，他同时扶起沃特能来，让米歇娜老小姐给他穿上衬衫。"嘀，他好重哟！"他把沃特能放倒时又说了一句。

"不要胡说！瞧瞧有装钱的保险箱没有？"老姑娘来劲了，贪婪的眼睛似乎可以看透房里的家具。"能不能找个借口打开他的书桌？"她又说了。

"那恐怕不大好。"布瓦雷说。

"有什么不好？他的钱都是赃款，是大家的钱，不是哪一个私人的。可惜时间来不及。我听见沃克大妈来了。"

"乙醚拿来了。"沃克大妈说，"哎呀！今天的怪事怎么这样多！这个人怎么会生病？他白净得像一只小鸡。"

"像小鸡？"布瓦雷重复说。

"他的心跳正常。"寡妇用手按着他的胸口说。

"正常吗？"布瓦雷惊讶地说。

"跳得很好。"

"你觉得好？"布瓦雷问道。

"天呀！他好像睡着了。希尔微已经去请医生。你看，米歇娜小姐，他在吸乙醚呢，不，他是在扭紧（抽筋）。脉搏倒好，结实得像土耳其人，胸口的毛也多，可以活一百岁。他的假发没有掉，啊！是粘上去的。他头发原来是红的，据说红头发不是好人就是坏人。他大约是好人吧。"

"好得可以示众。"布瓦雷说。

"你的意思是说，可以始终得到一个漂亮女人的爱情吧！"米歇娜老姑娘激动地喊道。"去吧，布瓦雷先生。等到你们病了，照顾你们是我们女人的事。你现在能做的，就是出去散步。"她又加了一句，"在这里照顾这位亲爱的沃特能先生，有沃克大妈和我就够了。"

布瓦雷二话没说就悄悄地走了，像一只给主人一脚踢出去的狗。

拉思提雅出去走走，是想换换空气，公寓里太闷了。这件按时犯下的罪行，他本来想在头一天晚上阻止的，但是出了什么事？他该怎么办呢？他一想到自己等于是同案犯，就发抖了。冷血的沃特能更使他害怕。

"万一沃特能不说真相就死了呢？"拉思提雅心里想。

他穿过卢森堡公园的小路，好像后面有一群猎犬追踪似的，他似乎听得见犬吠声了。

"喂，"原来是卞雄在叫他，"你看了《向导报》没有？"

《向导报》是狄梭先生办的激进党报纸，在早晨出版后几小时之内就出外地版，登当天的新闻，比外地报纸要早二十四个小时。

"有一个大消息，"柯珊医院的实习医生说，"达伊夫的儿子和帝国禁卫军的方西尼伯爵决斗，被一剑刺中了头部，伤口有两英寸深。这一下小薇多琳要成为巴黎最有钱的新娘了。哼！谁料得到呢？生死真是一场三十对四十的赌博。听说薇多琳对你有情有义，可是真的？"

"不要说了，卞雄，我不会和她结婚的。我爱的是一个更有魅力的女人，而她也爱我呢。"

"你这样说恐怕是费劲不讨好吧。你说说看，哪个女人值得你放弃达伊夫的财产呢?"

"为什么魔鬼都缠住我不放?"拉思提雅喊道。

"那你又在缠住谁呢?你疯了吗?伸出手来!"卞雄说,"我来给你把脉。你是不是发烧了?"

"快去沃克大妈那里,"欧金对卞雄说,"该死的沃特能刚才晕过去了。"

"啊!"卞雄一听,丢下拉思提雅就走,"听你这样一说,我的疑心不是没有道理。我要去找证据。"

法学院大学生散步的时间很长,他的思考也很认真。他检查自己的良心。他擦掉心上的灰尘,检查自己,犹疑不决,但是他不肯自欺欺人,这一点经过了严酷的考验,就像百炼成钢一样。他想起了高里奥大爷头一天对他说的心里话,德尔芬在阿杜瓦街给他准备好了一套房间,于是他又拿出信来重新读了一遍,并且吻了吻信纸。

"这样的爱情才是我苦海的渡船。"他心里想,"可怜的老人心里受了多少苦啊!他从来不提他的痛苦。但是谁猜不到呢?好吧,我要像照顾父亲一样照顾他,要让他尽量过得快活。如果她真爱我,那她会时常到我这里来陪她父亲度过白天的。她的姐姐雷斯托伯爵夫人虽然高大,但是做人却不高尚,把父亲当做门房用。亲爱的德尔芬!她对老人家好多了,她才配得到我的爱。啊!今天晚上,我就要欢度良宵了。"

他拿出德尔芬送他的表来,赞赏了一阵子。

"一切顺利。只要两人永远相爱,就可以永远互助,我当然可以接受这件礼物。再说,我的目的一定能够达到,将来可以成百倍地给她回报。我们这种关系没有犯什么罪,即使用最严格的道德标准来衡量的人也不会皱一皱眉头。多少老实人都有这种联系。我们又没有欺骗人,欺骗说谎才会有损人格。说谎就是不敢承认事实。她和丈夫分居已经很久了。再说,我敢面对那个阿尔萨斯人说,既然你不能给妻子幸福,自己就该退让。"

拉思提雅内心斗争了很久。虽然胜利的最后还是年轻人的道德心。然而到了四点半钟天快黑的时候,他还是克制不住自己的好奇心,回到了打算永远离开的沃克公寓。因为他想知道沃特能死了没有。卞雄给沃特能灌了呕吐剂,并且把呕吐出来的东西送到医院去化验。看见米歇娜老小姐坚持要把呕吐物倒掉,卞雄的疑心就更有根据了。再说,沃特能也恢复得很快,使卞雄不得不怀疑这个喜欢打趣逗笑的公寓房客是不是受到了什么暗害。在拉思提雅回来的时候,沃特能已经站了起来,待在餐厅炉边。房客们关心达伊夫儿子决斗的消息,想知道决斗的详细情况,这对薇多琳的命运会有什么影响。除了高里奥大爷之外,大家都比平时早一点聚集在一起闲谈议论。欧金进来的时候,沃特能没事人一般瞧了他一眼,似乎看透了他的心思,害得他心烦意乱,甚至心惊肉跳。

"亲爱的小伙子,"逃犯对他说,"塌鼻子的死神老是找不到我。听这些太太小姐们说,我刚才又顶住了一场中风。连牛都挺不过来的。"

"啊!斗牛的人也斗不过病呀!"沃克寡妇叫道。

"你是不是不高兴看到我还活着?"沃特能对着拉思提雅的耳朵说,他似乎猜到了欧金在想什么。"那你真像魔鬼一样狠心了。"

"啊!说老实话,"卞雄开口了,"前天米歇娜小姐谈到一个外号叫做'骗得鬼相信'的人,我看这个外号安在你身上倒蛮合适。"

这句话在沃特能听来犹如一声霹雳,他立刻面色发白,身子晃动,有吸引力的眼睛好像太阳似的发出一道亮光,落在米歇娜老小姐身上,目光反映的强烈意志吓得老姑娘膝盖发抖,歪倒在一张椅子上。布瓦雷赶快走上前来,站在她和沃特能之间,他看出了她有危险。因为逃犯脱下了掩盖真情实性的假面具,露出了凶恶可怕的真面目。所有的房客还摸不清这演得是什么戏,都看得目瞪口呆。就在这时,听得见好几个人的脚步声,还有士兵的步枪撞击路面的响声。柯林习惯成自然地瞧瞧窗户和墙壁,想找一条出路。这时客厅门口出现了四个人。第一个就是治安警察局的局长,其他三个也是保安警官。

"以法律和国王的名义,"一个警官发话了,但他说的话淹没在房客们嘈杂的惊讶声中。

不久,餐厅就恢复了平静,房客们让这三个警官走了进来,他们的手都放在侧边的衣袋里,捏着上了子弹的手枪。两个跟着警官的宪兵把守餐厅的门,另外两个守住通往楼梯间的旁门。听得见好几个士兵的脚步声和步枪撞击门外石子路面的响声。"骗得鬼相信"要逃走的希望完全破灭了。大家的目光都不可抗拒地集中在他一个人身上。局长笔直向他走来,猛然在他头上打了一巴掌,把他的假发打落了,露出了柯林可怕的真面目。红砖似的短头发使他的性格显得坚强而又狡猾得可怕,他的头部、脸部和胸部搭配得很好,显得人很机灵,仿佛是地狱的火焰照亮了他的上身。大家都明白沃特能,他的过去、现在、未来,他的不可改变的主张,及时行乐的宗教,玩世不恭的思想和行为,把一切组织起来的力量,都给他建立了一个王国。这时,血涌上了他的脸面,他的眼睛闪闪发亮,好像一只野猫。他几乎要跳起来,动作狠而有力,声音咆哮如雷,房客都惊慌失色,吓得叫了起来。警察一见这狮子发威的姿态,趁着大家惊慌失措的时候,都拿出手枪来。柯林明白武器发亮的危险,立刻见风使舵,显示出人类的高智慧。场面凶险而又壮观!他脸部的表情瞬息万变,就像一锅翻山倒海的蒸汽碰到冷水立刻烟消云散一样。冷水就是他迅如闪电的反思。他立刻露出微笑,瞧瞧他的假发。

"今天不是你讲礼貌的日子啊。"他对治安警察局局长说。

他伸出双手,向宪兵点点头,让他们过来。

"宪兵先生,铐上我的双手十个指头吧。我请在场的人作证,我并没有抗拒。"

这个人的变化来得太快,像火山突然爆发,流出岩浆,吐出火舌,忽然一下又烟消雾散了。看得客厅里的人都惊叹不已。

"先生,你要使我落入你们的陷阱,我却割断了你们的罗网。"罪犯瞧着出名的执法警察局局长说。

"得了,自己把衣服脱了!"圣安妮小街的大人物目中无人地对他说。

"为什么?"柯林说,"这里还有妇女呢!我认罪了,并没有否认呀。"

他不说了,瞧瞧在场的人,像一个要发表惊人高论的演说家。

"你记录吧,拉夏泊老爸。"他对一个白发小老头说。老人在桌子的另一头坐下,从公文包里拿出刑事记录本来。"我承认我是雅克·柯林,外号叫'骗得鬼相信',判了二十年的徒刑。我刚才证明了我是名不虚传的说得警察都相信的犯人。假如我刚才一动手,"他对房客们说,"这三个家伙就会把我的葡萄血酒染红沃克大妈的三层楼。他们妄想要我落入圈套。"

沃克大妈听到这几句话觉得不是滋味。

"我的天哪!这要把好人都吓出病来了,我昨天还同他上快活戏院去了呢!"她对希尔微说。

"要讲道理,大妈!"柯林接着说,"难道昨天同我去了快活戏院就倒霉了?"他喊了起来,"难道你比我好?难道我肩头承受的罪过比你内心存储的罪过多得多?你们心里都是腐朽社会的污泥浊水。你们当中最好的人也不能和我们相提并论。"他的目光落在拉思提雅身上。他和善地微微一笑,这个笑容和他脸上的粗暴表情形成了鲜明的对比。

"我们的小买卖还是照常进行,我的天使,如果你接受的话,你知道。"

他又唱了起来:

> 我的芳西蒂多么迷人,
> 即使她只不过是单纯。

"不要为难了,"他接着说,"我会恢复原状的。他们太怕我了,不敢欺骗我的。"

监牢有它的做法和说法,笑脸突然变得可怕。有时高大,有时亲热,有时低级下流,这不仅是一个人的表现,而是一个民族蜕变的典型,既野蛮又文明,既粗暴又温和的变化体现在这一个人身上。一转眼的工夫,柯林变成了从地狱里出来的诗人,写尽了人间的各种感情,只不包括后悔。他的眼光像被逐出天堂的大天使一样需要斗争。拉思提雅低下头去,等于承认了他们不可告人的关系,想要弥补这个误入歧途的过错。

"哪一个人出卖了我?"柯林用可怕的目光扫视在场的人,目光落在米歇娜老小姐身上。

"啊!是你,"他对她说,"你这个假装好人的老坏蛋!你耍什么花招让我假中风的?这又怪了!……难道你不怕我说两句话,一个礼拜就可以要你的命?不过我不跟你计较,因为我是个基督徒。再说,也不一定是你出卖的我。那是谁呢?"

"啊!啊!你们在楼上搜查。"他听见警官在翻箱倒柜,就喊叫道。"鸟去巢空,你们能找到什么呢?我的账簿就在这里。"他说时拍拍脑袋。"我现在知道是谁出卖了我。恐怕是'丝一线'这个坏蛋吧。——对不对,捕头先生?"他问警察局局长。"这和我的钞票放在楼上的时间正好一样,不早不晚。现在钱没有了,我的监视人。至于'丝一线',不出一个月我就要叫他'啃土',即使你们出动全部宪警也没有用。——你们给了这个小米歇娜多少钱?"他问警员。"一千个金币?我不止值这个价钱吧,这个穿破衣烂衫的美人,圣椅公墓的爱神。如果你早点给我报个信,可以得到六千法郎。啊!你没有想到吧,你这个人肉贩子!否则,我还真愿意给你。对,只要给六千,可以免了旅途劳顿。奔波真不惬意,还得破财。"他在戴上手铐时说。"这些家伙拖延时间,折磨我,寻开心。如果他们早点把我送进监牢,我很快就可以恢复工作,司法部门的好汉也只能目瞪口呆。我的弟兄就是压得灵魂不能翻身,也要让他们的头头'骗得鬼相信'脱身,远走高飞!你们哪一个人像我这样富可敌国,有十万弟兄为我出生入死?"他得意扬扬地问道。

"这里有好东西,"他说时拍拍心口,"我从来没有对不起人!——喂,老妖婆,你看看他们,"他对老姑娘说,"他们看到我都害怕,你呢,他们看到你都讨厌。领你的赏钱去吧!"

他停了一下,看看房客们。

"你们怎么傻了!难道没有见过犯人?一个像柯林这样的现场犯人比别人骨头更硬,我敢挺身而出反对不公平的社会契约,我以身为卢梭的弟子为荣。总而言之,我敢一个人反对拥有一大堆法庭、宪警、大量预算的政府,我可以摆弄得他们团团转。"

"这个魔鬼!"画家说,"临摹下来会是一张名画。"

"告诉我,刽子手大人的侍从,寡妇台的台长,"(寡妇台是犯人给断头台取的诗意化的可怕的名字。)他转过身来对治安警察局局长说,"好伙计,告诉我是不是'丝一线'出卖了我?我不愿意冤枉好人,让他为别人偿命,那就不公平了。"

这时翻箱倒柜写好清单的警员下楼来了,并且低声对搜查队长说话。搜查也已记录在案。

"诸位先生,"柯林对房客们说,"他们要把我带走了。我住在这里的时候,大家对我都好,我也感激大家。到了南方监狱,我会给你们送无花果来的。"

他走了几步,又转过身来瞧瞧拉思提雅。

"再见,欧金,"他说话的声音温和而忧郁,和刚才突兀的议论形成了奇异的对比。"如果你有什么为难的事,我给你留下了一个靠得住的朋友。"

他虽然戴上了手铐,但是还能像剑术师一样摆出迎战的架势,口里

四　亡命之徒

数着："一，二。"两腿分开，一腿跨前，膝向前屈。

"万一碰到什么倒霉的事，你就可以去找他。人手和钱，都随你用。"

这个惊世脱俗的人物最后说的几句话似乎费解，不太正派，看来只有拉思提雅和他自己懂得。等到宪兵警员都离开了公寓，希尔微用酸醋擦擦沃克大妈的额头，望着惊魂未定的房客。

"这样看来，"她说，"他到底还是个好人。"

这场戏引起了丰富多彩的反应，在每个人心中都产生了迷离恍惚的印象，希尔微这句话却使大家如梦方醒。房客们你看我，我看你，片刻之间，目光都落到米歇娜老小姐身上。她瘦弱，干瘪，冷漠，像一个木乃伊蜷缩在炉边，眼睛望着地面，仿佛害怕帽檐遮不住她眼睛的表情似的。这张脸一致引起大家反感，忽然一下，大家恍然大悟，于是窃窃议论变成了异口同声的嘀咕，并且声音越来越响。米歇娜小姐也听见了，但是待在原地不动。卞雄第一个对坐在他旁边的人弯下腰来。

"要是这个老太婆还和我们同吃晚餐，我可要逃之夭夭了。"他低声说。

一转眼间，除了布瓦雷外，每个人都支持医学院学生的意见。卞雄有大伙撑腰，就朝着布瓦雷这个老房客走去。

"你和米歇娜小姐关系特别好，"他说，"请你转告她立刻走人。"

"立刻？"布瓦雷大吃一惊，重复着说。

然后他走到老姑娘身边，对着她的耳朵说了几句话。

"可是我已经交了房租，我出钱住房子，和大家一样。"她说话时像毒蛇一般瞪了大伙一眼。

"这不要紧，我们大家摊钱还你好了。"拉思提雅说。

"先生支持柯林，"她回嘴时狠毒而又盘问似的看了大学生一眼，"原因并不难猜到。"

一听见这句话，欧金跳了起来，似乎要扑上去掐死老姑娘。她阴险的目光也照亮了他自己可怕的内心。

"不要理她!"房客们叫了起来。

拉思提雅两臂交叉放在胸前,没有说话。

"老姑娘害人的案子应该了结一下吧。"画家对沃克大妈说,"如果你不赶这个米歇娜出门,我们大家都要离开你这个营盘,还会到处说你这里住的是奸细和罪犯。如果你让她走,我们就只当什么事都没有发生,除非犯人脸上打了烙印,谁能禁止他们化装成巴黎老百姓,到处吹牛说谎呢?其实,哪个人又不吹牛骗人?"

一听这番道理,沃克大妈奇迹一般恢复了健康,重新站了起来,两臂交叉放在胸前,张开了发亮而没有泪痕的眼睛。

"那么,亲爱的先生,你不是要我的公寓完蛋吧?沃特能先生刚刚……啊!我的天哪!"她打断了自己的话头,"我怎能不叫这个叫惯了的名字呢!你们看,"她接着说,"一套房间空了,你们又要我再空两套!在这个大家都租好了房子的季节,空房租给谁呢?"

"诸位先生,戴上帽子走吧,到大学广场'费不多'去!"卞雄喊道。

沃克大妈眼睛骨碌碌地一转,立刻打定主意跑到米歇娜小姐面前。

"好了,我亲爱的小美人,你不会希望我的公寓完蛋吧,嗯?你看这些先生把我逼得山穷水尽了。你就回到楼上去住一晚……"

"不行,不行!"房客们喊道,"马上就走!"

"她还没吃晚餐呢,可怜的好小姐。"布瓦雷哀求着说。

"管她去哪里吃呢!"好几个人说。

"走吧,黑心的女人!"

"走吧,黑心的男女!"

"诸位先生,"布瓦雷忽然一下来了劲,爱情使公羊也有狼性了。"请对妇女客气一点。"

"黑心不分男女。"画家说。

四　亡命之徒

"什么男女那末!"

"走吧那末!"

"诸位先生,这太不合规矩。要打发人家走,也得按规矩呀。我们付了房租,为什么要走呢?"布瓦雷说时戴上鸭舌帽,坐到米歇娜老小姐旁边的椅子上,听沃克大妈怎么劝老姑娘。

"你也学坏了,"画家演戏似的对布瓦雷说,"小坏蛋,走吧!"

"得了,你们不走,我们走啦!"卞雄说。

大伙都向客厅走去。

"小姐,你看怎么办?"沃克大妈喊道,"我要完了。你不能留下来。他们什么事做不出呢?"

米歇娜老小姐站了起来。

"她会走!——不会走!——她会走!不会走!"

大家七嘴八舌都包含着敌意,逼得米歇娜不得不走,她和房东商量好了条件,就要动身了。

"我要住到比诺大妈那里去。"她带着威胁的口气说。

"随你的便吧,小姐。"沃克大妈说。她讨厌比诺公寓,那是和她竞争的对头,选择这家公寓是要伤她的心。"去比诺公寓吧,那里的葡萄酒酸得连山羊喝了都会跳舞,吃的菜都是二手货。"

房客们不说话了,站在两边。布瓦雷依依不舍地瞧着米歇娜小姐,他犹疑不决,不知道是应该跟着走还是留下来。房客们看见老姑娘要走很高兴,你看我,我看你,哈哈大笑了。

"嘻!嘻!嘻!布瓦雷,"画家叫道,"嗨呵!嗨!"

博物馆馆员油腔滑调地唱起了一支出名的浪漫曲的头一句:

出发去叙利亚。

年轻漂亮的杜努瓦……

"得了，你羡慕得要死了吧。'各随所好！'"卞雄说。

"'各取所需'，这才是维琪尔这句诗的意思。"助理员说。

米歇娜小姐瞧着布瓦雷，做了一个姿态要挽他的胳臂。他不能拒绝这种光荣，赶快去搀老姑娘，于是爆发了一阵掌声和笑声。

"好极了，布瓦雷！……这个老布瓦雷！……阿波罗·布瓦雷！——马尔斯·布瓦雷！……勇敢的布瓦雷！"

这时来了个信差，把一封信交给沃克大妈，她读了信就瘫倒在椅子上。

"这一下我的房子遭上火灾了，真是祸从天降！达伊夫的儿子三个钟头前死了。不料报应却落到了我的头上，我本来是希望他的妹妹母女两人得到好处。现在谷杜尔太太和薇多琳却要搬到达伊夫先生家去住，谷杜尔太太留在薇多琳身边做伴。我这一下空了四套房间，少了五个房客了！……"

她坐下来好像要哭。

"这真是大祸临头了！"她叫起来。

一辆马车滚滚而来，忽然在街上停住了。

"又有什么帽子要落下来吗？"希尔微说。

忽然高里奥出现了，他容光焕发，兴高采烈，仿佛是脱胎换骨了一样。

"高老头坐马车？"房客们说，"那不是天翻地覆了吗？"

老好人一直向着欧金走去。大学生正坐在一个角落里沉思默想，高里奥却抓住他的胳膊。

"来吧。"他快活地对欧金说。

"你不知道这里出了什么事？"欧金对他说，"沃特能是个逃犯，刚刚受到拘捕，达伊夫的儿子死了。"

"去他们的吧！这和我们有什么关系！"高里奥大爷回答说，"我要和女儿一同吃晚餐,在你那套房子里,你听明白了没有?她正等着你呢。走吧!"

他使劲抓住拉思提雅的胳膊,逼着他一起走,好像在抢一个情妇似的。

"吃晚餐吧。"画家叫道。

这时,每个食客拉开椅子,各就各位。

"说来说去,"胖厨娘希尔微说,"今天真是倒霉,连我的四季豆烧羊肉也烧煳了。怎么办?只好请大家将就点,吃个羊肉锅巴凑合凑合。"

沃克大妈看见有十八个座位的餐桌只坐了十个人,再也没有勇气说话了。不过大伙倒设法来安慰她,使她高兴一点。一开始,包伙的客人谈的还是沃特能和当天发生的事,但是随着谈话转弯抹角,不久就谈起决斗、监牢、法庭、修改法律来了。后来越谈离题越远,和雅克·柯林、薇多琳和她的哥哥已经相距千里了。虽然他们只是十个人,但喊叫声抵得上二十个,听起来似乎比平时的人还多。这就是这顿晚餐和头一天的不同之处。这些各顾自己的食客慢慢又恢复了满不在乎的习惯,第二天又会在巴黎的日常事件中找到一些山珍海味来大饱口福。连沃克大妈也在胖厨娘希尔微的话里听出了一线希望,就慢慢地安静下来了。

五　高家二女

　　这一天直到傍晚时分，对于欧金来说，都是如梦似幻一般。虽然他性格坚强，心地善良，还是不知道如何理顺自己的思想才好。在马车上，他坐在高里奥大爷旁边，听他非常快活地谈个没完没了。但是在情绪波动之后，欧金听到的却像是睡梦中朦朦胧胧的声音。

　　"上午的事都做完了，我们三个一起吃晚餐，一起吃！你明白吗？我有四年没有同我的女儿德尔芬一起吃晚餐了，我的小德尔芬。今天从早上起，我们就在你那套房子里。我脱了上衣，忙得像个小工。我帮搬家具。啊！啊！你不知道她在餐桌上多么温存体贴，她会对我说：'来，爸爸，吃点这个，这好吃。'于是我反而吃不下了。啊！多久我没有这样和她在一起，而今天我们要在一起了！"

　　"难道，"欧金问他，"今天是天翻地覆了？"

　　"天翻地覆？"高里奥大爷说，"再怎么翻覆也没有今天这样好。我在街上到处都看见笑脸，人人都互相握手拥抱，快快活活好像都要到女儿家去吃晚餐似的。我要好好地大吃大喝一顿，而这顿晚餐是我的女儿当我的面在英国咖啡馆预定的。经过了她的手，苦瓜也要变得甜如蜜了。"

　　"我想，那不像是死而复生了吗？"欧金说。

　　"快点走吧，马车夫！"高里奥大爷推开前面的窗玻璃说，"快点走吧！如果你在十分钟内赶到，我给你一百个苏的小费。"

　　车夫一听有赏，马上风驰电掣穿过巴黎。

　　"怎么老是不到，这个车夫！"高大爷说。

　　"你带我到哪里去呀？"拉思提雅问他。

"到你住的地方去。"高大爷答道。

马车到了阿杜瓦街停下,老好人先下车,只给了马车夫十个法郎,却好像是已经挥霍无度了。

"到了,进去吧。"他对拉思提雅说。他带他穿过院子,到了一座漂亮的新房子前面,再上到三楼一套房间的门口。

高大爷用不着拉响门铃,纽沁根夫人的女仆特莱芝就来开门了。欧金看见自己进了一套小巧玲珑的单身住房,有前厅、小客厅、卧室和俯瞰花园的小书房。小客厅的家具和装饰品比得上最漂亮最讲究的摆设。在烛光的映衬下,德尔芬从炉边一张双人密谈的沙发上起来,把隔热的屏风放到壁炉前面,用非常温柔的声调对他说:

"难道你这样不明白事理,要去请你才来?"

特莱芝出去了。大学生把德尔芬紧紧地抱在怀里,快活得流下了眼泪。一天之内,他眼前看到的和公寓里的情景形成了鲜明的对比,使他不能不心潮起伏,犹如波涛汹涌一般。

"我了解他是爱你的。"高大爷低声对女儿说,而欧金却躺倒在双人沙发上,一句话也说不出来,更不明白什么魔杖变出了这个妙境。

"你来看看。"纽沁根夫人拉着他的手对他说,她把他领到一个房间里,房里的地毯、家具和摆设的细枝末节都会使人想起德尔芬的卧室,只是稍微小一点而已。

"这里还少了一张床。"拉思提雅说。

"不错,先生。"她说时脸红了,并且紧紧地握着他的手。

欧金瞧瞧她,他虽然年轻,依然看出了一个内心真正钟情的女人还是会害羞的。

"你是一个永远值得爱恋的年轻人,"她对着他的耳朵说,"真的,我敢对你这样说。因为我们互相了解,爱情越真诚越强烈,就越应该含蓄隐蔽,不应该向外人泄露内心的秘密。"

"啊！难道我也是外人吗？"高大爷嘀咕着说。

"你当然知道你就是我们……"

"啊！这就对了。你们对我不会见外的，是不是？我会来无影去无踪，像个自由神，无所不在。但是你们都视而不见，哎！小德尔芬，小芬，小德尔！难道不是我告诉你'阿杜瓦街有一套新房子，你要为他摆上新家具'的吗？开始你还不太愿意，又是我给了你快乐，正如我给了你生命一样。父亲总是永远要给予的，只有给予才能得到幸福。永远给予吧！这就是父亲为什么成了父亲的缘故。"

"怎么？"欧金问。

"是这样，开始她不愿意，怕人家说闲话，仿佛人家的闲话比自己的幸福还更重要似的。她不知道女人做梦也想像她那样……"

高大爷一个人自言自语，纽沁根夫人却领着欧金到书房去了，只听见他们轻轻的接吻声。书房的雅致不亚于客厅，房里什么也不缺少。

"我们是不是猜到了你的愿望？"她回到客厅吃晚餐时说。

"太好了，"他说，"豪华得无所不有，美梦成了现实，青年时代高雅生活的诗意随时在流露，只是我觉得我还不配享受，因为我现在太穷……"

"啊！啊！你不领我的情。"她说时半认真半开玩笑地撅了撅美丽的嘴唇，女人常用这种可以随意解释的姿态来消除男人的顾虑。

这一天，欧金也进行了认真的反思和盘问，沃特能被捕更使他看到自己几乎陷入的深渊，这反倒加强了他高尚的感情和细致的理性，他坚持宽容大方的思想，不肯因为甜言蜜语或物质享受而有所退让。他觉得自己已经陷入了深沉的悲哀之中。

"怎么，"纽沁根夫人说，"你不肯接受？你知道不接受是什么意思吗？你是在对前途表示怀疑，表示你不敢和我结合。难道你害怕会对不起我的感情？如果你爱我，如果我……爱你，为什么这样一点微薄的礼物都不敢接受？如果你知道我多么高兴为你忙碌地布置这套单身房间，你就不会有什么怀疑。你就会向我道歉了。你有钱放在我这里，我为你把钱花了，事情就是这样。你以为不接受表示你高大，反倒说明了你的心地狭窄。其实你要求的还不止这些……（啊！她说时看到欧金眼中闪烁出一道热情的目光）那就何必装模作样，反而弄巧成拙呢？如果你不爱我，那好，你就不要接受吧。我的命运就看你这一句话了，你说吧！——不过，父亲，你能不能给他讲讲道理？"她停了一下，转过身来对她父亲说。"难道他以为我们的名誉是不关痛痒的事吗？"高里奥大爷看着听着这好玩的拌嘴，露出了一丝苦笑，仿佛被无毒蛇咬了一口似的。

"小伙子，你正在人生的入口处，"她抓住欧金的手说，"你碰到了许多人都无法逾越的障碍。但有一个女人向你伸出手来，而你却向后退缩了。不过你会成功的，你会有光辉的前途，'胜利'二字已经写在你的前额上了。难道你就不能将来偿还我今天借给你的钱吗？古代美人把全副武装，宝剑，头盔，锁子甲，千里马，都赏给自己的骑士，让他们以美人的名义去战斗，去比武。那么，欧金，我给你的礼物就是当代的武器，就是你功成名就所不可缺少的工具。你现在住的小楼如果只像爸爸住的房间倒也不错！怎么？我们难道谈得不吃晚餐了？难道你要我难过吗？回答我呀！"她说时摇摇他的手。——"我的天哪！爸爸，你来要他下决心吧。否则我要走了，再也不见他了。"

"我来帮你下决心吧，"高大爷从精神惶惑中惊醒过来，对欧金说，"我亲爱的欧金先生，你要向犹太人借钱吗，是不是？"

"那是迫不得已的事。"他说。

"好，说了算数。"老好人接着说，并且拿出一个用旧了的钱夹子来。"好，我就来做犹太人。账单是我付的，这些家产用不着你付一个苏。再说，这也不是个大数目，最多不过五千法郎罢了。就算是我借给你的，我不是女人。你随便在一张纸上写个借条，将来还我就是了。"

欧金和德尔芬的眼泪闪闪发亮，快要流出来了。他们惊讶地互相瞧了一眼，拉思提雅向老好人伸出手来，紧紧地握着他的手。

"这没什么，你们不是我的孩子吗？"高里奥说。

"唉，可怜的爸爸！"纽沁根夫人说，"你哪里来的钱呀？"

"啊！你问得好。"他回答说，"你同意我说的，把他留在身边，我看见你忙着买东西，好像办嫁妆一样，我就想到你会有困难的。诉讼代理人认为要你丈夫归还财产的官司可能要打六个多月。我只好卖掉我一千三百五十金币的终身年金，拿出一万五千法郎，存了一千二百法郎有担保的终身年金，剩下的钱就为你们付账了，我的孩子。我在你们楼上租了一个房间，每年付五十个金币，我每天只要花四十个苏，就可以过得像王爷了，而且还会有富余呢。我什么也不缺，几乎不用添加衣服，半个月来，我心里笑着想：'他们该快活了！'难道你们不快活吗？"

"啊！爸爸，爸爸！"纽沁根夫人向父亲扑了过去，他就把她抱在怀里，让她坐在他的膝上。

她吻遍了他的老脸，她金黄的卷发抚摩着他的脸颊，晶莹的泪珠洒在他眉开眼笑、容光焕发的面孔上。

"亲爱的父亲，你真是一个父亲！不，世界上哪里有第二个像你这样好的父亲。欧金已经很爱你了，现在怎能不更爱呢！"

"那么，孩子们，"高大爷说，他已经有十年没感到女儿和他心连心了，"那么，小德尔芬，你要叫我快活死了！我的心里容不下这么多蛮不讲理的快活，怕会爆炸。欧金先生，你欠我的债已经还清了！"

老人紧紧地拥抱他的女儿，他心里容不下的快活也爆发出来拥抱她，压力太大了。

"啊！你把我压痛了。"

"我把你压痛了。"他顿时脸色发白。

他带着非常痛苦的神情瞧着她。要画出这位慈父般的耶稣基督的面容,一定要找到那位描绘救世主受难图的大画家才行。高大爷非常温柔地抚摸着他的手指刚刚揉抱得太紧的腰肢。

"不,不,我没有压得你太难受吧?"他微笑着问她,"倒是你刚才的叫声吓得我难受了。其实,我花的钱还多着呢!"他小心翼翼地吻了女儿的耳朵,再低声说,"不过,一定要瞒着他,否则,他会不高兴的。"

老人对女儿的无限忠诚使欧金呆若化石。年轻人瞧着老年人,流露出天真的崇敬,在青年时代,那就等于信仰。

"我一定要对得起你们。"他高声说。

"我的欧金,你刚才说得好。"纽沁根夫人吻了大学生的额头说。

"他为了你拒绝了达伊夫小姐和她的百万家财。"高大爷说,"对,那位小姐也是爱他的,她的哥哥一死,她就成了名副其实的千金小姐了。"

"啊!为什么要谈她?"拉思提雅喊道。

"欧金,"德尔芬对着他的耳朵说,"我觉得今宵只有一件憾事。啊!我多么爱你,我永远爱你。"

"自从你们出嫁以后,今天是我过得最美好的一天!"高大爷高声说,"老天爷要我受苦,我也心甘情愿,只要这个苦不是你们给我受的。我会说:'今年二月,我享受了最幸福的时刻,那是别人一辈子也梦想不到的幸福。'——你们瞧我,小芬!"他对女儿说,然后又问欧金,"她非常漂亮,是不是?告诉我,你见过这样的美色,这样的小酒窝吗?没有!不是这样吗?那好,这个人人爱的仙女是我的女儿,从今以后,只要你给她幸福,她还可以更幸福一千倍。我可以入地狱,我的邻人,"他说,"如果你需要我在天堂的位子,我也可以让给你。吃晚餐吧,吃吧!"他接着说,但不知道自己说了些什么。"一切都是我们的。"

"可怜的爸爸!"

"你知道,孩子,"他站起来向她走去,捧起她的头来,吻她发辫分开的地方,"你多么容易使我快活啊!只要偶尔来看看我,我就住在楼上,只消走一步就到了。答应我吧,说!"

"好,亲爱的父亲。"

"再说一遍。"

"好,我亲爱的父亲。"

"不要说了。如果我接着听下去,我会要你说一百遍的。吃晚餐去吧。"

整个晚上过得像小孩子在玩游戏,而高大爷并不是三个人当中胡闹得最少的一个,他躺在女儿脚下,亲她的脚。他一直瞧着她的眼睛,他用头磨蹭她的裙子。总而言之,他干的尽是最温柔的年轻情人干出来的傻事。

"你看见没有,"德尔芬对欧金说,"和父亲在一起,得一切都顺着他,有时并不太方便。"

欧金已经有好几次对老人感到妒忌了,所以觉得这话没有什么不对,而这就蕴藏着子女为什么不知恩图报的道理。

"这套房间什么时候能用?"欧金看了看房子说,"今晚还得分开吗?"

"是的,不过明天你来晚餐,"她意味深长地说,"得去意大利剧院了。"

"那我去买正厅后排的便宜座。"高大爷说。

时间已经是半夜了。纽沁根夫人的马车在门外等着。高大爷和大学生回到沃克公寓,一路上谈德尔芬,越谈越带劲,像是两种强烈的感情在进行难得一见的战斗。欧金不能掩饰自己感到的意外,他发现父爱没有受到个人利害得失的污染,无论是时间的持久性还是空间的广阔度,都超过了自己的爱情。对父亲来说,偶像永远是纯洁而美好的,过去的一切和未来的一切都能增加感情的深度。回到公寓,他们看到沃克大妈孤独地坐在炉边,两旁待着希尔微和克里斯托夫。老寡妇就像战败的罗马大将在凭吊迦太基的废墟遗迹,她在等候最后的两个房客回来时,向希尔微倾吐心中的苦水。虽然英国的拜伦用美丽的诗句描写了意大利诗人塔索的悲哀,但是若以真实性的深度而论,恐怕还比不上沃克大妈的悲叹哀怨。

"明天早上只要做三杯咖啡就够了,希尔微,唉!我的公寓没人住了,这不叫人伤心吗?没有房客的日子怎么过呀?简直不是生活。生活中不能没有人,房子里不能没有家具。我什么事得罪了老天爷,才引来这些灾祸呀!我们准备的土豆和豆角够二十个人吃。警察一来,我们只好顿顿都吃土豆。克里斯托夫也只好辞掉了。"

克里斯托夫在打盹,听见他的名字,忽然惊醒,就问:

"大妈?"

"可怜的小家伙,就像一条看门狗。"希尔微说。

"现在是租房的淡季,大家都住定了,哪里会从天上掉下房客来?我的头都发昏了。米歇娜这个巫婆居然能把布瓦雷带走!她用什么巫术使这个男人跟在她屁股后面转,就像一只哈巴狗似的?"

"啊!天晓得,"希尔微摇头晃脑地说,"这些老姑娘知道的鬼名堂可多着呢!"

"可怜的沃特能先生,他们说他是逃犯。"寡妇接着说,"哼,希尔微,那太过分了,我怎么能相信呢?一个这样快快活活的人,每个月喝白酒加咖啡要花十五个法郎,付起账来像手指上带了红宝石似的,从不拖欠。"

"他很大方。"克里斯托夫说。

"可能逮捕错了。"希尔微说。

"不过他自己也承认了。"沃克大妈说,"而这些事都发生在我这里,在一个猫不捉老鼠的街区!说老实话,我这不是做梦吧。因为,你看,我见过路易十六梦想不到的下场,拿破仑皇帝上台又下台,所有这些倒霉的事,都有个道理可以讲。但是有什么理由要让一个平民公寓走霉运呢？我们可以没有国王，但是总要吃要住呀；一个官方家的老实女人每天早餐晚餐都用好东西来款待客人，这有什么错呢？除非是到了世界末日……不错，这就是世界末日了！"

"你想想看，是米歇娜老小姐给你带来了灾难，据说她倒反而可以拿到一千金币的年金了！"希尔微喊道。

"不要提了，那是个杀人不见血的罪人！"沃克大妈说，"这还不够，她还要住到比诺公寓去！那还有什么事做不出来的呢？她一定做过吓人的事，有过命案，偷过东西。倒是她应该进监牢，不是那个可怜的好人……"

这时，欧金和高里奥大爷拉响了门铃。

"啊！两个靠得住的人回来了。"寡妇叹了一口气说。

这两个靠得住的房客对平民公寓发生的悲剧却只有模糊的印象，他们并不讲究客套，就对房东大妈说，他们要搬到安丹富人区去了。

"啊！希尔微，"老寡妇说，"这是我最后一张王牌了。——两位先生，你们这一下可是要了我的命，打在我的肚子上了，真是当头一棒。这一天让我老了十岁。我真要发疯了，说心里话！这么些豆角给谁吃呀？——那好，既然只剩下我一个人，克里斯托夫，明天你也走吧。——再见了，诸位先生，祝你们晚上好！"

"她怎么啦？"欧金问希尔微。

"天哪！出了这么些事之后，大家都搬走了，她怎能不头痛脑涨呢？你听，她是不是哭了。痛苦能哭出来也好。自从我到她这里来，这还是头一次看见她流眼泪呢。"

第二天，用沃克大妈自己的话来说，她到底把道理想通了。如果说她显得痛苦是因为失掉了房客，因为生活搞得乱七八糟，但她的头脑还是清醒的，她明白真正的痛苦，深刻的痛苦，只不过是自己的利益受到损害，自己的习惯遭到破坏而已。一对情人分别时依依不舍的目光，比起沃克大妈离开没有食客的餐桌时的表情，似乎大妈的痛苦超过了情人。于是欧金赶快安慰大妈说：几天之后，卞雄就在医院实习期满了，他一定会来住欧金这间房子的；博物馆馆员也多次表示过喜欢谷杜尔太太那套房间，所以她不必担心没有房客，不久之后，她的空房就会住上新客人的。

"但愿上帝听你的话，亲爱的先生！不过，灾难已经临头，十天之内，你看死神会不会降临？"她阴沉沉地看了客厅一眼。"不知道又该谁遭殃？"

"还是搬家的好。"欧金低声对高大爷说。

"大妈，"希尔微慌张地跑来说，"我已经三天没有看见大灰猫了。"

"哎呀！要是我的猫死了，要是它离开了我们，那我……"

可怜的寡妇没有说完，她就双手交叉，倒在椅背上了，仿佛经受不住这个预兆的打击。

中午时分，邮差来到先贤祠地区，交给欧金一封信。信封非常讲究，火漆上还盖了玻瑟昂家的纹章。信封内有一张请帖，邀请纽沁根夫妇参加一个月前宣告的，在子爵府举行的盛大舞会，请帖上还有给欧金的附言：

> 先生，我想你会乐意代我向纽沁根夫人表达我的心情；送上你要我发出的请帖，我很高兴认识德·雷斯托夫人的妹妹。请把这位美人带来，但是请她不要占了你的全部感情，因为你还欠我的情呢。
>
> 　　　　　　　　　　　　　　　德·玻瑟昂子爵夫人

"看来，"欧金读了两遍附言之后心里想道，"德·玻瑟昂子爵夫人并不欢迎德·纽沁根男爵。"

他立刻去德尔芬家,非常高兴能够给她带来有偿的欢乐。纽沁根夫人正在浴室。拉思提雅在小客厅等候,这个热情的年轻人急于占有一个朝思暮想达一年之久的情人,自然会有迫不及待的感觉。这是年轻人一生中难有两次的感情。第一个女人味十足,值得男人眷恋的女人,这就是说,一个得到巴黎社会承认的光艳夺目的女人,对他说来,总是天下无双的。巴黎的爱情和其他地方的爱情不同。无论男女,听到那些感情与金钱无关的装饰门面的空话,没有一个会上当受骗的。在这个地方,女人不但要满足男人的心灵和肉体,还有更重要的义务,那就是满足生活中成千上万的浮华虚荣感。这时爱情主要成了吹嘘捧场,厚颜无耻,铺张浪费,招摇撞骗,讲究排场。如果路易十四宫廷的女人都羡慕国王的情妇,因为她使国王为了讨好他们的私生子,甚至不惜撕破他价值千金的彩袖,那对别人还有什么要求可提呢?要年轻,要富贵,如果可能,多多益善;如果你在女神龛前烧香越多,女神对你就会越发宠爱(如果你有一个女神的话)。爱情是一种宗教,信这种宗教付出的代价比其他宗教都高得多,并且来得快,去得快,简直像个顽童,一路上还要带来破坏。感情这种奢侈品是穷人的诗歌,没有这种奢侈品还有什么爱情?如果巴黎这部严格的法规有什么例外的话,那就是在孤独的生活中,在社会上不随波逐流的心灵里,这些人生活在一清见底,瞬息消逝,却又源源不断的泉水旁;他们热爱绿荫,喜欢倾听无限世界的语言,这种语言无所不在,也在他们心里。他们对世俗的语文不满,在耐心等待时机,可以远走高飞。但拉思提雅像大多数年轻人一样,提前尝到了做大人物的甜头,想要全副武装进入人生的比武场;他已经感染了战斗的狂热,也许自觉有取得胜利的力量,但是不知道为什么,也不知道怎么样才能实现自己的雄心壮志。如果没有纯洁而神圣的爱情来充实生活,那么,渴望得到权力也可以使生活美好,但要摆脱个人的利害得失,而以国家的伟大事业为重。但是大学生还没有通观人生全程的能力,达到作出正确判断的地步。直到目前,他甚至还没有完全摆脱青年时代甜蜜而新鲜的魅力,这种魅力像绿荫一般笼罩着外地少年的青春。他老是犹疑不决要不要跨过巴黎的无忧河。虽然他的好奇心强烈,但内心深处还是保留了青年时代对古堡生活的眷恋。然而,头一天到了他那套新房,他最后的顾虑还是烟消云散了。他原来在精神上享受了出身贵族的好处,现在又在物质上得了钱财的利益,所以他已经脱离了外省人的躯壳,轻松愉快地在新环境中建设美好的未来了。因此温情脉脉地坐在这个可以说是自己的小客厅里等待德尔芬,他发现自己已经远远不是去年初到巴黎时的拉思提雅了。从道德的视角来检查自己,他也问自己是不是前后判若两人。

"夫人回房间了。"特莱芝来告诉欧金,打断了他的沉思默想。

他发现德尔芬横坐在双人沙发上,鲜艳如花,悠闲自在。看见她这样双腿横陈、罗衣似浪,不由人不想起印度的花中有果,果在花中。

"看,我们不是又在一起了吗?"她心有所感地说。

"你猜,我给你带来了什么?"欧金在她身边坐下,拿起她的胳臂,吻她的手。

纽沁根夫人看了请帖,做出一个满意的手势。她水汪汪的眼睛转向欧金,双手抱住他的脖子,心满意足地把他拉到身边来。

"是你,你,"她对着他的耳朵说,"特莱芝在洗手间,说话要小声点!是你给我带来了幸福。是的,我说这是幸福。你带来的幸福,难道还不是自尊心的胜利吗?没有人肯领我进入上流社会。此刻,也许你会觉得我微不足道,轻浮浅薄,像一般的巴黎女人。但是,我的朋友,你要想到,我是可以为你牺牲一切的,而我为什么这样热烈地希望进入圣日耳曼区的上流社会,也是因为你在那里。"

"你不觉得,"欧金问道,"玻瑟昂夫人的意思似乎是说:不打算在舞会上见到纽沁根男爵。"

"我看是的,"男爵夫人把请帖还给欧金时说,"巴黎的女人有天才,客客气气地做不客气的事。不过没有关系,我会去的。我姐姐也会去,听说她正在精心准备服装呢。欧金,"接着,她又低声说,"她去是想消除流传的风言风语。你没有听说吗?纽沁根今天早上告诉我,圈子里的人昨天已经毫无顾忌地议论开了。天哪!女人的名誉,家庭的名誉,靠的是什么?姐姐的糟糕事使我也受到了连累,甚至伤害。特拉伊先生的借票据说多达十万法郎,并且都到了期。他就要官司缠身了。万般无奈,我姐姐只好把钻石都卖给犹太人,这些漂亮的钻石你可能见她戴过,那是雷斯托的母亲传给她的。总而言之,两天来谈的尽是这件事。我想安娜斯达茜要穿金光灿烂的礼服,戴上她的钻石,在玻瑟昂夫人的舞会上大出风头,引人注目了。不过我不愿意甘居下风,而她却总想把我压在她的脚下。她从来没对我好过,虽然我帮过她很多忙,在她缺钱的时候,我总借钱给她。不谈这些了,今天我要快快活活地过上一夜!"

直到清晨一时,拉思提雅还在纽沁根夫人家。夫人和情人道别时毫不吝惜时间,道别充满了再见的欢乐,但夫人说话却显得忧郁。

"我很害怕,也很迷信,随便你说是什么心情都行,反正我一想到这次幸福的代价可能是不幸的灾祸,就会心惊肉跳。"

"别孩子气!"欧金劝她说。

"啊!今晚该轮到我孩子气了。"她笑着说。

欧金回沃克公寓去,以为第二天一定会搬家,于是一路上沉醉在美梦中,嘴唇上还遗留着幸福的滋味,年轻人都是这样。

"怎么样?"高里奥大爷看见拉思提雅走过门口时问道。

"明天再跟你说。"欧金答道。

"明天全说,对不对?"老好人高声说,"睡觉去吧。明天我们要开始幸福的生活了。"

第二天,高里奥和欧金只等人来搬家,就要离开平民公寓,不料中

五　高家二女

午时分,圣贞妮薇芙新街上响起了马车声,马车停在沃克公寓门口。纽沁根夫人下了马车,问她的父亲是不是还在公寓里,听到希尔微的肯定回答,她就走上楼去。欧金也在房里,他的邻人却不知道。吃午餐时,他托高大爷代他搬运行李,然后四点钟在阿杜瓦街会面。老好人去找搬运夫的时候,欧金赶快去学校答了一个"到",不等人看见,就回公寓来和沃克大妈算账,他不想麻烦高大爷,怕他自作主张,替他把账付清。偏偏房东大妈出去了。他又回到楼上他的房间里,看看有没有遗漏什么东西,这一下回来得好,他在抽屉里发现了沃特能给他的那张空白支票,那是他还清欠款时满不在乎地留下的。因为找不到火,他正想把支票撕成碎片,忽然听到德尔芬的声音,就不声不响地站住来听,以为她并没有什么要瞒他的事。不料一听之下,他发现父女之间的谈话和他关系重大,不得不听下去。

"啊!父亲,"她说,"怎么老天没有早点叫你想到替我追究财产的事,弄得我现在要破产了?我说话没有人听见吧?"

"现在不会有人在家。"高大爷说话的声音变了。

"你怎么啦,父亲?"纽沁根夫人问道。

"你这是,"老人答道,"一斧头劈到我的脑门上了,老天原谅你吧,孩子!你不知道我多么爱你,要不然,怎么会突然说出这种话来?事情并不是不可救药啊。到底出了什么紧急的事,叫你这个时候到这里来找我?我们不是过一会儿就要在阿杜瓦街见面的吗?"

"唉!父亲,出了大事,谁还能考虑一开始该做什么呢?我已经要发疯了。你的代理人发现了祸事就要发生。你做生意的经验很有用处,我怎能不来找你呢?就像一个快要淹死的人,看见一棵树的树枝,怎能不抓住呢?你的代理人德维尔先生看出纽沁根在耍各种花招来对付他,就说要向法院起诉,院长很快就会批准分产的要求。纽沁根今天早上来问我是不是要他破产,同时也造成我自己的破产?我回答说,我不懂这一套，只知道我有我的财产，要由我自己管，至于财产纠纷，那要找我的诉讼代理人。在这方面我一点都不懂，也不可能解决任何问题。这不是你告诉我如何对付的办法吗？"

"不错。"高里奥大爷答道。

"那好，"德尔芬接着说，"他告诉我他做生意的情况。他把他的资金和我的资金全都投入到刚刚开办的企业中去了。如果我一定要回我的陪嫁，他就只好到法院去宣布破产，并且递交资产负债账目；如果我肯等上一年，他用名誉担保，他会双倍甚至三倍偿还我投入房地产的资金，那时，我就可以管理我的全部财产了。亲爱的父亲，我看他是真诚的，我听得都害怕了。他求我原谅他的所作所为，答应给我自由，允许我随意行动，只要我让他全权管理我名下的财产。为了证明他的诚意，他答应随时让德维尔先生检查关于产权的文件。总而言之，他捆住了自己的手脚听我发落。他还要求我再当两年家，但是花钱不要超过他规定的限度。他向我证明他的作为只是为了顾全面子；他的舞女已经打发走了；他不得不严格控制自己，暗中节省，一直等到他的投机事业如期完成，而不损害他的信誉。我对他不客气，也不相信，总是一查到底，好多了解情况；他给我看账簿，最后，他甚至哭了。我从来没见过一个男人落到这种地步。他已经失去了理性，甚至说要自杀，胡言乱语，听得我都可怜他了。"

"你相信他的胡说八道吗？"高里奥大爷喊道，"他是在演戏！我碰到过德国的生意人，他们表面上几乎都靠得住，说话都信得过，但一揭穿他们老实坦诚的外表，就露出了他们诡计多端、招摇撞骗的本来面目，并且比别人更狡猾阴险。你的丈夫在利用你的无知，他给逼得无可奈何的时候就会装死。他用你的名义比用他自己的更容易弄虚作假，他要利用这个机会把你做他的挡箭牌，好处归他，坏处归你。他既狡猾又阴险，是个坏蛋。不行，不行，我不能在进坟墓之前让我的女儿受到损害。我

五　高家二女

还会做生意。他说他把资金投放到企业上去了；那好，他应该有证券、借据、合同等！让他拿出来清算一下。我们要找机会，要有追认的权利，说明这是德尔芬·高里奥的财产，是和纽沁根男爵的财产分开的。那家伙难道把我们当傻瓜吗？难道他以为我能够让他剥夺你的财产，你的面包吗？不行！一天，一夜，两个钟头都不行！如果他的阴谋得逞，我还能活下去吗？不行！我四十年来背着面粉，风里来，雨里去，一辈子为你们操劳，我的天使，你们使一切劳累都变得轻松了；但是今天，怎么能让我的财产、我的生命，都化为云烟呢？这真气死我了。我发誓，无论上天下地，都要搞个一清二楚，要把账目、资金、企业，查个清清楚楚！如果不能证实你的财产没有损失，我能上床睡吗？睡得着吗？吃得下吗？谢天谢地，你的财产和他的分开了，你有德维尔先生做你的诉讼代理人，幸亏他靠得住。老天在上，要是你这一生保不住你的百万家产，五万终身年金，那我要闹得整个巴黎天翻地覆。嘿！嘿！如果法院让我们受损失，我就要告到国会去。只有你在钱财方面安全无事，无忧无虑，我才能够心安理得，没牵没挂。钱就是生命。有了钱，什么都好办。这个阿尔萨斯的死胖子唱什么高调？德尔芬，对这个大坏蛋一点不能让步，他会给你戴上锁链，使你痛苦。如果他要你帮忙，我们得赶快跑掉，让他一直向前追赶。天哪！我的头起火了，有什么东西烧起来了。我的德尔芬怎么能穷得睡草垫子呢！啊！我的芬芬，你！糟了，我的手套呢？得了，我们走吧！我要马上把一切都看清楚：账簿，营业，钱箱，邮件，没有亲眼看见，不能证明你的财产没有危险，我怎能放心呢！"

"亲爱的父亲，这事要谨慎！如果你露出一点报复的意思，显出一点报复的念头，那我就要完了。他了解你，他认为我听了你的话，担心我的财产，那是非常自然的事。不过，我敢发誓，他要亲手抓住我的财产，抓住不放。他这个人会拿了全部资金，丢下我们逃之夭夭的。这个杀人不见血的凶手！他知道我不会损害自己的名誉去追究他。他有软硬两手。

我全面考虑过，如果我们追究到底，自己也要破产。"

"难道他是个大骗子？"

"是的，父亲。"她说时倒在椅子里哭了。"我不敢告诉你，怕你因为我嫁错了人而难过！他秘密的生活和良心，精神和肉体，都是完全一致的！真是可怕；我既恨他，又瞧他不起。真的，听了他说的这些话，叫我怎能尊重这个人呢！一个这样玩弄商业手腕的人，是一点也不会考虑别人的。我害怕，正是因为我看透了他的心。他是我的丈夫，他直截了当向我提出给我自由，你知道这是什么意思。如果出了祸事，他就要利用我做他手上的工具，一句话，要我代他受过。"

"那还有法律呢！还有断头台呢！那不是对付这种女婿的吗？"高大爷高声说，"如果找不到刽子手，我可以自己来当。"

"不行，父亲，没有法律能对付他。听他自己说的话，如果不转弯抹角，那就是说：'如果我完了蛋，你也就会破产，身无分文，因为我除了你以外，没有别的合伙人；所以你只有让我干下去，办好我的企业。'这还不清楚吗？他还用得着我。我不贪财，这点他很放心；他知道我不会要他的财产，只想保住自己的就够了。我们的结合是不清白的，有点偷偷摸摸，我不得不答应他，否则我也就要破产。他收买了我的良心，付出的代价是让我和欧金自由交往。'我允许你犯错误，你得让我犯罪，害得那些可怜人倾家荡产！'这话说得还不清楚吗？你知道他经营的是什么？他用他的名义买进土地，找些小商人在空地上盖房子。这些人给房屋营造商订了分期付款的合同，却把房屋低价卖给我丈夫，然后向受骗的营造商宣布破产，不再付给欠款。纽沁根的招牌使营造商眼花缭乱，上当受骗，这是我知道的。我还知道，为了在必要时可以证明他已付过大宗款项，他把巨额证券存在阿姆斯特丹、伦敦、拿坡里、维也纳。我们怎么收得回来呢？"

欧金听见"扑通"一声，大概是高大爷的膝盖跪在他房间的砖地上了。

"天哪！我做错了什么事，让我的女儿落到这个家伙手里！他想什么，就要我女儿给他什么。——对不起，我的女儿！"老人喊道。

"是的，如果我陷入了深渊，也许和你的错误有关系。"德尔芬说，"我们出嫁的时候，考虑都不周到！我们了解这个世界，买卖，男人，品德吗？父亲应该为子女着想。亲爱的父亲，我这不是怪你，请原谅我这样说。其实都是我的错。不，不要哭了，爸爸。"她说时吻着父亲的额头。

"你也不要哭了，我的小德尔芬。我要吻掉你眼睛里的泪水。得了，我要清醒清醒我的头脑，把你丈夫搞得一塌糊涂的事，弄个清楚。"

"不必了，还是我自己来吧；我知道如何对付他，再说，他还爱我呢，那好，我要利用我的影响，要他立刻把我的一部分资金放到不动产上。也许我能要他用纽沁根夫人的名义，在他看重的故乡阿尔萨斯买回一些地产。你只要明天来查查他的账目和买卖就行了。德维尔先生不懂得生意这一套……不，明天不要来。我不愿意扰乱我的心情。玻瑟昂夫人后天要举行舞会。我要打扮打扮，显得漂漂亮亮，自由自在，好给我亲爱的欧金争点面子！……来，我们去瞧瞧他的房间吧。"

就在这时，一辆马车停在圣贞妮薇芙新街，在楼梯上听得见雷斯托夫人问希尔微的声音：

"我父亲在家吗？"

这个从天而降的消息解决了困难，欧金正打算躺到床上去装睡呢。

"啊！父亲，有没有人和你谈到安娜斯达茜的事？"德尔芬听出了姐姐的声音就问父亲，"听说她家也出了事呢。"

"怎么？"高大爷说，"难道是我的末日到了？我怎么受得了两面夹攻！"

"早上好，父亲。"伯爵夫人进来时说，"啊！你也在这里，德尔芬。"

雷斯托夫人看见妹妹，显得有点尴尬。

"你早，娜茜，"男爵夫人说，"你看见我觉得奇怪吗？我是天天都来看父亲的。"

"从什么时候起？"

"要是你常来，你就知道了。"

"不要说笑话了，德尔芬。"伯爵夫人哀求似的说，"我痛苦得要命。我要完了，可怜的爸爸！啊！这一回真完了！"

"你出什么事啦，娜茜？"高大爷喊道，"告诉我，孩子。她脸发白了！……德尔芬，快去扶她，你对她好，我会对你更好，只要我做得到，唉！"

"可怜的娜茜，"纽沁根夫人扶她姐姐坐下时说，"说吧，世界上只有我们两个人永远爱你，会原谅你的一切。你看，家庭的亲情才是最可靠的。"她给伯爵夫人闻了闻食盐，娜茜恢复过来了。

"你要了我的命！"高大爷说，"让我们看看，"他拨了拨炭火，又接着说，"你们两个都过来。我好冷。你怎么啦，娜茜？快点说！真要命……"

"我说，"可怜的姐姐开了口，"我的丈夫什么都知道了。你想想看，父亲，你还记得玛克沁上一次那张借票吗？那并不是第一张。我已经为他还过许多债了。一月初，玛克沁显得很痛苦。但他什么也不肯对我说。不过要看透一个情人的心事并不难，只要有点线索就够了；何况我还预感得到。总而言之，他越来越多情，温柔得我从来都没有见过，我也越来越快活，可怜的玛克沁！原来他是在心中和我诀别，这是他后来告诉我的。他要自杀！我再三逼他，再三求他，在他面前跪了两个钟头，他才告诉我他欠了十万法郎的债！啊！爸爸，十万法郎！我一听都要疯了。你也拿不出来，我也都花光了……"

"不错，"高老头说，"我也拿不出来，除了去偷。我本来会去的。娜茜！我会去！"

一听见这句痛苦逼出来的话，就像是一声生命垂危时的最后呻吟，说明父爱的痛苦也显得无能为力了。两姐妹相对无言。无论多么自私的人听了这绝望的呼声也不会无动于衷。这呼声就像投入深渊的石头，可以测出水的深浅。

"为了这笔债务，我动用了别人的钱财。父亲。"伯爵夫人说时流下了眼泪。

德尔芬感动了，把头靠着姐姐的颈脖，哭了起来。

"风言风语都是真的了！"她对姐姐说。

安娜斯达茜低下头来，纽沁根夫人把她的身子抱在怀里，压在心上，温柔地吻她。

"我心里对你只有爱，没有怨恨。"她又对姐姐说。

"我的天使，"高大爷用微弱的声音说，"你们怎么要在苦难中才能和好呢？"

"为了救玛克沁的命，为了保全我的幸福，"伯爵夫人受了热情洋溢的鼓舞，接着又说，"我去找了你们认识的那个放高利贷的狠心人葛布塞，把雷斯托的传家钻石和我的钻石全都卖了，卖了！你们明白吗？玛克沁得救了，而我却要完啦。雷斯托什么都知道了。"

"怎么知道的？谁告诉他的？我要杀了他！"高老头大声说。

"昨天，他要我到他房里去。我去了……'安娜斯达茜！'他对我说。一听他的声音，我就猜到了事情不妙。'你的钻石到哪里去了？——在我这里呢。——不。'他瞧着我对我说，'就在那里，在柜子上。'他指着一个用手帕遮住的匣子。'你知道钻石是从哪里来的？'他一问我，我立刻双膝跪下……我哭了，问他要我怎么样死。"

"你怎么能这样问呢！"高大爷叫了起来，"我用上帝的圣名起誓，不管谁伤害了你们中的哪一个，只要我还活着，我就要把他慢慢烧死，把他剁成肉酱，像……"

高大爷不说话了，声音哽咽在喉咙里。

"总而言之，"娜茜说，"他要我做的事比死还更难受。但愿老天不要再让别的女人听见这样的话！"

"我要这个家伙的命，"高老头不再激动地说，"不过他只有一条命，而他欠我的是两条。后来他怎么说？"他瞧着安娜斯达茜问道。

"后来，"伯爵夫人接着说，"他瞧了我一会儿。'安娜斯达茜，'他对我说，'我可以把这件事埋在心里，不说出去。我们还在一起生活，因为我们还有孩子。我也不会和特拉伊决斗，因为我可能打不中；要用别的法子消灭他，又怕触犯刑律。假如在你怀里把他打死，那会使孩子们难看。为了不伤害孩子们，也不伤害他们的父亲和我，我提出两个条件。先回答我一个问题：孩子中有一个是我的吗？'我回答说有。他问是哪一个，我说是老大欧纳斯特。他说：'那好，你发誓听我的话，我只要求你一点。'我发了誓：'以后我要变卖你的房产，你就得要签字。'"

"不能签呀！"高老头喊起来。"永远不能签这个字！啊！雷斯托先生，你不能使女人快活，她自己去找，你不怪自己无能，反而要责罚她……'有我在这里呢。住手！他会碰到我挡路的。……娜茜，你放心，啊！他还要传宗接代！那好，我可要抓住他的儿子，天哪！他的儿子还是我的外孙呢。我要好好看住他。这个小娃！我会让他住在乡下，我自己照顾他，这点你可以放心。我会要这个坏蛋投降的，只要对他说：'这是我们两个的事，你要你的儿子，那就把我女儿的财产还给她，让她爱怎么样就怎么样。'"

"我的父亲！"

"是你的父亲！啊！一个真正的父亲。不能让这个该死的贵族亏待我的女儿。天打雷劈的！他不知道我的血管里流的是什么。那是老虎的血，老虎是要吃人，要吃掉这两个人的。啊！我的孩子，这就是你们的生活？

但对我来说，这却是我的死亡……我死了你们怎么办？父亲应该活得和女儿一样长久。上帝呀，你安排错了。你自己不也有一个圣子吗？怎么不为我们的子女着想呢？我亲爱的天使，怎么！难道你们不吃苦就不来和我见面？你们给我看的只是眼泪。那好，对的，你们爱我，我看得出。来吧，吐出你们的苦水吧！我的心什么痛苦都容得下……你们把苦心撕碎，碎片也是一片父亲的心。我真恨不能代替你们受苦受难。啊！你们小时候多么快活！……"

"只有那段时间是我们的好日子，"德尔芬说，"那时我们在大谷仓的面粉袋子上爬来爬去，那样快活的日子一去不复返了！"

"父亲，我话还没有说完呢，"安娜斯达茜对着高里奥的耳朵说，他一听跳了起来。"钻石没有卖到十万法郎。人家还在追究玛克沁。我们还欠一万二千法郎。玛克沁答应我以后循规蹈矩，不再赌博。我在世界上除了他的爱情，什么也没有了，我已经为他付出了这么多，再失掉他，我就只有死了。我为他牺牲了财产，名誉，安宁，家庭。啊！至少不要让他坐牢、丢脸，要让他保住地位。不仅是为了我的幸福，还有失掉了财产的孩子，他一坐牢，我们全都完了。"

"我也没有钱了，娜茜。什么都没有了，什么都没有了。我的日子走到了头。我的世界就要垮台，没有办法。你们走吧，再晚就来不及了。啊！我还有银手镯，六套银餐具，那是我早年买下的。最后，就只剩下一千二百法郎的终身年金了……"

"你的长期债券呢？"

"都卖掉了。只留下了这点必需的生活费。为了给芬芬安排一套房间，我花了一万二千法郎。"

"在你家里吗，德尔芬？"雷斯托夫人问道。

"啊！问这个干什么？"高大爷接着说，"一万二千法郎已经花掉了。"

"我猜得到，"伯爵夫人说，"是为拉思提雅先生花掉的吧？啊！我可怜的德尔芬，不要再花钱了。你看我花钱落得个什么下场。"

"亲爱的，拉思提雅先生不是一个会叫情人破产的年轻人。"

"谢谢你！德尔芬……在我危急的时候我本来希望你会对我好一点。但你从来没有对我好过。"

"怎能这样说呢，娜茜？"高大爷叫道，"她刚刚还对我说：你才真是个美人，她只不过是好看而已。"

"她吗！"伯爵夫人又说，"外表好看，内心冷酷。"

"那么，"德尔芬红着脸说，"你又是怎样对我的呢？你不把我当妹妹，我想到哪家去，你就要那家关门，说到底，你没有一次不使我为难的。而我呢，我有没有像你这样来骗取父亲的钱财。一千法郎一千法郎地骗，使他落到今天这个地步？这都是你做的好事，姐姐。我呢，只要可能，我就来看父亲，我没有把他赶出门去，也不会在有求于他的时候，就来讨他的好。他为我花了一万二千法郎，我事前一点都不知道。我做事循规蹈矩，这你是知道的。再说，爸爸无论给我什么，都不是我讨来的。"

"你比我幸运，德·玛瑟先生有钱，你不是不知道。你像黄金一样怕人沾光。再见吧，我等于没有妹妹，也没有……"

"够了，娜茜！"高大爷喊道。

"只有像你这样的姐姐才会相信别人都不相信的事，你这样还像人吗？"德尔芬反唇相讥了。

"你们两个都不要说了，要不，我就死在你们面前。"

"走吧，娜茜，我不跟你计较，"纽沁根夫人接着说，"你不走运。我比你运气好一点。我正尽力帮你，救你，甚至想到去求我的丈夫，这是我从来没有做过的事。不管是为我自己还是为……这点总算对得起你九年来对我做过的坏事吧。"

"你们两个怎么不拥抱呀！"父亲说，"你们是我的两个天使。"

"不，放开我！"伯爵夫人说时挣脱父亲的胳臂，不让他拥抱。"她还不如我丈夫对我好呢。怎么会有人说她是好人！"

　　"我宁愿欠德·玛瑟先生的钱，也不愿让德·特拉伊先生花掉我两万多法郎。"纽沁根夫人回嘴说。

　　"德尔芬！"伯爵夫人向前走了一步，叫了起来。

　　"我说的是实话，而你却是造谣诬蔑。"男爵夫人毫不客气地回答。

　　"德尔芬，你是个……"

　　高大爷冲上去挡住伯爵夫人，用手闭住她的嘴。

　　"天哪！父亲，你今天碰到什么邪气了？"安娜斯达茜问道。

　　"对，我错了，"可怜的父亲在裤子上擦了擦手，"我不晓得你们要来，我正要搬家呢。"

　　他很高兴转移了视线，让女儿向他发脾气。

　　"啊！你们伤透了我的心。我要死了，孩子们！我的头脑发烧，好像着了火。和和气气吧，相亲相爱吧！你们要了我的命了，德尔芬，娜茜，算了吧。你们两个都有理，又都没有理。你们看，德尔芬，"他说时泪眼瞧着男爵夫人，"她需要一万二千法郎，我们来想法子。不要那样瞧着我。（他跪在德尔芬面前）为了讨我欢喜，向她赔个不是吧。"他对着妹妹的耳朵说，"她最不幸了，是不是？"

　　"可怜的娜茜，"德尔芬看见父亲脸上的表情像个野人或者疯子，吓得赶快说，"我错了，原谅我，亲亲我吧！"

　　"啊！你在我心上敷了止痛药，"高大爷高声说，"不过，到哪里去找这一万二千法郎呢？我能不能去顶替当兵？"

　　"啊！爸爸！"两个女儿都说，"不行，不行！"

　　"好心会得到上天的好报，我们这一辈子都报答不了你！对不对，娜茜？"德尔芬接着说。

　　"再说，可怜的父亲。一滴水也解不了渴呀！"伯爵夫人补充说。

"这样看来，我这条命也没有什么用了！"老人绝望地叫道，"谁能救你，我什么事都可以为他干，娜茜！我可以为他去杀人，可以像沃特能一样去坐牢！我可以……"

他忽然打住，仿佛一声霹雳把话头打断了。

"什么都不行了！"他抓抓头发说，"如果有什么地方可以偷到钱，找到那个地方也不容易。偷银行吧，那要内应外合，还要花些时间。得了，我该死了，只有死了。对的，我没有什么用，做不成父亲了！女儿要钱，她很需要！而我，可怜虫，我没有钱。啊！你要什么终身年金呢，老不死的。你还有女儿呢！难道你不爱她们了？该死，像条死狗。连狗都不如，狗还可以开肠破肚，你呢？啊！我的头……发烧了！"

"爸爸，"两个女儿叫了起来，围住他，不让他用头撞墙，"不要气坏了身子！"

他呜呜咽咽地哭了起来。欧金一听慌了，赶快拿起那张沃特能签了字的空白支票，印花税说明可以支用一笔巨款，他把款额写成一万二千法郎，收款人是高里奥，就走进他们房里去。

"你不是要钱吗，夫人？这里就是。"他把支票给她时说，"我在睡觉，听见你们谈话才醒过来，想起我还欠高里奥先生一笔钱呢。这就是还债的支票，你们可以拿去兑现。"

伯爵夫人拿了支票，动也不动。

"德尔芬。"她脸色苍白，又气又恨，愤愤地说，"我什么都可以原谅你，老天可以作证。但这是怎么一回事！这位先生怎么会在场？你是知道的吧！你的心肠狭隘，要报复我，要我在他面前出乖露丑，泄漏我的秘密，暴露我的私生活，还有关于我孩子的隐私，要我丢脸，见不得人！去吧！你和我已经没有什么关系了，我恨你，我要千方百计来报复……我要……"

她气得说不出话来，喉咙也干瘪了。

"他是我的孩子，我们的小伙子，你的兄弟，你的救命恩人呀！"高大爷叫了起来。"拥抱他吧，娜茜！等一等，我先拥抱一下。"他说时拼命地紧紧地拥抱了他。

"啊！我的孩子！我对你不只是一个父亲，还是你的全家。假如我是上帝，我要把全世界都放在你的脚下。那么，亲亲他吧，娜茜！他不是外人，是自家人，是天上掉下来的家人。"

"随她去吧，父亲。她发狂了。"德尔芬说。

"我发狂了！你呢，你怎么样？"雷斯托夫人问道。

"你们姐妹俩再这样闹下去，要把我闹死了。"老人说时就往床上倒下，好像给子弹打中了一样。"她们真要了我的命。"他自言自语说。

伯爵夫人瞧瞧欧金，他一动不动，这场激烈的争吵使他昏头昏脑，不知如何是好了。

"先生……？"她用姿势、声音、目光，向欧金发出了问讯，看也不看老人一眼，而德尔芬却赶快解开了父亲的背心。

"夫人，支票可以兑现，我不会对外人讲的。"他不等她问就先回答了。

"你气死父亲了，娜茜！"德尔芬指着昏死过去的老人对姐姐说。而姐姐却扬长而去了。

"我原谅她，"老好人张开眼睛说，"她碰到的事太不幸，谁也受不了。你要安慰她，对她要好一点。答应你可怜的快死的父亲吧。"他紧握住德尔芬的手说。

"你怎么啦！"她吓坏了，问道。

"没事，没事。"父亲答道，"一会儿就好的。好像有什么东西压在脑门上，有点头痛……可怜的娜茜，将来怎么办呢？"

这时，伯爵夫人又回来了，跪在父亲膝前。

"原谅我吧。"她大声说。

"行了,"高大爷说,"你现在这样使我更难过。"

"先生,"伯爵夫人眼里含着泪水对拉思提雅说,"我难受得错怪你了。你能像个兄弟一样原谅我吗?"她说时向他伸出手来。

"娜茜,"德尔芬紧紧抱住她说,"小娜茜,把过去的误会都忘了吧。"

"不,我会永远记住,我会!"

"我的天使,"高大爷高声说,"我的眼睛发黑,你们给我把黑眼帘揭开了,你们的声音能起死回生。再拥抱一次吧。——好,娜茜,这张支票能救你的急吗?"

"但愿能够。爸爸,你能在支票背面上签个字吗?"

"哦,我真糊涂,连签字都忘了!不过我不舒服,娜茜,不要怪我。还了债要人来告诉一声,不,还是我自己去好。不行,我去不了,见了你的丈夫,我会要他的命。他要抢你的财产,还有我在呢。快去吧,叫玛克沁不要乱花钱。"

欧金听得发愣了。

"这个可怜的安娜斯达茜总是脾气急躁,"纽沁跟夫人说,"不过她的心还是好的。"

"她是为了支票签字来的。"欧金对着德尔芬的耳朵说。

"是吗?"

"但愿不是。不过要有防备。"他回答时抬头望天,仿佛是说"天知道"。

"她说话像演戏,可怜的父亲就是容易受外表的迷惑。"

"你觉得身体好些了吗,我的好大爷?"拉思提雅问老人。

"我想睡。"老人答道。

欧金搀扶着老人睡下。等到老人握着德尔芬的手睡了时,女儿要走了。

"今晚在意大利剧场再见。"她对欧金说,"那时再告诉我父亲的情况。明天你要搬家了,先生。我们去看看你的房间吧。"她说着就走进去了。"啊!太差了!怎么还不如父亲的房间呢?欧金,你真是厚于人而薄于己。我会更爱你的,如果爱情可能再进一步的话;不过,小伙子,如果你想发财,那就不能像你这样把一万二千法郎丢到窗子外面去。特拉伊伯爵是个赌徒。姐姐有眼却看不见。在那金银成堆的赌场,他能输一万二千法郎,难道就不能赢回一万二千吗?"

他们听到一声呻吟,赶快回到高里奥房里,看起来大爷睡着了。当这对情人走近时,却听见他说:

"她们姐妹俩都不快活啊!"

不管他是睡是醒,这句话的口气打动了女儿的心。她走到父亲的床边,吻了吻他的额头。他张开了眼睛说:

"是德尔芬。"

"是的,你好些了吗?"女儿问道。

"好些了,"他说,"不要担心,我还要出去呢。你们走吧,孩子们,快活快活吧!"

欧金把德尔芬送回家,他怕高里奥的病有变化,没有留下来陪她吃晚餐,而是回了沃克公寓。他看见高大爷站着准备就餐了。卞雄坐的位子正好观察面粉商人的脸部。当他看见老人拿起面包闻了一闻。要辨别面粉的好坏,那行动完全是无意识的,他就做了一个无可奈何的手势。

"过来坐我旁边,实习医生。"欧金招呼他说。

卞雄正想在近处观察老人,就坐了过去。

"他的病怎样了?"拉思提雅问道。

"要是我没看错的话,他恐怕是不行了。他大约是受到了什么沉重的打击,我看是得了急性脑膜炎。虽然他下半个脸还算正常,但上半个脸的皱纹却不由自主地紧缩了。你看,他的眼睛也很特别,说明脑部已经充血了。你看,他眼睛是灰蒙蒙的。明天早上,可以看得更清楚。"

"还有没有救呢？"

"没有救了。如果脚部腿部还有反应，也许可以拖些时间；不过，如果明天晚上病象还不停止，可怜的老人就要完了。你知道什么事引发了这场病的吗？应该是猛烈的打击才会使他精神崩溃的。"

"对。"拉思提雅想起了两姐妹接二连三地对父亲心灵的打击。

"至少，"欧金心里想，"德尔芬还是爱父亲的。"

晚上，在意大利剧院，拉思提雅谨慎小心地不引起纽沁根夫人的惊慌。

"不要担心，"她听了欧金头几句话就说，"父亲的身体结实。只是今天早上的话使他有点震惊。我们的财产出了问题，你想想这麻烦有多大！这么大的麻烦本来会要了我的命，幸亏你的感情减少了我受到的痛苦，我才能活下来。今天，我只害怕一件事，那就是失掉你的爱情。有了你的爱情，我才感到生活的乐趣。除了这种感情之外，我对一切都不在乎。在这个世界上，我也没有什么爱恋的了。你对我就是一切。如果我觉得有钱能够快活，那也是因为更能讨你欢喜。说起来会脸红，我爱父亲也远不如爱你。为什么？我也不知道。我的生命全都在你身上。父亲给了我一颗心，你却使我的心跳起来。全世界都可以责备我，那有什么关系！只要你不怪我，只要你能原谅我那不可抗拒的感情使我犯下的错误。你认为我是个不孝顺的女儿吗？啊！不是的，怎么可能不爱一个像我们的父亲这样的人？难道我能不让他看出我们可悲的婚姻造成的自然结果吗？为什么他当初要允许我们结婚呢？难道他不应该为我们考虑到后果吗？今天我知道了，他和我们一样痛苦。但是现在能做什么呢？安慰他吗？我们安慰不了。忍耐，责备，埋怨，都只会增加他的痛苦。人生有时怎么也是苦多乐少的。"

真实的感情自然的流露显得如此温存体贴，听得欧金一言不发。如果说巴黎的女人既虚伪，又醉心虚荣，自我中心，卖弄风骚，冷酷无情，但可以肯定的是，如果她们真正爱上了一个人，为了爱情，她们可以比别的女人作出更大的牺牲，可以摆脱狭隘渺小的心胸而变得越来越高大，甚至达到超越平常人的地步。女人在判断天然感情时所显示的深刻而有分寸的合度精神，她们特有的敏感使她们脱离了一般人，并且和他们保持距离。这些都给了欧金深刻的印象。纽沁根夫人看见欧金不言不语，有点不高兴。

"你在想什么啊？"她问道。

"我还在想你对我说过的话。我过去还以为你爱我不如我爱你呢。"

她微微一笑，不想流露自己所感到的喜悦，免得谈话超越社交礼节所容许的界限。她从来没有听到过一个年轻人表达真情实意，令人心弦震颤的甜言蜜语。再多听几句，她就怕不能控制自己了。

"欧金，"她赶快转变话题说，"你不知道要发生的大事吗？明天，整个巴黎都要在玻瑟昂夫人家露面了。罗歇费一家和达九达侯爵商量好了，不许走漏风声；但是国王已经批准了他们的婚事，而你可怜的表姐却一点也不知道。她不能不在舞会上接待客人，而侯爵却不会来参加。现在，大家谈的就是这既在意外又在意料中的事情。"

"大家都喜欢谈这种不光彩的事，并且沉浸其中。难道你不知道这会把玻瑟昂夫人气死吗？"

"不会。"德尔芬笑着说，"你还不了解上流社会的女人。不过整个巴黎都会在她家露面，我自然也要去。说起这次机会，还得谢谢你呢。"

"不过，"拉思提雅说，"巴黎的流言飞语满天飞，这会不会又是一次荒谬的传闻呢？"

"明天就可以知道真相了。"

欧金没有回沃克公寓。他下不了决心，不能不去享受一下他那套新房间。如果说头一天晚上，他不得不在半夜一点钟才离开德尔芬，那么这一次可是德尔芬一直等到清晨两点钟才回家的。第二天他起床很晚，一直等到中午纽沁根夫人来和他同吃午餐。年轻人总是贪图享受欢乐生活的，他们几乎都忘记了高里奥大爷。这些精致的家具现在都是他的了，养成使用的习惯也是一种乐趣。他觉得在度过一个长长的节日。有纽沁根夫人做伴，更使这套房间增添了光辉。然而到了下午四点钟，这对情人才想起了高大爷有意要搬来分享他们的幸福。欧金提醒自己老人生了病，一定要赶紧把他搬来，就离开了德尔芬，跑到沃克公寓去。但是高里奥大爷和卞雄都不在餐厅里。

"你来得好，"画家对他说，"高里奥大爷病倒了。卞雄在楼上照顾他。老好人今天看到了他的女儿雷斯托伯爵夫人，然后他就出去了一趟，回来病情更加重了。看来我们这个小天地就要失掉一件难得的古董了。"

拉思提雅赶快跑上楼去。

"嘿！欧金先生！"

"欧金先生，大妈正找你呢。"希尔微喊道。

"先生，"寡妇对他说，"高里奥先生和你应该是二月十五日搬走的。现在已经过期三天。今天是十八日了。你和他都要补交一个月的房租。不过如果你愿意为高大爷担保，你对我说一声就行了。"

"怎么？难道你还信不过他？"

"信得过！如果老人头脑发昏，死过去了，他的女儿不会给我一个钱的，而他的破衣烂衫又值不了十个法郎。今天早上不知道为什么，他把最后的银餐具也拿出去了。他穿得像个年轻人，脸色发红，老天不要怪我乱说，我还以为他涂了胭脂呢。要不，怎么又恢复青春了？"

"一切有我负责。"欧金说时，仿佛预感到灾难临头而浑身哆嗦了。

他上楼到了高大爷房里。老人躺在床上，卞雄在他身边。

"早上好，大爷。"欧金招呼他说。

老好人温存地微微一笑，痴呆无神的眼睛瞧了瞧他，问道：

"她怎么样了？"

"很好，你呢？"

"不错。"

"不要累着了他。"卞雄把欧金拉到房间的一个角落里对他说。

"怎么样了？"拉思提雅问道。

"只有奇迹出现才能救他。脑溢血已经发作了，现在用芥子泥治疗。幸亏他还能感到疗效。"

"能不能给他换个地方？"

"不行。一定要让他躺着，不要动，也不要动感情……"

"好卞雄，"欧金说，"就我们两个来照顾他吧。"

"我已经要我们医院的主治医生来过了。"

"他怎么说？"

"他说要明天晚上才能断定。他答应我一天的工作完了就来。偏偏这个倔犟的老头今天早上做了一件不要命的事，问他他也不说，顽固得像一条驴子。我和他说话，他就装着没听见，或者睡着了不回答，再不然就睁开眼睛呻吟。他早上出去了，不知道去了巴黎的什么地方。他把值钱的东西都拿走了，也不知道做了什么不便告人的买卖，搞得筋疲力尽！他有一个女儿来过。"

"是伯爵夫人吗？"欧金问道，"是不是个子高大，头发棕色，眼睛灵活有神，脚很好看，行动轻便的那个女儿？"

"正是。"

"让我单独和高大爷谈谈吧，"拉思提雅说，"我来问他出了什么事，他会什么都对我说的。"

"那我就去吃晚餐了，不要让他太激动，那还会有一线希望。"

"你放心吧。"

"明天，她们两个都会快活的，"高大爷等到只剩下欧金一个人的时候，就对他说，"她们要去参加一个很大的舞会。"

"你今天上午干什么啦,大爷?累得你晚上还难受,还要躺在床上。"

"没事。"

"安娜斯达茜来过了?"拉思提雅问道。

"来过。"高大爷答道。

"那好,请你不要瞒我,她又向你要什么啦?"

"啊!"他费力地说,"她太可怜了,我的孩子!自从出了钻石的事,娜茜身上没有钱了。为了参加舞会,她定做了一件金丝舞裙,穿起来简直像一个天仙一般。不料那个名声不好的女裁缝不肯赊账,于是女仆垫了一千法郎的定金。可怜的娜茜居然落到了这个地步!我听得心都要碎了。女仆看见娜茜失掉了雷斯托的信任,怕垫的钱收不回来,就和裁缝商量好,要等一千法郎还清才能送舞裙来。舞会就在明天举行,舞裙也已经做好。她想借我的银餐具去做抵押。她的丈夫要她参加舞会,向全巴黎展示她的钻石没有卖掉。她怎么能向那个狠心的丈夫说:'我欠一千法郎,替我把这笔账还了吧。'不行,我懂得这一点。她妹妹明天会打扮得出人头地。安娜斯达茜怎能比不上她妹妹呢?于是她就泪流满脸了,我可怜的女儿!我昨天拿不出一万二千法郎已经心中不安了,现在只好尽我余生的力量来弥补这个过失。你看,我过去什么都能忍受。但最后这一次没有钱却使我心如刀绞。我立刻二话不说,大致估计一下,立刻调配,把银镯和餐具卖了六百法郎,又把年金给葛布塞抵押一年,得了四百法郎,行了!我每天吃面包也能吃饱!年轻时我就是这样。现在也没有什么不可以。至少娜茜晚上可以过得快活,可以心满意足。我那一千法郎的钞票已经放在床头枕下。想到枕头下面压着会使娜茜高兴的东西,我的心里就会感到温暖。现在她可以打发那个可恶的女仆了。谁见过不相信主子的佣人!明天我的病就好了。我不希望她们相信我病了,那她们会不去参加舞会而来照顾我的。娜茜会像拥抱她的孩子一样拥抱我,她的拥抱就能治病。再说,与其花一千法郎买药,不如给能治百病

五　高家二女

的娜茜。至少我可以在苦难中给她安慰，这就可以弥补一点终身年金的遗憾了。她现在陷在深渊里，而我却没有力量把她拉出来。啊！我还要去做生意。我要去奥德萨买粮食。那里的麦子比我们这里要便宜得多，价钱只有这里的三分之一。如果麦子禁止出口，那么法律并不禁止麦制品出口呀。嘿！嘿！……我今天早上想到了这一点！面粉买卖还是大有可为的。"

"他又狂了。"欧金望着老人，心里在想。

"好了，你休息吧，不要说话了……"

卞雄上楼来了，欧金就下楼去吃晚餐。然后两个人在夜间轮流守护病人，一个读医学书，另一个写信给母亲和妹妹。第二天，据卞雄说，病情略有好转；不过病人需要继续照料，这只有两个大学生才能做到，而要描写治疗的方法，又不可能不暴露不太精确的当代医学用语。先把蚂蟥放在老人的病体上吸血，再涂上芥子泥，又用热水泡脚，还有其他医疗办法，不是两个年轻人既尽心又尽力，那是做不到的。雷斯托夫人却没有来，只派了一个人来取钱。"我以为她会自己来的。不过不来也好，免得看到我这副模样使她伤心。"高大爷说时并不难过，仿佛女儿不来，他反而高兴似的。

晚上七点，特莱芝送来了一封德尔芬的信：

> 你怎么啦，我的朋友？刚刚相爱，怎么就冷淡了？在我们心心相印、无话不谈的时候，你显示的灵魂多美啊！你不会不是一个明知感情多变，却能忠实到底的好人。记得我们听罗西尼的歌剧《摩西的祷告》中的话："对一些人来说，这不过是千篇一律的音符，而对另一些人说来，却是千变万化的音乐。"你要记得：今天晚上我等你去参加玻瑟昂夫人的舞会。但可以肯定的是：达九达先生的婚姻今天上午在宫中签约，而可怜的子

爵夫人却直到下午两点才知道消息。全巴黎都会去看她的热闹，就像拥挤着去沙滩广场看杀人一样，去看这个美人能不能用笑容掩饰她的痛苦，能不能美化死亡，这不是很可怕的吗？如果我去过她家，我的朋友，这一次我就一定不去了；但是一想到她以后一定不会再接待宾客，而我以前费心费力，不是徒劳无功吗？我的情况与众不同，再说，我是为了你才去的，所以我会等你。如果到了两点钟你还没到我身边来，我就不知道能不能原谅你这样无情无义了。

拉思提雅拿起笔来，赶快写了回信：

我在等医生来宣判你父亲的命运。他快要不行了。我会把医生的判决告诉你，但我怕这会是死亡通知书。你看你能不能不去舞会？送上我默默无言的温情！

医生八点半钟才来，虽说病情不会好转，但也不是面临死亡。他说病情还会有起有落，老人还会醒来睡去。

"这样活着还不如早点死去更好。"医生最后说。

欧金把高大爷交托给卞雄照顾，自己去把这个不幸的消息告诉纽沁根夫人，他心中还很看重对家庭应尽的义务，认为应该停止一切娱乐。

"告诉她要玩得快活，不要管我！"高里奥大爷似乎睡着了，但欧金要走时，他忽然坐起来，高声对他说。

年轻人心情沉重地来到德尔芬面前，看见她梳好了头，穿好了鞋，只等换上舞裙了。就像艺术家画龙点睛之笔，比描绘背景需要的时间更多一样，打扮到了最后，也最要花工夫。

"怎么！你还没有换好衣服？"她说。

五 高家二女

"那是因为，夫人，你的父亲……"

"又是我的父亲，"她打断他的话头，高声说道，"用不着你来告诉我怎样对待父亲。我了解他这么久了，一句话也不要说，欧金。你不换好衣服，我什么也不听你的。特莱芝已经在你那套房里准备好了。我的马车也在门口，你就坐了去换衣服吧；快点回来，我们去舞会的路上再谈父亲的事。要早点去。晚了，路上车子拥挤，十一点能够入场就算不错的了。"

"夫人……"

"走吧，不要多说。"她说着跑进小客厅拿项链去了。

"去吧，欧金先生，不要惹得夫人不高兴。"特莱芝说时推着他走。这样高雅地做不高雅的事，使他不知如何是好。

他去换衣服时心里很难受，觉得非常失望。他看到世界像一片污泥浊水的海洋，一脚陷了进去，就会让水淹到脖子。

"这种罪过算不算严重?"他心里想，"不如沃特能痛快。"

他看到了社会上的三大表现方式：服从，斗争，反抗；家庭，世界，沃特能。他决定不了采取哪种生活方式。服从是令人讨厌的，反抗又不可能，而斗争却没有把握。他的思想又回到了他的家庭，想起了平静生活孕育出来的纯洁感情，记起了在亲爱的人中间度过的日子。他的家人按照习惯养成的规律，日复一日地过着无忧无虑的，充满幸福的生活。他虽有良好的愿望，却没有勇气向德尔芬传道说教，用爱情的名义把她带上道德之路。他在上流社会受到的教育已经开花结果。他的爱情已经带有自私的色彩。人情世故使他看穿了德尔芬的内心，预感到她不惜踩着父亲的尸体去参加舞会。但他既没有力量去说服她，也没有勇气去得罪她，更舍不得为了良心而离开她。

"在这种情况下说她做得不对，她永远也不会原谅我的。"他心里想。

于是他考虑医生说的话，安慰自己说：高大爷的病也许不像自己想的那么严重；最后，他找出一大堆抹杀良心的理由来为德尔芬开脱罪责：她并不知道父亲的病有多严重。即使她去看他，老人自己也会要她去参加舞会的。社会规律往往在形式上毫不宽容，惩罚那些明显的错误，其实，家庭中数不胜数的特殊情况，如性格不同、利益和情况各异，都会减轻这些罪状。欧金愿意欺骗自己，准备为了情人而牺牲良心。这两天来，他生活中的一切都起了变化。女人扰乱了他的生活，使得家庭道德黯然失色，把一切都据为己有。拉思提雅和德尔芬在两相情愿的情况下如鱼得水，尽情寻欢作乐。他们的爱情为欢乐做了充分的准备，欢乐不只是淹没了爱情，还使爱情滋长得更丰满。欧金占有了这个女人，才发现以前对她只有肉欲，直到享受幸福之后，才体会到真正的爱情。也许爱情就是对欢乐的感激之情吧。不管是违反了还是超越了清规戒律，他热爱这个女人，因为她满足了他的情欲，她自己也得到了满足。而德尔芬对欧金的爱呢，却像又饥又渴的堂达尔等待可望而不可即的天使一样。

"好了，父亲怎么样了？"纽沁根夫人等欧金换了舞装回来时问道。

"糟糕透了。"他回答说，"如果你愿意让我知道你对他的感情有多深，我们现在就去看他吧！"

"那好，"她说，"不过要等舞会完了之后。我的好欧金，做做好事吧，不要给我讲大道理了，走吧！"

马车走了。欧金在前一段路上没有说话。

"你怎么啦？"她问。

"我听见你父亲嘶哑的喘气声。"他回答的口气流露了不满的意思。

于是他就开始用青年人的热情和口才，谈起雷斯托夫人如何为虚荣心促使，提出了致命的要求。而她们的父亲无微不至的爱女之心，做出了舍生忘死的危险事，为安娜斯达茜的金丝舞裙付出了生命的代价。德尔芬听得哭了。

"我要哭得不好看了。"她心里想。

她的眼泪就不流了。

"我要去照顾父亲，我不会离开他的床头。"她回答说。

"啊！这才是我所希望看到的你。"拉思提雅高声说。

五百多辆马车的灯光照射着玻瑟昂府第的周围。明亮如同白日的大门外，每边站了一个应接不暇的卫士。显要人物蜂拥而来。每个人都兴致勃勃，要亲眼目睹这位巴黎美人由盛而衰的关键时刻，所以等到纽沁根夫人和拉思提雅到达的时候，子爵府一楼的各个客厅里都已经宾客如云了。自从路易十四夺走大公主的情人以来，没有什么情场风波比玻瑟昂夫人所受的挫折更引人注目的了，在这种情况下，布哥涅王公贵族的最后一位公主玻瑟昂夫人表现得超越了痛苦，直到最后时刻还能不负众望，使浮华虚荣的上流社会仍然赞美她情感的胜利。巴黎的美人盛装艳服，笑容满面，使得客厅光辉灿烂，热闹非凡。宫廷中的显要人物，外交界的大使公使，各界名流都挂着十字勋章、奖章、各色绶带，争先恐后向这位子爵夫人致敬。乐队在王宫般金碧辉煌的舞厅里奏着美妙的音乐，但在女主人听来却是告别的哀歌。玻瑟昂夫人站在第一间客厅的门口迎接那些自命是要好的朋友。她穿着白衣白裙，头发简单梳成发辫，没戴珠宝装饰，看来显得平静，既不痛苦，也不高傲，更不假装欢乐。没有人能看透她的内心。有人会说她像是丧失了子女的妮奥菩石像。她对熟悉朋友的微笑表示她对外界的议论满不在乎。但在大家眼里她是依然故我，福来不喜，祸来不惊，连最冷漠的人也会赞叹一声，就像年轻的罗马人赞美斗兽而死的勇士最后的微笑一样。巴黎社会浓妆艳抹来送别这一位绝代佳人。

"我真怕你不来，错过了这个时机。"玻瑟昂夫人对拉思提雅说。

"夫人，"他听出了言外之意，就用动情的口吻说，"我既然来了，就会坚持到最后一个。"

"那好，"她握着他的手说，"你也许是我在这里能信任的唯一的朋友。要爱一个值得永远爱下去的女人，千万不要半途而废！"

她挽着拉思提雅的胳膊走进了一个玩牌的客厅，坐在一张长沙发上。

"请你到侯爵家去一趟，"她对他说，"我的仆人雅克会领你去，并请你把一封信交给侯爵。我向他要回我的全部信件。我相信他会把信都交给你。如果你拿到信件，请你立刻到我房间里来，他们会通报的。"

她最要好的朋友朗杰公爵夫人来了，她站起来迎接。拉思提雅赶快去罗歇费府找达九达侯爵。侯爵应该在那里度过他的晚上，欧金果然找到了他。侯爵领他回家，把一个小箱子交给他，并对他说：

"信件全都在里面了。"

他看来想和欧金谈话，问问他关于舞会和子爵夫人的情况，或者吐露一点他对自己婚姻的失望（这是后来事实证明了的），但怕失身份的念头忽然像一道电光闪过他的眼前，他又鼓起可悲的勇气，决定保守内心隐藏的秘密。

"不要和她谈我的事，亲爱的欧金。"

他亲热而又难过地握了握欧金的手，然后做了一个送别的手势。欧金回到玻瑟昂府，被领到子爵夫人的房间，看见夫人的行装已经准备好了。他在壁炉旁边坐下，瞧着装信的雪松木匣，感到深沉的忧郁。在他看来，玻瑟昂夫人比得上荷马史诗《伊利亚特》中的女神。

"啊！我的朋友。"子爵夫人一进房间就把手放在拉思提雅的肩上。

他看见她眼中有泪，仰起了头，一只手还在震颤，另一只手举了起来，忽然一下拿起信匣，把它扔到火里，看它燃烧起来。

"他们还在跳舞，来得都很及时，只有死神还没有来。不要说了，我的朋友。"拉思提雅正要开口，她急忙用手指挡住他的嘴唇。"我永远不再来巴黎，不再接待客人了。早晨五点，我就要去诺曼底乡下隐居。从下午三点起，我不得不做些准备，签署证件，料理事务，不能请别人去……"

五 高家二女

她打住了。

"我知道他一定在……"

她给痛苦压得说不下去。这时,一切的一切都令人难过,语言也无法表达。

"最后,"她接着说,"我只好请你来帮我今天晚上这个忙。我要送你一件纪念品。我会时常想到你的,在我看来,你人好,高尚,年轻,单纯。在今天这个世界上,这些品德是很难得的。希望你有时候也会想到我。瞧!"她说时眼睛向四围一望,"这是我放手套的盒子。我每次去舞会或是剧场,总要戴上手套,觉得这会使自己更美,感到更幸福,所以这盒子给我留下了美好的回忆。里面有我过去的感情,有一个一去不复返的玻瑟昂夫人,请你收下作为纪念吧,我会要人送去阿杜瓦街的。纽沁根夫人今晚很出色,好好地爱她吧。如果我们以后见不着面,我的朋友,我会为你祝福的,感谢你对我的盛情。我们下楼去吧。我不愿意让人知道我哭过了。将来孤独的时候还长着呢,但不会再有人问我为什么流眼泪了。让我最后再瞧瞧这个房间吧。"

她又不说话了。然后,她用手遮住眼睛,擦干了眼泪,再用凉水浸润一下眼皮,就挽住大学生的胳膊。

"走吧!"她说。

拉思提雅从来没有感到过如此强烈的感情,这次看到玻瑟昂夫人高雅地压制自己的痛苦,更增加了对她的敬爱。回到舞会上,欧金同玻瑟昂夫人绕场舞了一圈,这是这位绝代佳人同他的最后一舞。不久,他看到了雷斯托夫人和纽沁根夫人两姐妹。伯爵夫人戴上了她的钻石,显得富丽堂皇,但是并不舒服。这是她最后一次的表现。不管她多么爱慕虚荣,她还是受不了她丈夫严厉的目光。这种珠光宝气的场面更增加了拉思提雅的伤感,他在两姐妹的钻石下面看到了高老头的病床。不料他伤感的表情引起了子爵夫人的误解,她放下了共舞的手臂。

"去吧，我不忍心让你为我牺牲和别人同舞的乐趣。"她说。

欧金立刻得到了德尔芬同舞的邀请。她为她的魅力产生的影响而扬扬得意，巴不得把自己渴望已久而在舞会上已经讨得的欢喜，从头到尾都罗列在大学生的面前。

"你觉得娜茜今晚怎么样？"她问欧金。

"她呀，"拉思提雅答道，"她的欢乐预支了父亲的性命。"

早晨四点，舞厅里的客人慢慢稀少。不久，音乐也听不见了，只有朗杰公爵夫人和拉思提雅还留在大客厅里。子爵夫人以为只剩下了大学生，就向玻瑟昂先生告别，子爵要去睡觉，却再三对她说：

"你错了，亲爱的，在你这个年龄，何必离开巴黎去独自生活呢？还是留下来吧！"

玻瑟昂夫人却走进大厅去，看见朗杰公爵夫人还在，感到有点意外。

"我猜到了，克拉拉。"公爵夫人对她说，"你这一去就不会回来了。不过，你走之前应该听我说说，不能让我们之间存在误解呀。"

她挽着她朋友的胳臂，同她一起走进隔壁的客厅，眼中含着泪水，把她紧紧抱在怀里，并且吻她的脸颊。

"我不愿意分别时冷冰冰的，亲爱的朋友。那会留下太沉痛的悔恨。你可以相信我，就像相信自己一样。你今晚显得不同凡响，我觉得我应该配得上你，并且提出证据。我做过对不起你的事，我不是始终对你都好。请你原谅，亲爱的；我说过伤害你的话，现在要挽回也来不及了。同样的痛苦使我们心连心。我不知道我们两个谁更不幸。德·蒙特里沃先生今晚没有来，你明白吗？今天舞会上看见你的人都永远忘不了你。我呢，我正在尽最大的努力。如果失败，只有进修道院了！而你，你到哪里去呢？"

"去诺曼底乡下，去爱上帝，祈求上帝，直到上帝让我离开世界为止。"

五　高家二女

"来吧，拉思提雅先生。"子爵夫人想到了年轻人还在等她，就感动地招呼他说。

大学生屈了一膝，吻了吻他表姐的手。

"安东妮蒂，别了！"玻瑟昂夫人对朗杰夫人说，"祝你幸福！——至于你呢，你已经幸福了，既年轻，又有信仰。"她对大学生说，"没想到在我离开的时候，能像得天独厚的辞世者，身边还有虔诚的修女和真诚的心灵。"

五点钟前不久，拉思提雅亲眼看见玻瑟昂夫人坐上旅行轿车，最后一次向他挥泪告别，可见上流社会人士也并不像一些吹牛拍马的人所说的那样，并不是排斥在感情规律之外，也不是没有伤心事的。欧金冒着寒冷潮湿的天气，步行回到沃克公寓。他在花花世界所受的教育，到此宣告结束。

"我们救不了可怜的高老头了。"拉思提雅走进病人的房间时，卞雄对他说。

"我的朋友，"欧金瞧了一眼睡熟的老人后，对他说道，"走你正常的治病救人的人间道路吧。我呢，我是下了地狱的人，所以不得不留在地狱里。不管人家把世界说得怎么坏，还得相信世界！其实，没有一个作家能把金银财宝掩盖下的罪恶写得淋漓尽致的。"

六　老人之死

第二天，拉思提雅直到下午两点才被卞雄唤醒。卞雄有事要出去，要欧金来守护高里奥大爷。

"老人怕活不了两天，甚至活不了六个钟头。"医学院的学生说，"但是我们却不能见死不救。治疗需要一笔开销。我们只能看护病人，而我并没有钱。我搜了搜他的衣袋、柜子，一个钱也没有。我在他头脑清醒的时候问他，他自己也说身无分文。你身上还有多少钱，你？"

"我还有二十个法郎。"拉思提雅答道，"但是我可以去赌博，我会赢的。"

"如果输了呢？"

"我就去找他的女儿女婿要钱。"

"如果他们不给怎么办？"卞雄接着说，"目前最迫切的还不是找钱，而是在他下半身贴上芥子膏药，从大腿下半一直贴到脚跟。如果他有感觉叫唤，那还有点希望。你知道该怎么办。再说，克里斯托夫还可以帮你忙。我呢，我要去药剂师那里担保付药品的费用。可惜老人不能搬到我们医院去住，那里的照顾要好得多。得了，来，我给你定位了，我不回来，你就不能离开。"

两个年轻人走进老人躺着的房间。欧金看到老人痉挛的脸上变化很大，脸色苍白，身体虚弱衰老，不禁吓了一跳。

"怎么样，大爷？"他弯下腰来问躺在床上的老人。

高里奥张开暗淡无神的眼睛望着欧金，却没有认出他是谁。大学生看了老人这等模样，泪水不禁滚滚流了下来，润湿了他的眼睛。

六 老人之死

"卞雄,窗子要不要挂上帘子?"

"不要,室内气温对他没有什么关系。如果他能感到太冷或者太热,那倒反而好了。不过我们还是应该生火,好煎汤熬药做些准备。我要人送来一些枯枝可以先当柴烧。昨天我把你的木柴和老头的泥炭烧了一夜,都烧完了。他的房间太潮,墙壁都在滴水,现在还没烘干。克里斯托夫来打扫了一下,的确像是牲口待的地方。我烧了一些松柏枝,因为房间的气味实在太难闻了。"

"天哪!"拉思提雅叫道,"可是他的两个女儿!"

"听!如果他要喝水,这里就是。"医院实习生向拉思提雅指着一把白色的大水壶。"如果你听到他呻吟,肚子又热又硬,你就要克里斯托夫来帮他消化……万一他兴奋起来,胡说八道,甚至说些疯话,那就随他去吧。这并不是坏兆头,你可以要克里斯托夫来医院一趟,我们的医生,或者是同事,或者我自己,可以来给他灸治一下。今天早上你睡觉的时候,我们会诊过一次,来了伽尔博士的一个学生,圣父医院和我们医院的主任医生。这些先生认为看出了不平常的症状,要观察病情的发展,好弄清楚几个科学上相当重要的问题。有一位先生认为血清的压力对不同的器官可能产生不同的效果,因此要听病人谈话,看他的话是属于哪一类思想的:是记忆、理解,还是判断;他关心的是物质还是感情;他是否精打细算,留恋过去。总而言之,希望给我们一个精确的报告。血液可能大量涌入脑部。他就会像现在这样糊糊涂涂死去。这类病很奇怪!如果病在这里爆发,"卞雄指指病人的后脑,"病例中也出现过异常现象,头脑会恢复某些功能,不能很快宣布死亡。血液也可能在脑内转移流向,但流程要经过解剖才能知道。疑难病院有个痴呆老人,他的血液顺着脊椎骨流,病人很痛苦,但还能活着。"

"她们玩得快活吗?"高里奥大爷忽然一下认出了欧金,就问他道。

"啊!他只想到他的女儿,"卞雄说,"昨夜他对我念叨了一百遍:

'她们在跳舞！她有了舞衣。'他叫她们的名字，那声调听得我要哭了，真要命！'德尔芬！我的小德尔芬！娜茜！'说老实话，"医学院的学生说，"听的人怎能不流眼泪呢？"

"德尔芬，"老人说，"她去跳舞了，是不是？我知道她会去的。"

他的眼珠又恢复了乱转的动作，看着门和墙壁。

"我下楼去要希尔微准备芥子泥。"卞雄高声说，"这正是涂药的时候。"

拉思提雅一个人留下来待在老人身边，坐在床脚下，眼睛瞧着他可怜又可怕的脸孔。

"玻瑟昂夫人走了，这一位又要完了，"他想，"好人在这个世界上是待不长的。高尚的感情怎能和低级、庸俗、浅薄的社会长期共处呢？"

前一天舞会的场面忽然涌现在他的心头，和这一张病床形成了鲜明的对比。忽然卞雄回来了。

"你看，欧金，我刚刚见到我们的主任医生，就赶快跑回来了。他说如果病人显出清醒的迹象，说起话来，那就把他放倒在芥子泥膏上，让他从颈到腰都涂上芥子泥，再来叫我们，好吗？"

"亲爱的卞雄。"欧金说。

"啊！这是一个科学问题。"医学院的学生说，他热心得像一个刚入教门的新教徒。

"得了，"欧金说，"这样看来，只有我一个人是为了感情而照顾这个可怜的老人。"

"如果你今天早上看到我怎样照顾病人，你就不会这样说了。"卞雄听了并不觉得冤枉，而是接着说，"看病的医生看到的只是病，我呢，不但是看到病，还看到病人呢，我亲爱的伙伴！"

他走了，留下欧金一个人陪着老人，明知危急的情况随时可能发生。

"啊！是你呀，我亲爱的孩子。"高里奥大爷认出了欧金时说。

六 老人之死

"你好些了吗?"大学生拿起老人的手来问道。

"好一点,刚才我的头好像夹在钳子里,现在松开一些了。你看到了我的两个女儿吗?她们马上就要来了,一知道我生了病,她们马上就会跑来的。她们在玉仙街的时候对我照顾得多么好啊!天哪!我多么希望把房间打扫干净,好接待她们。昨天有一个年轻人把我的泥炭都烧光了。"

"我听见克里斯托夫来了,"欧金对他说,"昨天那个年轻人要他给你把木柴送来了。"

"那好,我怎么付得出木柴钱?我一个钱也没有,孩子。我一切都给了人,要靠救济过活了。不过,她的镶金舞衣漂亮吧?啊!痛死我了!——谢谢,克里斯托夫。上帝会报答你,孩子:我什么都没有了。"

"我会付钱给你和希尔微的。"欧金对着男仆的耳朵说。

"我的两个女儿是不是都说就要来了,克里斯托夫?你再去一次吧,我给你一百个苏。告诉她们我觉得不行了,我想拥抱她们,我要在死前再见她们一面。告诉她们吧,但是不要吓着她们了。"

克里斯托夫看见拉思提雅做了个手势,就赶快走了。

"她们会来的,"老人接着说,"我了解她们。好德尔芬,我死了,她会多伤心呀!娜茜也是一样。我不愿意死,免得她们流泪。死了,我的好欧金,就再也见不到她们了。一去不复返的地方是多么可怕哟!对于父亲来说,地狱就是见不到儿女的地方。自从她们结婚以后,我已经尝过地狱的滋味了。我的天堂就在玉仙街。你说,如果我进了天堂,我的灵魂还能回来和她们在一起吗?我听说过有这种事。是真的吗?我现在似乎看见她们在玉仙街了。她们早上下楼来说:'爸爸,你早!'我把她们抱在腿上,逗她们笑,和她们玩。她们亲热地拥抱我。我们每天上午同吃午餐,然后又吃晚餐。总而言之,我是父亲,享受了有儿女的乐趣。在玉仙街,她们不懂事,不了解社会,只知道爱我。天哪!为什么她们不像小时候那样了？哎哟！我头好痛。啊！啊！对不起，孩子们，我痛得好厉害，其实，你们已经使我不怕痛了。天哪！只要我能握住她们的手，我就不会感到痛的。——你看，她们会来吗？克里斯托夫不会办事，我应该自己去的。怎么能让他去看她们呢？你昨天不是去了舞会吗？告诉我她们玩得怎么样！她们一点也不知道我病了，是不是？要不然，她们不会去跳舞的，可怜的孩子！我再也不想生病了。她们还需要我呢。她们的财产要受损失的。她们嫁了怎么样的丈夫哟！快点治好我的病吧！啊！我多痛苦！哟！哟！哟！——你们看，一定要治好我的病，因为她们要钱用，我知道到哪里去赚钱。我要去奥德萨做面粉生意。我有本事赚个几百万。啊！痛死我了！"

高里奥有一阵子不叫唤了，仿佛在集中精力抵抗病痛。

"要是她们两个在这里，我就不会叫痛。"他说，"那还有什么痛苦呢？"

他沉入了半昏迷的状态，时间不短。克里斯托夫回来时，拉思提雅以为他睡着了，就让男仆大声讲事情办得怎么样。

"先生，"克里斯托夫说，"我先到伯爵夫人府，但是没有见到她，她和丈夫在处理重要的事情。我再三请求，雷斯托先生亲自出来了，他对我说：'高里奥先生要死了？那好，还有什么更好的事呢？我正在和雷斯托夫人谈重要的事，等谈完了，她会去的。'这位先生说话很生气的样子。我正要走，忽然夫人从一扇我没看见的门后面走出来了，她对我说：'克里斯托夫，告诉我父亲，我在和丈夫谈一件大事，脱不了身，谈的是有关孩子生死的问题，一谈完了我就会去。'至于男爵夫人呢，那是另一回事。我既没有见到她，也没有和她说上话。她的女仆对我说：'啊！夫人五点一刻才从舞会上回来，正在睡觉；如果我在中午以前叫醒她，她会骂我的。等她摇铃叫我的时候，我会告诉她父亲病重了。告诉坏消息还怕时间晚吗？'我也一再央求，但都白费！……我要求和男爵说一声，

六 老人之死

但是他出去了。"

"一个女儿也不来!"拉思提雅叫道,"我来给她们两个写信吧!"

"一个也不来!"老人忽然坐起来说,"她们有事,她们要睡觉,她们不能来。我早知道了,要到临死才知道儿女是怎么一回事……啊!我的朋友,不要结婚,不要儿女!你给他们生命,他们给你死亡。你把他们带到世界上来,他们把你从世界上赶走。不,她们不会来!十年前我就知道了,十年前我就这么想,但是不敢相信。"

他每只眼睛的红眼眶上都冒出了一滴眼泪,但是没有滴下来。

"啊!假如我还有钱,假如我保留了我的财产,假如我没有把财产分给她们,她们就会来吻我,舔我的脸!我可以住好房子,有舒服的房间,有仆人使唤,壁炉里有火,她们就会来哭哭啼啼,带着她们的丈夫、孩子。这一切我本来都有,但现在什么也没有了!钱能买到一切,甚至买到女儿!啊?我的钱到哪里去了?假如我还留下了财物,她们就会来为我包扎伤口,照顾我这个病人,我就可以听到她们的声音,看到她们的脸孔。啊!欧金,我亲爱的孩子,我唯一的孩子,我宁愿被抛弃,宁愿受苦受难,苦难才能见真情呀!不,我还是要有钱,有钱才能看到她们。说良心话,谁晓得呢?她们两个的心都硬得像石头。我太爱她们,把爱情都用完了,没剩下一点让她们来爱我。一个父亲应该永远有钱,钱像缰绳,女儿像不驯服的马,马有缰绳才肯驯服,你没有钱,女儿就不听你的了。我现在跪在她们面前。该死!她们对我也是做到十年来的尽头了。你不知道她们刚结婚时,对我多么小心侍候!啊!我痛死了!我刚给了她们每人八十万法郎,她们和丈夫才不敢对我不客气。她们接待我,左一句'好父亲,这里来',右一句'亲爱的爸爸,那里去'。我随便在她们哪一家吃哪一餐,她们的丈夫都客客气气地陪着我,因为我还有钱。为什么?我还没有告诉她们我的生意怎样。一个能给女儿八十万的人是应该受到尊敬的。她们对我小心照顾,那是看在钱的分上。世界并不是完美的，我看得出。她们陪我坐车看戏，参加晚会。总而言之，她们承认我是父亲，她们是我的女儿。我知道为什么。得了，没有什么能逃过我的眼睛。她们耍的花样刺痛了我的心。我看出了虚情假意，但是有什么办法呢？在她们家里，我就不像在这里的餐桌上自由自在。我不知道说什么好。有些人对着我女婿的耳朵说：'那位先生是谁？'——'他是财神爷，他有钱。'——'啊！失敬了。'他们尊敬地瞧着我，就像瞧着金币一样，即使有时我对他们碍手碍脚，只要有钱，我并不碍事。再说，哪个人没有毛病呢？我的头痛得好像撕裂了一样！我现在痛得要死，但是，亲爱的欧金先生，你想得到吗？比起那时安娜斯达茜给我的痛苦，这简直算不了什么。那时我说错了一句话，贬低了她的身份，她瞪了我一眼，那一眼就像快刀一样，切开了我全身的血管。我本来想问问她为什么。但是我已经知道，对她来说，我是个多余的人，何必问多余的话？第二天我去德尔芬家，想得到一点安慰。不料我又做了一件傻事，惹得她大发脾气，急得我都要疯了。一个礼拜我不知道干什么好，不敢去看她们，怕她们骂我。就这样我被赶出了女儿的大门。我的上帝，既然你知道我受过的痛苦和灾难，既然你数不清我身上的累累伤痕，现在我人老了，身体衰弱了，头发也白了，好像死过一回一样，那为什么今天还要我再受罪？如果太爱我的女儿也算罪过，那我也算得到过报应了。我对她们的感情得到的报答，只是无情的折磨。唉！做父亲的真蠢，我这样爱她们，简直离不开她们，就像赌徒离不开赌场一样。我的女儿成了我的癖好，我的情妇，一句话，我的一切！她们两个总想要点什么，要点首饰；女仆对我一说，我就买来讨她们欢喜！可是她们不满意我在别人面前的态度，还是会照样提出小小的警告，而且不会等到第二天才提。她们开始为我脸红，这就是养大了孩子的好处。到了我这把年纪，不能再上学了。我痛死了！天呀！快请医生！请医生来！如果能像打开箱子一样打开我的脑袋，我就不会这么痛了。我的女儿，我的女儿！安娜斯

六 老人之死

达茜,德尔芬!我要看看她们,要个警察去叫她们来,强迫她们来,这是公平的,一切都站在我这边。天性也好,法律也好,我要抗议!如果把父亲踩在脚下,国家不是要亡了吗?这是很清楚的。社会,世界,都是靠父子家庭关系运转的。如果子女不爱父亲,那一切都会垮台。啊!看看她们,听听她们,不管她们说什么,只要我听见她们的声音,我的痛苦就会减轻,尤其是德尔芬。等她们来了,告诉她们不要像平常那样冷漠地瞧着我。啊!我的好朋友,欧金先生,看见她们金光闪闪的眼睛忽然一下变成灰溜溜的,你不知道那是什么滋味。从那一天起,她们的眼睛不再像阳光一样照射着我,我就一直过着漫长的冬天,需要我忍受的只有痛苦,而我只好忍气吞声了!我活着只是在受委屈,受欺侮。我太爱她们了,为了能够享受一点可怜的微不足道的乐趣,说起来会叫人脸红,我却低三下四、卑躬屈膝地忍辱负重。一个父亲却要偷偷地看他的女儿一眼!我给了她们生命,她们今天却连一个小时都舍不得给我!我如饥似渴地想见她们一面。我的心如火烧。她们却不肯在我感到要死之前,来润湿一下我痛苦的心灵。难道她们不知道这是在践踏父亲的尸体吗?天上还有没有一个上帝?他会不会不管我们做父亲的愿意不愿意,就用惩罚来当做报应呢?啊!她们会来的!来吧,我亲爱的女儿,还来吻我一次吧!这是最后一次了,是你们父亲的临终食粮啊!他会向上帝祈祷,为你们祝福,向上帝说你们都是好女儿,为你们的过错辩护!说来说去,都是说你们是清白无辜的哟。她们是清白无辜的。我的好朋友!请你告诉大家,不要为了我而使她们不安。一切都是我的错。我纵容她们把我踩在脚下。我喜欢这样,这和别人没有关系。既不能怪人间不公平,也不能怪上天不公正。上帝如果为了我而惩罚她们,那就不公平了。我不会做人,做了放弃父亲权利的傻事!我为她们自甘堕落。那有什么办法呢?最美的天性,最善良的灵魂都无法抵抗父爱的侵袭。我是一个可怜人,我受到的惩罚是罪有应得的。是我一个人造成了女儿思想的混乱，是我把她们惯坏了。她们今天要寻欢作乐，就像从前要吃糖果一样。我一直设法满足她们年轻少女时的欲望和幻想。她们十五岁时就有马车！我什么也没有拒绝过她们。如果说有罪，那只是我一个人的罪过，而我犯罪却是因为太爱她们了。一听她们的声音，我心灵的大门就打开了。我听见她们了。她们来了。啊！是的，她们会来。法律也要她们来送终，法律是站在我这一边的，只要叫人跑一趟就行了。我会付钱的。给她们写信吧！告诉她们我要给她们几百万的遗产呢！我说话是算数的。我会到奥德萨去做意大利馅饼。我知道怎么做。按照我的计划，还有好几百万可赚呢。没有人想得到吧。那还不会在运输中变质，像麦子和面粉一样。哎！哎！面粉也有好几百万可赚呀！你并没有说谎。告诉她们两个是有好几百万，她们贪财就会来了。我宁愿骗人也要看到她们，我要我的女儿！我生了她们，她们就是我的！"他说时就在床上坐了起来，向欧金显示了一头凌乱的白发，并且让白发也发出了威胁。

"得了，"欧金对他说，"你还是躺下吧。我的好高大爷，我就来给她们写信。等下雄一回来，如果她们还不来的话，我就去找她们。"

"如果她们还不来？"老人呜咽着重复欧金的话，"那我就要死了。要气死了，气死了！气得我要发疯了！这个时候我才看清楚了我这一生。我上当受骗了！她们并不爱我。从来也没有爱过！这是很清楚的。如果她们现在不来，她们就不会来了。她们拖的时间越长，越是下不了决心给我一点愉快。我了解她们。她们从来不了解我的痛苦，我的悲哀，我的需要。她们也没有想到我要死了，她们简直不了解我内心对她们的感情。对的，我看出来了，我为她们开肠破肚，她们都看惯了，以为没有什么了不起。假如她们要挖我的眼睛，我也会说：'挖吧！'我太傻了！她们以为天下的父亲都像她们的一样傻。我一定要让人知道自己的身价，让她们知道她们的孩子也会像她们对待我一样对待她们的。她们来看我也是为她们自己好啊！她们怎么不想想，她们自己也有要死的一天。她

六 老人之死

们犯了这个罪过,那还有什么罪不敢犯呢?快去告诉她们:不来看我,就是催我早死!其实,不加上这条罪,她们犯的罪也算够多的了。请你像我一样去叫:'喂,娜茜!喂,德尔芬!来看看你们的父亲吧!他过去待你们多么好,他现在痛苦得要死!?没有回答,没有人来!难道我就这么像一条狗一样死掉?没人管我,这就是我得到的报应。真不要脸,真是凶手;我恨她们,诅咒她们。我半夜也要从棺材里爬出来诅咒她们,因为说到底,我的朋友,我错了吗?她们实在太不应该了。嗯!我说什么来着?你不是说德尔芬来了吗?还是她比姐姐好一点……你是我的孩子,欧金,爱她吧,像父亲一样爱她吧!她的姐姐太不幸了!她们的财产!啊!我的天!我要断气了,我痛得太厉害!把我的头砍下来,只要留下我的心就够了。"

"克里斯托夫,去把卞雄找来。"欧金叫道,他给老人的哭喊吓坏了,"顺便叫一辆马车来。——我去找你的两个女儿,我的好大爷,我会给你把她们找来的。"

"逼迫她们来,强迫她们来!要卫士,要部队,什么都行!"老人说时瞧了欧金最后一眼,眼中流露出的信息是:他总算看明白了。"告诉政府,告诉法院,把她们押来,我要她们来!"

"你不是诅咒了她们吗?"

"谁说的?"老人愣了一下才说,"你知道我是爱她们的,爱得要命!一见她们,我的病就好了。去吧,我的好邻人,亲爱的孩子,去吧,你是个好人,我真感谢你,但是没有什么东西给你,只能给你临终的祝福了。啊!至少我想见到德尔芬,要她代替我报答你。如果姐姐不来,就让妹妹来吧。告诉她如果她不来,你就不爱她了。她这样爱你,那就会来了。我渴死了!肚子发烧!给我头上放点什么,最好是我女儿救命的手。天哪!我要走了。谁来帮我女儿发财呢?我要去奥德萨做馅饼了。"

"喝了这一杯吧!"欧金用左手把病人扶在他的怀里,右手拿着一杯满满的汤药,对病人说。

"你一定要爱你的父亲和母亲,你,"老人用软弱无力的双手握住欧金的手说,"你明白吗?我要死了,却看不到我的女儿!我渴望见到她们,但老是得不到满足,就这样过了十年。我的两个女婿害苦了我的两个女儿。是的,她们出嫁之后,我就没有女儿了。做父亲的一定要国会制定关于婚姻的法规!用一句话说就是,如果你爱女儿,就不能让她们嫁人。女婿是杀人不见血的凶手。他们破坏了好事,玷污了纯洁的人。不要嫁女儿了!出嫁其实是夺走了女儿,到死也见不着。应该制定一条父死送终的法律。现在这种情况真是可怕!要惩罚女婿!是女婿不许她们来的……不能让他们活下去!……该死的雷斯托!该死的阿尔萨斯人!他们都是杀人不见血的凶手!不想死就要把女儿还给我!……啊!完了,我死也见不到她们了!……娜茜!芬芬!来吧!爸爸要死去啦……"

"好大爷,静一静,不要动,不要胡乱猜想!"

"看不到她们,这才是最后的痛苦!"

"你会看到她们的。"

"当真?"老人喊道,他出神了。"啊!要看到她们了,听到她们的声音死也心满意足了。那好,我并不想活下去,我支持不住了。痛得越来越厉害。我只想再见她们一面,摸摸她们的衣服、裙子,啊!摸摸裙子也就够了,这要求不算太高吧。我只要感觉到是她们的东西,是她们的头发更好……头发……"

他的头倒在枕头上,仿佛挨了当头一棒似的。两只手在被单上乱动,似乎要摸女儿的头发。

"我要祝福她们,"他拼命使劲说,"祝福……"

他忽然支持不住了。正好卞雄走了进来。

"我碰到克里斯托夫,"他说,"他给你雇马车去了。"

然后他看看病人,翻开他的眼皮,两个大学生看到的只是灰暗而没有生气的眼睛。

"他没有希望了。"卞雄说,"我看没有希望了。"

六 老人之死

他摸了摸病人的脉搏,又把手放在他的胸口。

"心脏还在跳动,但这是活受罪,还不如早死呢!"

"说良心话,你说得对。"拉思提雅说。

"你怎么啦?脸色白得像死人一样。"

"我的朋友,我刚听到的尽是哭闹诉苦……天上有上帝吗?他会造一个更好的世界吗?我们的世界真是没意思。如果悲剧不那么惨,我怎么会流泪呢?我的心和胃都大大地收缩了。"

"那么你看,还有多少事情要办?到哪里去找钱呢?"

拉思提雅拿出一块表来。

"快拿这块表上当铺去抵押。我在路上不能耽搁,因为怕耽误了时间,我还等着克里斯托夫呢。我身上没钱了,回来还要付马车钱。"

拉思提雅赶快下楼,去雷斯托夫人家。一路上他回想刚才亲眼目睹的悲惨景象,不胜愤恨。到了雷府前厅,仆人却说夫人不见客。

"不过,"他对仆人说,"我是来告诉夫人,她的父亲快要死了。"

"先生,伯爵大人有过吩咐,严格……"

"既然雷斯托先生在家,那就告诉他岳父病危的消息,并且说我一定要立刻见到他。"

欧金等了很久。

"说不定他就在这时死了。"他心里想。

仆人把他带到第一间客厅。雷斯托先生站在那里等他,没有请他坐下,壁炉里也没有生火。

"伯爵先生,"拉思提雅说,"你的岳父高里奥大爷在破房子里快要死了,他身上一个钱也没有,连柴火钱也付不出。他在死前要见他女儿……"

"先生,"雷斯托伯爵冷冷地答道,"你可以看得出我对高里奥先生并没有什么感情,他的为人也连累了雷斯托夫人,甚至危害了我的生活。我把他看成扰乱家庭安宁的罪魁祸首。他的死活,我一点也不在乎。这就是我和他的关系。社会上可以责备我,我不在乎外人说长道短。我现在有重要的事情要做,没工夫去听浑蛋的闲话。至于雷斯托夫人,她不能够外出,我也不能让她离开。等她尽了对丈夫、对子女的责任之后,她会去看她的父亲的。如果她爱父亲,不久她就可以自由行动了。"

"伯爵先生,对你的行为作出判断,那不是我的事,你可以为你的夫人做主。不过,我可以信任你说话算数吗?那好,只要请你答应告诉你的夫人,说她的父亲活不了一天,而且因为她不去送终,已经诅咒她了。"

"那你自己去告诉她吧。"雷斯托听出了欧金义愤的声音,就这样回答。

拉思提雅在伯爵的带领之下,走进了伯爵夫人的起居室,看见她满脸是泪,蜷缩在一张沙发的角落里,仿佛活得不耐烦了。欧金看了觉得可怜。她不敢抬头看拉思提雅,只偷偷地望了丈夫一眼,说明她被他的暴力和专横的脾气压得喘不过气来了。伯爵点了点头,她才敢开口说:

"先生,我都听到了。请你告诉我的父亲,如果他了解到我的处境,他会原谅我的……我没有想到会受这种痛苦,简直超过了我能忍受的限度,先生!——不过,我会忍耐到底的,"她对丈夫说,"我也是母亲。——请告诉我的父亲,不管表面上看起来如何,我没有做对不起他的事!"她绝望地高声对大学生说。

欧金猜到了伯爵夫人处在可怕的危机中,就向两人告辞,不知如何是好地走了出来。雷斯托伯爵说话的口气表明,无论欧金说什么做什么都是没有用的,他也明白安娜斯达茜已经不能自由做主了。他就赶快到纽沁根夫人家去,看见她还在床上。

"我病了,可怜我的朋友,"她对他说,"我从舞会出来时受了凉,我怕是得了肺炎,正等医生来呢。"

"即使死神在敲大门,"欧金打断她的话说,"你也得拖着病体去看父亲。他在叫你,只要听到他最轻微的呼声,你就不会觉得自己病了。"

六 老人之死

"欧金,父亲恐怕不会病得像你说的那么重。不过我不愿意你觉得我做错了事。我要照你的意思做。不过我知道,如果我去看他时生了病,那他会痛苦得要死的,还是等医生来了再去吧……啊!你的表呢?"她没有看见他的表链,就这样问他。

欧金脸红了。

"欧金,欧金!要是你把表卖了,或是丢了……那可不好!"

大学生弯下腰来对着德尔芬的耳朵说:

"你要知道吗?那好,我就告诉你吧!你父亲今晚就要入殓,但连买尸布的钱都没有,只好把你给我的表送进当铺去做抵押了。"

德尔芬立刻跳下床来,跑到书桌前,拿出一个钱包,交给欧金,一面拉铃,大声说道:

"我去,我去,欧金。让我穿好衣服,不去真是不如禽兽了!你先走吧,我会比你先到!——特莱芝,"她唤她的女仆,"请纽沁根先生立刻上楼来,我有话要对他说。"

欧金因为可以告诉病人有个女儿要来而感到有一点高兴,赶快回到圣贞妮薇芙新街。他搜搜钱包来付马车费,这个如此年轻、如此高贵的少妇,钱包里却只有七十法郎。他上了楼,看见卞雄扶着高大爷,正在由医院的内科医生和外科医生会诊呢。外科医生在病人背上用芥子膏热敷,这是最后的科学治疗了,但没有用。

"你觉得热吗?"内科医生问高里奥。

高大爷一眼看见了欧金,却回答说:

"她们来了,是不是?"

"他有救了,"外科医生说,"他还能说话呢!"

"是的,"欧金回答高大爷说,"德尔芬跟着我来了。"

"算了,"卞雄说,"他还在谈他的女儿,喊着要见她们,就像死刑犯在死前喊着要喝水一样……"

"不用热敷了!"内科医生对外科医生说,"治疗没用,已经不可救了。"

卞雄和外科医生把病人平放在发臭的床上。

"总得给他换一套内衣吧。"内科医生说,"虽然救不活了,也不能不尽人情呀。我等一会再来,卞雄,"他对医学院的学生说,"如果他叫痛就给他涂鸦片!"

外科医生也同内科医生一起走了,

"来,欧金,鼓起勇气来,我的伙伴!"卞雄对拉思提雅说,"我们得给他换衬衣和床单,你去让希尔微来帮忙。"

欧金走下楼去,看见沃克大妈正同希尔微在摆餐具。拉思提雅一开口,寡妇大妈就露出一副老板娘既苦又甜的模样,既不愿做赔本生意,又不愿得罪主顾。

"亲爱的欧金先生,"大妈对他说,"你和我都知道高大爷没有钱了。把床单给一个死不瞑目的人不是白施舍吗?何况还要再给他一床尸布呢!再说,你们已经欠我一百四十四法郎,再加四十法郎的被单费,还有其他零用钱,如希尔微给你们的蜡烛等,加起来至少有二百法郎,一个像我这样的穷寡妇哪里损失得起这么多钱呢?天哪!做做好事吧,欧金先生,自从五天前倒霉以来,我已经花费不少了,我本想花十个金币送这个老好人归西,像你们说的那样。但是我的房客会怎么想呢!如果不用花钱,我想把他送到医院去。总而言之,请你替我想想,我得先想到我的公寓啊,这是我的命根子呀!"

欧金赶快回到高大爷的房里。

"卞雄,我的表抵押的钱呢?"

"在桌子上,还有三百六十多个法郎。我已经还清了我们的欠账。当票在钱下面。"

"来了,大妈,"拉思提雅不高兴地两脚跨三步下了楼,"算算我们的账吧。高里奥先生待不久了,而我……"

"唉!这个可怜人只能脚朝前头朝后地抬出去了。"她数着二百法郎,

六 老人之死

既是高兴，又是难过。

"算完了吧?"拉思提雅说。

"希尔微，拿出被单来，去楼上给两位先生帮忙。"

"不要忘了给希尔微小费，"沃克大妈对着欧金的耳朵说，"她有两夜没睡好了。"

欧金刚一转身，大妈又跑去对厨娘说：

"把七号旧翻新的那条被单拿来，天哪！给死人用，这是够好的了。"她对着厨娘的耳朵说。

欧金已经在楼梯上跨了几步，没有听见大妈的话。

"来，"卞雄对他说，"你扶住他，我们来给他换衬衣。"

欧金在床头扶住病人，卞雄脱下了病人的衬衫。老人动了动手，仿佛要留住胸口的什么东西，并且模模糊糊地发出了痛苦的声音，就像牲口有苦说不出一样。

"哦，哦！他要的是一个纪念品，链子是用头发编成的，刚才我们给他热敷芥子膏时摘下来了，可怜的老人！得给他挂回原处。纪念品就放在壁炉架上。"

欧金拿来一条浅色金发织成的链子，大约是高里奥大妈的头发。纪念品的一面刻着"安娜斯达茜"，另一面是"德尔芬"。这两个名字是他的心上人，一直挂在他的心上。圆盒子里还有细长的卷发，大约是两个女儿在小时候剪下来的。纪念品挂回原处碰到胸口时，老人长长地哼了一声，表示他的心愿已经满足，但是声音听得叫人心寒。这是他感觉最后的反应，似乎又回到了内心深处，引发了、得到了我们的同情。他扭曲的脸孔表现出欢喜的病容。两个大学生看见老人不假思索的感情爆发，不禁心情激动，都流下了眼泪，滴在老人脸上，引起了宽慰的感叹声。

"娜茜！芬芬！"老人叹息时喊了一声。

"他还活着。"卞雄说。

"有什么用吗？"希尔微说。

"活也受罪。"拉思提雅答道。

卞雄做了一个手势,要他的伙伴照他的样子做,就跪下去把手臂伸在病人腿肚子下面,而拉思提雅也在床的另一边用双手托起病人的背脊。希尔微等他们抬起病人时,赶快抽换被单。高里奥大约误以为刚才的眼泪是女儿流下来的,用尽了生平最后的力气伸出手来,碰到了床两边两个大学生的头,使劲要抓他们的头发,并且发出了微弱的声音:

"啊!我的天使!"

老人的灵魂就随着灵魂的叹息飞逝了。

"可怜的老好人!"希尔微听了这一声叹息说。这是崇高的感情受到可怕的无心欺骗而发出的最后呼声,厨娘听了也不免心酸。

但这一声叹息却流露了一个父亲得到的临终安慰,这一声叹息表达了他一生的心情,直到临终,他还在欺骗自己。大家心情沉重地把高大爷放倒在床上。从这时起,他的脸上就只印下了生死搏斗的痛苦痕迹,他的心里已经没有喜怒哀乐的意识了。死亡的来临不过是个时间问题而已。

"他大约还会这样拖上几个小时,在不知不觉中死去,甚至不会发出临终的喘息,他的大脑已经完全充血了。"

这时,楼梯上传来了年轻女人的喘息声。

"她来得太晚了。"拉思提雅说。

不料来的并不是德尔芬,而是他的女仆特莱芝。

"欧金先生,"她说,"子爵和夫人吵得很厉害,因为夫人为父亲的事向子爵要钱,子爵不给。夫人气得晕过去了,医生也来了,说是要放血,她却一直喊着:'我父亲要死了,我要去看爸爸!'说来说去,听得令人痛心⋯⋯"

"够了,特莱芝,她来不来,现在关系不大,高大爷已经没有知觉了。"

"可怜的大爷,怎么到了这个地步!"特莱芝说。

六 老人之死

"你们用不着我,我要下楼开晚餐去,现在已经四点半了。"希尔微说,她在楼梯口碰到了雷斯托夫人。

伯爵夫人看起来严肃得吓人。她瞧着只有一支蜡烛照得半明不暗的病床,看到父亲脸上最后一丝颤动的气息,不禁流下泪来。卞雄不便打扰父女最后一次见面,就出去了。

"我实在没有办法早点来。"伯爵夫人对拉思提雅说。

大学生心里难受地点点头。雷斯托夫人拿起父亲的手就吻。

"原谅我吧,父亲!你说过我的声音可以起死回生,那么,请你回来祝福你的女儿吧!你听见了吗?这是多么可怕啊!大家都恨我,只有你一个人爱我。我在世上只能得到你一个人的祝福,连我的孩子也会恨我。你把我带走吧,我会爱你,照顾你的。——他听不见……我要疯了。"

她跪下来,不知所云地瞧着灵魂已经出窍的残骸。

"没有什么不幸的事我没有碰到过。"她瞧着欧金说,"特拉伊先生走了。他欠了一大笔债,我知道他欺骗了我。我的丈夫永远不会原谅我的,我只好让他管我的财产。我的幻想都落空了。唉!我真对不起唯一真心实意爱我的人(她指着她的父亲)。我不识好歹,对他关上大门,做了多少坏事,真是该死!"

"他好歹都知道。"拉思提雅说。

这时,高大爷忽然睁开了眼睛,其实这只是肌肉收缩的结果。伯爵夫人眼中露出的希望,和死者眼中的绝望一样,令人惨不忍睹。

"他听得见我的话吗?"伯爵夫人叫道。"听不见的。"她在床边坐下时自言自语说。

雷斯托夫人要留在父亲身边,欧金就下楼去用膳。食客都已经到齐了。

"你说,"画家问欧金,"楼上是不是有人要完蛋'那末'了?"

"查尔,"欧金答道,"开玩笑也要看场合。"

"难道这里就不能开玩笑了?"画家反驳说,"玩笑又有什么关系?卞雄已经说过：老好人没有知觉了。"

"唉！"博物馆馆员说，"他死活都一样，没有什么关系。"

"父亲死了！"伯爵夫人忽然喊道。

一听见这报丧的喊声，希尔微、拉思提雅、卞雄赶快上楼，发现雷斯托夫人昏过去了。大家七手八脚使她恢复清醒之后，把她抬上等在门口的马车。欧金交代特莱芝小心照顾，要马车到纽沁根夫人家去。

"啊！这才真是死了。"卞雄下楼时说。

"得了，诸位先生，就座吧，"沃克大妈说，"汤要凉了。"

两个大学生肩挨肩地坐着。

"现在该做什么事呢？"欧金问卞雄。

"我已经把他的眼睛闭上，遗体也放好了。等区公所医生来验尸后，发了死亡证明，就可以把他包上尸布埋掉。还有什么事呢？"

"他再也不能这样闻面包是不是新鲜的了！"一个食客说时装模作样，模仿老好人闻面包时的脸部表情。

"见鬼！诸位先生。"辅导员说，"不要谈高老头好不好？不要把吃喝和玩笑混为一谈！一个钟头以来，你们一直把笑料当味精了。巴黎这座大城的好处就是：一个人可以自由自在地生来死去，没有人管。利用巴黎文明的好处吧！这里每天都要死几十个人，难道每死一个，你都要为他唱哀歌吗？高老头咽了气，空气可以干净一点！要是你舍不得他，就去为他守灵好了。让我们安静地吃一顿吧！"

"唉！是的，"沃克家的寡妇说，"死了也是福气，活着还不就是受罪？"

这就是高老头死后的悼词，而对欧金说来，这个人却是父爱的象征。十五个食客又像平时一样谈天说地。欧金和卞雄吃完后，听到刀叉声和谈笑声，看到这些好吃贪饮、麻木不仁的面孔，不免觉得既恶心又寒心，他们就去找个神甫来守夜，并且为死者祈祷。他们不得不量入为出，用他们手中的这点钱，为老好人尽最后的义务。晚上九点，遗体用尸布包

六 老人之死

好,两边点了两支蜡烛,放在一间空房子里,只有一个神甫守灵。拉思提雅在睡前打听了宗教仪式和丧葬出殡的费用,写信给纽沁根男爵和雷斯托伯爵,请他们派人来付丧葬费,他要克里斯托夫送信去后,自己就上床睡觉。因为太累,一下就睡着了。第二天早上,卞雄和拉思提雅还要去区公所报丧,中午才拿到死亡证明。两个小时后,两个女婿都没有派人来,也没有送钱来,拉思提雅不得不支付神甫的费用。希尔微要了十法郎的缝尸衣费和丧葬费。欧金和卞雄计算了一下,如果死者的亲属不付账的话,他们只能勉强应付开支。医学院学生负责把遗体装入棺木。棺木是医院施舍给穷人的廉价品。

"我们来和那些浑蛋开个玩笑吧,"卞雄对欧金说,"你去圣椅公墓买一块地,租期五年,还去教堂和殡仪馆预定三等葬礼。如果女婿和女儿不还我们的钱,你就在墓碑上刻几个字:'雷斯托伯爵夫人及纽沁根男爵夫人之父高里奥先生之墓,二大学生出资代葬。'你看如何?"

欧金只好按照他伙伴的意见去做,因为他去了纽沁根夫人家和雷斯托夫人家,都不得其门而入。两家的门房都不敢违背主人严格的吩咐。

"先生和夫人不见客,"门房说,"他们的父亲去世了,他们非常悲痛。"

欧金对巴黎的社会已经有相当的经验,知道坚持己见也没有用。但是一想连德尔芬的面也见不着,就觉得不是滋味。

"卖掉一件首饰吧,"他在门房留了一个字条,"你的父亲下葬总得像个样子。"

他把字条封好,交给男爵的仆人,要他交给特莱芝转给夫人,但是仆人却交给男爵,男爵把字条丢到火炉里了。欧金做好安排之后,大约三点钟回到沃克公寓,看见棺木放在僻静街头的门口,放在两条凳子上,黑布也没有把棺木罩住,不禁流下泪来。一把蹩脚的圣水壶刷浸在一个盛满圣水的镀银盘子里。门上甚至连黑布也没有挂。这是穷人家的丧礼,没有排场,没有悼念,没有朋友,甚至没有亲人。卞雄在医院有事,留了一个便条给拉思提雅，说他已经去过教堂，要做弥撒太贵，只能做比晚祷更便宜的仪式。他要克里斯托夫送信去殡仪馆。欧金读完了卞雄的便条，一眼看见沃克大妈手里拿着一个圆形纪念品，就是高大爷装女儿头发的那个。

"你怎么留下了这个纪念品？"他问大妈。

"天哪！难道你要把它陪葬？"希尔微说，"那是纯金的呀！"

"当然啰！"欧金生气地回答，"这里面有他两个女儿的头发，怎能不让他带走？"

灵柩车来到门口。欧金让他们把棺木抬上去，自己撬开钉子，像举行宗教仪式一样把纪念品挂回老人的胸前，好让德尔芬和安娜斯达茜天真无邪的纯洁形象，像老人临终所说的"不懂人事"的幼年时代，永远伴随着他。只有拉思提雅和克里斯托夫，还有两个掘墓人，跟在柩车后面，把老好人送到离圣贞妮薇芙新街不远的圣艾田教堂。遗体一到，就放在一个阴暗低矮的小祭台上，大学生到处寻找高大爷的两个女儿和她们的丈夫，但是不见踪影，只来了他和克里斯托夫。克里斯托夫是因为得过老人的赏钱，觉得应该来表示最后的敬意，也就跟着来了。在等待司祭、诗童和教堂执事的时候，拉思提雅握住克里斯托夫的手，却说不出话来。

"对的，欧金先生。"克里斯托夫说，"他是个老实的好人。说话从不高声压人，也不害人，从来不干坏事。"

两个司祭，一个诗童，一个教堂执事来了。那时教堂还不富裕，不能提供免费的宗教仪式，丧礼只付了七十法郎，仪式规格自然是低级的。只唱了一首圣诗，一首"追思"，一首"灵魂深处"，仪式只进行了二十分钟。送丧车只有一辆，坐了司祭和诗童，欧金和克里斯托夫也上了车。

"没有送丧的行列，"司祭说，"车子可以走快一点，免得耽搁时间，已经五点半了。"

遗体再放上灵柩车的时候，出现了两辆有贵族家徽的空车，那是雷斯托伯爵家和纽沁根男爵家的马车。它们跟着柩车到了圣椅公墓。六点钟高老头的遗体葬入了墓穴。旁边有了两个女儿家里来的人。但是大学生花钱请人念的短短悼词一朗诵完,神甫一走,两家来的人也就都走了。

两个掘墓人挑了几铲土撒在棺木上,又站直了腰身,其中一个来要欧金先付小费。欧金摸摸衣袋,一个钱也没有,只好向克里斯托夫借了二十个苏。这件事情虽小,却使拉思提雅感到不胜悲哀。暮色降临,潮气袭人,他望望墓穴,把年轻人最后一滴眼泪和老好人的遗体一起埋葬了。这眼泪凝聚了纯洁心灵的神圣感情,流落人间,却会飞回天上。他两臂交叉放在胸前,仰望青天白云。克里斯托夫见他在出神,就离开他走了。

拉思提雅一个人走向墓地高处,眺望蜿蜒曲折的莱茵河两岸灯火闪烁的巴黎。他的眼睛贪婪地注视着汪汤广场上拿破仑的胜利标柱,一直望到残废军人院这位盖世英雄的死亡之宫,现在,这里却成了他心向往之的花花世界。他向这个熙熙攘攘的蜂房社会再看了一眼,仿佛是要吸尽蜂蜜似的,发出了一声豪言壮语:

"现在,看我怎样对付你吧!"

作为对社会的第一次挑战,拉思提雅迈开大步,走向纽沁根夫人家吃晚餐去了。